ERREUR SUR LE BAD BOY

KYLIE GILMORE

Erreur sur le bad boy : © 2017 Kylie Gilmore

Édition numérique française 1.0

Design de la couverture par Kim Killion

Publié par Extra Fancy Books

Traduit par Suzanne Voogd

ISBN-10 : 1-942238-57-6

ISBN-13 : 978-1-942238-57-7

1

<u>CHERCHE</u>

Un bad boy alpha tout droit sorti du pays des romances.

Doit avoir :
Passion << Le plus important !
Assurance sexuelle
Intensité
Une voix profonde à te faire fondre la culotte
Un corps dur et musclé
Aucune envie d'une relation longue

Optionnel, mais fortement souhaitable :
Pilosité faciale, surtout la barbe
Bourru et grognon
Un passé compliqué
Aimant briser les règles
Tatouages
Moto

• • •

Carrie colla sa liste sur le miroir de la salle de bains en espérant avoir le courage de passer à l'action lorsque le moment magique arriverait et qu'elle trouverait enfin le bad boy alpha de ses rêves.

2

Le lendemain du jour où Carrie est passée à l'action...

Carrie Young se réveilla avec un sourire satisfait, entièrement prête pour son tout premier retour honteux chez elle après un coup d'un soir. Elle s'appuya sur les coudes, soudain inquiète. Quelque chose n'allait pas du tout. Elle était nue dans le lit d'un inconnu avec une délicieuse odeur de bacon dans les airs. Mer... credi !

Elle s'assit brusquement. Y avait-il des pancakes, également ?

Bizarre. Les bad boys avaient-ils pour habitude de cuisiner le petit-déjeuner après une nuit sauvage de débauche ?

Elle roula hors du lit et chercha ses vêtements. Elle trouva sa robe mauve accrochée à une lampe où elle l'avait jetée, et le soutien-gorge assorti était posé en tas sur le sol. Aucune trace de sa culotte. Peu importe. Elle était à peu près sûre que s'habiller sans sous-vêtements était exactement le genre de choses que ferait quelqu'un qui venait de coucher avec un bad boy. Elle attrapa son sac qu'elle avait laissé tomber près de la porte de la chambre et elle enfila ses chaussures à talons noires et sexy. Mais avant de pouvoir profiter de son retour honteux, il fallait vraiment qu'elle se brosse les dents. Elle ne négligeait jamais son hygiène personnelle.

Elle se dirigea vers la salle de bains adjacente, sortit une petite trousse de toilette de son sac et s'inspecta dans le miroir. Oui, elle avait tout à fait l'air de quelqu'un qui venait de baiser. Les niveaux de dégradé de ses cheveux blonds étaient en désordre, atterrissant n'importe comment juste au-delà de sa mâchoire. Elle avait la peau irritée d'un côté de son cou à cause de la barbe et ses yeux bleus étaient plus brillants que d'habitude, ou peut-être était-ce à cause de ses nouvelles lentilles.

Elle finit ce qu'elle avait à faire dans la salle de bains et elle suivit l'odeur du bacon jusqu'à la cuisine, où Zach, un grand homme mince d'une trentaine d'années se tenait pieds nus devant la cuisinière, retournant des pancakes de façon experte, vêtu d'un maillot de corps blanc et d'un boxer vert à motif écossais. Elle eut un bref fantasme lié à la série *Outlander* à cause du motif écossais et de ses cheveux bruns épais et assez longs, bouclant sur sa nuque. Il avait le genre de corps musclé et fort qui pouvait facilement soulever une femme. Il l'avait d'ailleurs pleinement démontré en faisant, sans le savoir, le numéro six de sa liste coquine secrète, qu'elle nommait La Liste de Souhaits de Carrie par euphémisme.

Il fallait bien rêver un peu. Particulièrement après avoir dédié six bonnes années – de dix-neuf à vingt-cinq ans – à Edward, son ex hyper autoritaire, coincé et toxique. Pourquoi était-elle restée si longtemps avec lui ? Peut-être parce qu'elle avait été jeune et naïve, peut-être parce qu'il avait commencé par lui faire la cour de façon très romantique, ou peut-être parce qu'elle ne savait pas qu'il y avait mieux, car elle ne pouvait comparer avec personne. Ce temps-là était révolu. Cela faisait plus d'un an depuis Edward et maintenant elle allait s'envoler en ouvrant ses propres jambes, euh, ailes. Elle avait cherché l'expérience d'un bad boy alpha parce qu'il y avait tant de choses qu'elle avait ratées au lit.

Carrie retrouvait sa niaque féminine.

Son estomac gargouilla. Elle partirait de là juste après le petit-déjeuner. Ce serait impoli de partir alors que Zach s'était donné du mal pour préparer toute cette nourriture délicieuse.

— Salut, dit-elle.

Il tourna sur lui-même avec un petit sourire. Il avait une barbe fournie et elle faillit grimacer en se souvenant de la sensation inhabituelle des poils frottant la peau sensible de son cou, de ses seins et de son ventre.

— Salut, Carrie, dit-il d'une voix profonde qui fit trembler ses genoux. Si elle avait porté une culotte, celle-ci aurait déjà fondu.

— J'espère que tu aimes les pancakes.

— Oui, merci.

— Le café est prêt.

Il désigna la cafetière, qui venait de sonner.

— Sers-toi.

Il se retourna vers la cuisinière.

— Quel hôte !

Elle posa son sac sous la table carrée en bois. Puis elle essaya son truc de fille coquine en allant chercher le café.

— C'est Zach, c'est ça ?

Il se tourna en fronçant les sourcils au-dessus de ses yeux noisette.

— Tu ne te souviens pas de m'avoir appelé plusieurs fois par mon nom la nuit dernière ? Tu as dit n'avoir bu que deux verres de vin.

Elle devint écarlate, se sentit extrêmement coquine et retint un sourire en se versant du café dans une tasse blanche posée sur le comptoir.

— Ça commence à me revenir.

Il fut soudain à côté d'elle, prit le café de sa main et le posa sur le comptoir, puis il entoura sa mâchoire d'une main chaude. Il inclina sa tête vers le haut et lui jeta un long regard de braise. Elle écarta les lèvres, le cœur battant dans ses oreilles, son corps vibrant d'anticipation. Il était tellement plus grand, long avec les épaules larges, qu'elle se sentait menue, alors qu'elle se situait dans la moyenne avec ses un mètre soixante-sept.

Il pencha la tête, frôlant ses lèvres avec les siennes pour un baiser vaporeux.

— Tu as peut-être besoin d'un petit rappel.

— Oui, souffla-t-elle, brûlante de désir.

Zach avait été tout ce qu'elle espérait la nuit précédente : sensuel, insatiable, ouvert à tout. Maintenant il allait laisser brûler le petit-déjeuner pendant qu'il profitait diaboliquement d'elle et avec un peu de chance, ils feraient le numéro un de sa liste de souhaits.

Il mordilla la lèvre inférieure de Carrie.

— Une fois que je t'aurais nourrie.

Sa voix était bourrue et rauque, raclant ses entrailles. Il la regarda au fond des yeux, tenant toujours sa mâchoire, et elle ne put pas respirer pendant un moment. Il la relâcha enfin et retourna vers la cuisinière en roulant des mécaniques.

Elle chancela et s'appuya au comptoir, la peau brûlante, sa lèvre inférieure picotant toujours.

Il lui jeta un coup d'œil et un petit sourire entendu s'étala sur ses lèvres.

Elle détourna le regard en rougissant, mais elle se rappela alors qu'elle n'était plus la gentille fille qui rougissait : elle était une femme qui ne s'excusait de rien. Elle attrapa sa tasse de café sur le comptoir et elle s'installa à la table de la cuisine, en prenant soin de caler sa robe sous elle. Il n'y avait qu'un demi-mur séparant la cuisine du salon, qui était essentiellement vide. Juste un canapé noir avec une couverture polaire rouge sombre jetée sur le dossier, une télé accrochée au mur, un bureau avec un ordinateur portable et un tas de cartons alignés sur un côté. Ils se trouvaient au premier étage d'un immeuble, dernière porte du couloir, elle s'en souvenait de la veille. Une véritable garçonnière. Propre, d'ailleurs. Cela ne signifiait pas qu'il n'était pas le bad boy et mâle alpha de ses fantasmes. Il avait déjà coché tant de cases : une voix profonde à faire fondre les culottes, une barbe, un corps dur et musclé et surtout, la passion. En outre, il avait aussi l'assurance sexuelle qui le rendait délicieusement dominateur et *intense*. Waouh ! Ce qu'il était intense ! Oui bon, d'accord, l'absence de tatouages était un peu décevante, mais tout bien considéré, il serait parfait pour elle... un alpha sexy avec une touche de bad boy. La veille, elle avait plus ou moins sauté sur lui au bar quand elle avait appris qu'Ethan le flic était un ami mutuel et que ce dernier avait confirmé que Zach était rebelle jusqu'à la moelle, mais pas d'une façon criminelle. Elle n'était pas folle, après tout, juste très en manque.

Quelques minutes plus tard, Zach lui servit une assiette avec trois tranches de bacon croustillant et deux pancakes couverts de sirop d'érable.

— Merci, dit-elle en découpant un pancake et en prenant un morceau dans sa bouche.

Mon Dieu, c'était incroyable. Il avait même réchauffé le sirop. Elle attribua ses talents de cuisinier à sa nature extrêmement sensuelle. Une nourriture comme celle-ci était véritablement une expérience sensuelle. Il restait toujours le bad boy de ses fantasmes.

— Tu les as faits aux myrtilles ?

— Oui. Elles sont de saison. Ça te plaît ?

Elle coupa vite un autre gros morceau.

— J'adore !

C'était le premier week-end d'août et cette région du Connecticut débordait de fruits et légumes frais.

— Bien, dit-il d'une voix rauque.

Elle sentit un frisson courir le long de sa colonne. Pour une raison ou pour une autre, les grognements bourrus lui plaisaient. Il remplit une assiette pour lui-même, s'assit en face d'elle et commença à manger.

Elle avait presque fini lorsqu'elle se rendit compte qu'elle avait oublié de faire la conversation. La nourriture était tellement bonne et le silence ne lui avait pas semblé gênant du tout. Elle leva la tête et regarda ses yeux. Il lui fit un petit sourire et continua à manger. Il était du genre silencieux avec une attitude stable et réservée, presque comme s'il préférait rester assis et observer. Comme le ferait un psy. Était-il en train de la psychanalyser ? Que faisait-il dans la vie ? Tout ce qu'elle avait entendu dire, c'était qu'il était rentré à la maison après des années dans le 'no man's land'. Elle décida rapidement qu'il ne pouvait pas être psy. En effet, si Zach demandait de sa profonde voix rauque à faire fondre les culottes 'Comment vous sentez-vous ?', cela mènerait sûrement à plus d'orgasmes que d'analyses. Avec les femmes, en tout cas. Elle étouffa un rire.

Ooh ! Peut-être faisait-il partie d'un club de motards et sillonnait-il les sentiers des zones de non-droit dans l'Ouest. Ou peut-être menait-il des expéditions dans les montagnes de parties reculées du monde et avait-il une barbe pour cette raison. Afin que son visage ne gèle pas. Ou peut-être vivait-il dans les Highlands escarpés, à faire des randonnées dans les terrains rocheux avec sa barbe et son kilt pour lui tenir chaud. Elle aimait qu'il puisse être n'importe quel fantasme. Elle était à peu près certaine que ceci comptait pour un coup d'un soir, alors il pouvait être tout ce qu'elle voulait qu'il soit. Sauf si…

Elle l'examina un instant, hésitant à partager sa liste de souhaits avec lui. Elle ne l'avait pas encore montrée à un type avant, du moins, pas exprès, mais elle souhaitait sincèrement faire l'expérience des six autres éléments dessus. Sa liste possédait sept points réduits à partir des treize d'origine, lorsque son amie Ally avait indiqué qu'il n'y avait pas beaucoup de différence entre certains éléments. Par exemple, le 'soixante-neuf' possédait une pipe ajoutée à ce qu'elle voulait vraiment : qu'un homme lui fasse un cunnilingus. Elle avait déjà fait la pipe, l'autre chose était nouvelle. Pas besoin de redondances quand on vivait dangereusement.

Zach se pencha en arrière sur sa chaise, croisa les mains derrière sa tête et l'observa sous ses paupières naturellement tombantes. Tellement sexy. Elle espérait avoir l'air bien baisée et épatante, ne pas avoir sa tête vaseuse habituelle du matin. Elle prit une autre bouchée de pancake et se rendit compte qu'elle avait assez mangé. Elle mesura le morceau de bacon restant du regard. Elle ne devait vraiment pas faire d'excès, mais cela faisait si longtemps qu'elle n'avait pas mangé de bacon. Elle n'était pas une très grande cuisinière.

— Vas-y, mange-le, dit-il. Ça va se perdre si tu ne le manges pas.

— Tu peux le prendre.

— Non merci, ça va.

Il la regarda, les yeux brillants d'amusement.

— Il y a quelque chose de drôle ?

Il posa les mains à plat sur la table.

— Je suis simplement surpris que la femme qui a pris exactement ce qu'elle voulait cette nuit hésite maintenant pour un morceau de bacon.

Ses joues se mirent à brûler. Il ne s'était pas penché vers elle, mais il semblait soudain très proche, collé à elle, la défiant. Et bon sang, il s'agissait de la nouvelle Carrie indépendante. Une nouvelle robe sexy, de nouvelles lentilles de contact, une nouvelle attitude sans compromis très sexy. *Cette* Carrie prenait ce qu'elle voulait, qu'il s'agisse d'un bad boy alpha ou d'un foutu morceau de bacon supplémentaire.

Elle attrapa le bacon et mordit une bouchée. Carrément délicieux.

Il s'adossa encore à sa chaise, apparemment satisfait de la regarder manger. Se sentant gênée, elle examina le salon derrière lui avec les rangées de cartons alignés contre un mur.

— Tu viens d'emménager ? demanda-t-elle.

— Oui.

Il n'ajouta pas d'autres informations.

Malgré tout, il fallait qu'elle sache quelque chose à propos de l'homme qui, espérait-elle, allait continuer à bouleverser sa vie. C'était peut-être présomptueux. D'un autre côté, elle ne savait pas combien de temps il lui faudrait pour trouver un autre bad boy alpha qui parvenait à cocher autant de cases. Il avait été spectaculaire la nuit précédente, incarnant son fantasme sexuel préféré : le mâle alpha qui te baise contre un mur. Il fallait au moins qu'elle le sonde : peut-être accepterait-il de l'aider un peu plus longtemps.

— De quel endroit viens-tu ?

— Du Colorado en passant par l'Indonésie.

Waouh ! C'était à la fois à l'ouest et exotique. C'était certainement un homme qui méritait sa liste de souhaits. Elle se sentit nerveuse, hésitant à sortir son téléphone et à lui montrer la liste dans son application bloc-notes. Ou bien devait-elle garder le sang-froid d'une femme qui faisait régulièrement ce genre de coups d'un soir ? Mais si elle ne lui montrait pas la liste, elle allait devoir lui dire ce qu'elle voulait et elle n'était pas certaine de pouvoir le faire. D'accord, au pire, que pouvait-il lui arriver ? Il se moquerait d'elle. Le meilleur ? Il ferait chaque chose sur cette liste et il réaliserait son rêve.

Montre-lui !

Non, c'est trop tôt.

Il a déjà fait le numéro six.

Mais il ne sait pas qu'il l'a fait !

Elle se frotta la tempe. C'était une chose de parler de sa vie amoureuse pathétique à ses meilleures amies, mais c'était tout autre chose de dire à un bad boy que l'on venait de rencontrer qu'à cause de sa vie amoureuse pathétique, on avait maintenant des besoins très intenses et plutôt spécifiques.

Il but une gorgée de café, complètement calme face au tourbillon d'émotions de Carrie.

Tout ceci avait été bien plus facile la nuit dernière avec deux verres de vin.

— Merci pour le petit-déjeuner, lâcha-t-elle en se rabattant sur les bonnes manières afin d'éviter une gêne potentielle.

— Ouais.

Il but une autre gorgée de café et il la regarda par-dessus le bord de sa tasse.

Elle se leva brutalement, rassembla les couverts et les posa dans l'évier. Elle fit couler l'eau afin d'empêcher le sirop de coller et d'être impossible à nettoyer plus tard. Puis elle se tourna et elle laissa échapper un cri, car il était *juste à côté*. Directement derrière elle, tenant ses propres couverts.

— Calme-toi, dit-il en posant la vaisselle dans l'évier. Pourquoi es-tu si nerveuse ?

— Pour rien, dit-elle d'une petite voix.

Elle fit un pas pour le contourner lorsqu'il l'attrapa par la taille.

— Reste là, dit-il en la tournant face à lui.

Il la saisit par les hanches et l'attira assez près de lui pour qu'elle sente sa chaleur. Elle fut soudain très consciente du fait qu'il ne portait qu'un maillot de corps au col en V et un boxer, ce qui signifiait que ce serait très facile de poser les mains sur son corps dur. Elle sentit ses doigts picoter à cause du besoin de toucher et elle en eut assez de se priver. Elle fit glisser les mains sous son T-shirt et par-dessus les bosses de ses abdos jusqu'à son torse chaud. Il sentait le bacon et elle eut soudain désespérément envie de le lécher partout.

— Carrie ?

Sa voix profonde vibra sous ses mains et elle frotta la joue contre son torse avant d'y appuyer son oreille afin de profiter de cette voix sexy.

Il lui leva le menton.

— Ce n'est pas que je n'aime pas avoir tes mains partout sur moi, mais j'essaie de comprendre pourquoi tu sembles si… troublée.

Elle se dit d'arrêter de le toucher, mais ses mains ne voulurent pas l'écouter. Elles glissèrent par-dessus ses larges épaules et puis redescendirent sur son torse, ses abdos sexy et jusqu'au bord de l'élastique de son boxer.

Les mains de Zach arrêtèrent les siennes, les tenant au bord de son boxer.

— Il n'y a pas de souci entre nous ?

Voilà. C'était le moment qu'elle avait attendu pendant une année complète, le temps d'avoir le courage d'approcher un bad boy. Elle aurait été bête de laisser passer cette chance.

— Puis-je être franche avec toi ?

— Oui.

— Tu dois jurer de ne pas rire. Pas avant que je parte.

Il la regarda sans ciller et lui serra les mains.

— Je promets de ne pas rire.

Elle ne pouvait pas le regarder dans les yeux. Elle fixa son torse exposé au niveau du col de son T-shirt, sa peau plus bronzée que la sienne avec quelques poils sombres. Il lâcha ses mains afin de l'attraper par les hanches, l'emmenant avec lui lorsqu'il s'appuya contre le comptoir. Il passa les bras autour de la taille de Carrie, l'air complètement détendu. Elle ne l'était pas du tout, appuyée contre ce corps dur et masculin. Ses tétons se mirent à pointer et elle était certaine qu'il pouvait sentir son cœur battre contre sa cage thoracique. Il la regardait avec ses yeux sexy et ses lèvres sensuelles semblaient lui demander de les caresser et de les goûter et de les sucer. Des papillons en bas de son ventre et une pulsation entre ses jambes l'encouragèrent. Elle pouvait le faire.

Elle ouvrit la bouche, mais rien ne sortit.

Il resta silencieux. *Bon sang, ne me facilite surtout pas les choses.*

— Demande-moi tout ce que tu veux.

Elle avait besoin d'une ouverture. Une question qui la conduirait à s'expliquer jusqu'à ce qu'elle finisse par cracher le morceau.

Il la regarda dans les yeux d'un air intense et il lui parla d'un grondement rauque.

— Dis-moi pourquoi la femme qui a joui plusieurs fois pour moi cette nuit et qui n'a pas eu peur de le dire… Il marqua une pause, un sourire sexy passant sur ses lèvres… est maintenant terriblement nerveuse ?

Elle rougit et marmonna pour elle-même :

— C'est typique de ce que dirait un bad boy.

Les lèvres de Zach tressaillirent.

— Que peut faire un bad boy pour toi, Carrie ?

— D'accord, j'ai une liste. OK ?

— OK.

Elle poursuivit, encouragée.

— Sept choses pour compenser six années de refoulement. Sept années si l'on compte l'année qu'il m'a fallu pour obtenir enfin un avant-goût de l'interdit.

Il inclina la tête.

— Quelle partie de cette nuit était interdite ?

Elle tapota son torse, puis elle le caressa.

— La fille sage et le bad boy.

C'était dans toutes ses romances préférées. Pas aussi interdit que par exemple, professeur-étudiant, mais quand même très loin hors de sa zone de confort.

Il la relâcha.

— Voyons cette liste.

Elle se tourna et elle regarda son sac sous la table de la cuisine, voulut y aller et attraper son téléphone, mais sembla incapable de bouger.

— Carrie.

Il posa sa grande main sous le menton de Carrie et il tourna son visage vers lui.

— Rien sur cette liste ne me choquera.

Il caressa sa joue avec le pouce avant de laisser tomber sa main. Elle se détendit un peu. Il avait sans doute déjà tout vu, tout essayé. Ça ne serait pas grand-chose pour lui. Elle examina ses traits, vérifiant une dernière fois qu'il la prenait vraiment au sérieux et qu'il n'allait pas se moquer d'elle.

Il parla d'une voix plus grave et bourrue.

— Donne-moi la liste *maintenant*.

Elle sentit ses cheveux se dresser dans sa nuque. Il la regardait directement, avec des yeux de braise. Il ne dit rien d'autre, pourtant elle sut qu'il avait tout à fait l'intention de prendre sa liste au sérieux.

Les jambes tremblantes, elle partit chercher son sac, sortit son téléphone, entra le code et fit apparaître la liste du bloc-notes. Elle jeta un coup d'œil à la liste cochonne qu'elle avait mémorisée, se sentit tardivement rougir de la partager, mais avant qu'elle puisse changer d'avis, il lui prit le téléphone des mains.

— Hé ! s'exclama-t-elle.

Il ne répondit pas. À la place, il fronça les sourcils en lisant pendant ce qui lui parut une éternité. Il leva enfin la tête.

— Putain, qu'est-ce que…

— Oublie ça !

Elle lui arracha le téléphone des mains et le remit dans son sac.

— Je ne suis jamais venue ici.

Elle fonça hors de la cuisine, traversa le salon et passa la porte d'entrée.

— Carrie, attends !

Elle jeta un coup d'œil par-dessus son épaule. Oh mon Dieu, il la pourchassait ! En boxer ! Il était taré !

Son instinct de fuite ou combat prit le dessus et elle décampa, ses jambes filant sur le trottoir et puis soudain, elle décolla et fut jetée par-dessus une épaule solide. Cette prise primitive lui indiqua tout ce qu'elle avait besoin de savoir lorsqu'il la rapporta à l'intérieur…

Elle était mal barrée.

3

La veille…

— Il a enfin quitté sa tour d'ivoire !

Son frère honoraire Ethan Case le salua joyeusement dès que Zach entra au Garner's Sports Bar & Grill pour sa fête de bienvenue. Cela faisait deux ans que Zach n'était pas rentré chez lui. D'abord parce qu'il avait travaillé dans le Colorado et passé les vacances avec son ex, et puis, quand cela s'était terminé, il s'était jeté à corps perdu dans son travail et il avait voyagé jusqu'en Indonésie pour ses recherches. Il avait espéré rentrer à Noël dernier pour le mariage de Jake – un autre frère honoraire – mais il avait été en Indonésie et il avait attrapé la maladie de la dengue juste avant le voyage de retour.

Il sourit en observant le visage du frère qui lui avait le plus manqué. Ethan avait les mêmes cheveux blond foncé avec des épis à l'avant, les yeux bleus transperçants avec quelques rides de plus sur son visage. Ils avaient le même âge, trente-quatre ans, et ils avaient grandi dans la même famille d'accueil, veillant l'un sur l'autre, chacun à sa façon.

Ethan avait fait en sorte que Zach ne se fasse pas tabasser ; Zach avait aidé Ethan à réussir à l'école.

— Eth... parvint-il à dire malgré la boule dans sa gorge.

— Professeur.

Ethan passa un bras autour de son cou.

— Allez viens, allons te chercher à boire.

Il se dirigea vers le bar en traversant la foule essentiellement composée des hommes avec lesquels ils avaient grandi : les frères Campbell et la bande hétéroclite de types comme lui avec des enfances compliquées qui s'étaient tous trouvés grâce à la Ligue Athlétique de la police. Joe Campbell, son père honoraire, avait été leur coach, un fidèle défenseur, et un ami. Mad Campbell, sa 'petite sœur' était également présente avec un grand groupe d'amies qu'il n'avait encore jamais vues. Cela faisait trop longtemps qu'il n'était plus au courant. La dernière fois qu'il était revenu, Mad n'avait que des amis masculins.

Ethan frappa le bar.

— Il faut une bière pour cet homme-là.

Le barman et manager de l'endroit, Josh Campbell, sourit et servit une bière pression à Zach avant de dire doucement :

— C'est bon de t'avoir à la maison.

La sincérité calme de la voix de Josh frappa Zach comme un coup de poing. Il disait cela avec une profonde affection. Ils avaient grandi en étant tous proches en âge et il avait été particulièrement ami avec Josh, son jumeau Jake, Ethan et Marcus. Pourquoi n'avait-il pas pris le temps de revenir voir la seule famille qu'il avait connue ? Pourquoi avait-il laissé la famille de son ex prendre le dessus ? Ou son travail ?

Parce que tu es un loup solitaire.

Son ex, la Dre Muriel Hapsburg, un professeur respecté du département de psychologie à l'université du Colorado, où ils travaillaient tous les deux, lui avait accolé cette étiquette une semaine après leur rupture. Les retombées avaient été un de ces moments où il faut subir ou se taire. Ils sortaient ensemble depuis un an lorsqu'elle lui avait donné pour ultimatum de l'épouser ou de rompre. Son instinct lui avait dit non au mariage. Il avait expliqué que ce n'était pas elle. Il ne pouvait pas s'imaginer passer le restant de sa vie avec qui que ce soit. La semaine suivante, elle était revenue chez lui avec un carton de ses affaires et un petit discours qui lui semblait maintenant prophétique.

— Je ne suis pas fâchée, avait-elle dit. J'ai eu du temps pour le comprendre. À cause des blessures de ton enfance, de ton choix de vocation, et de ton intérêt particulier dans l'observation des communautés distantes, il est clair pour moi que tu es un loup solitaire. Mes parents sont d'accord. Rends service à ta prochaine copine et ne lui fais pas croire à une relation de long terme. Tu ne ferais que la gâcher.

Il avait réfléchi à la chose, tenant compte du fait que ses parents étaient également des psychologues respectés et qu'il avait passé beaucoup de temps avec eux, et il s'était rendu compte que Muriel avait raison. Toute sa vie prenait du sens dans la grille de lecture du loup solitaire. Cela ne servait à rien de nier qui il était au fond de lui. Mais même le loup solitaire avait parfois besoin de retourner vers sa meute. Le voilà donc, de retour dans le Connecticut.

Il tendit le bras au-dessus du bar et serra chaleureusement la main de Josh.

— Je n'attendrai plus aussi longtemps la prochaine fois.

Sa voix était rauque. Ce n'était pas son genre d'être aussi émotif. Il était fier de sa capacité à se détacher et à observer. C'était quelque chose qu'il avait appris en étant enfant et qui lui avait beaucoup servi dans son travail d'anthropologue. Lorsque vous êtes un fugueur à répétition à neuf ans, la vie peut avoir cet effet sur vous. Oui, son comportement solitaire remontait très loin. Mais il était ému par le fait d'être de nouveau parmi les siens.

Josh tira sur la barbe de Zach.

— Regarde-moi cette barbe. C'est un truc tribal ?

Il frotta son menton.

— C'est plus facile sur le terrain : pas besoin de m'inquiéter de mon rasage.

Josh le fixa et secoua lentement la tête.

— Elle te va bien.

— Merci.

Il fut ensuite entouré par ses frères honoraires qui le saluèrent bruyamment en le tapant dans le dos, en plaisantant avec lui, tous surexcités par l'énergie des retrouvailles. Le seul absent était Joe, leur père honoraire, qui gardait Viv, sa petite-fille de deux ans. Zach allait le rejoindre à dîner le lendemain soir. Il n'avait pas encore rencontré Viv, même s'il savait à quoi elle ressemblait. Il prenait toujours des nouvelles de tout le monde, stockant les faits dans sa tête. Il envoyait des textos, des mails, et il les voyait de temps en temps sur Skype.

Zach but sa bière, les bavardages de la fête tourbillonnant autour de lui. Il était rentré pour une année sabbatique consacrée à l'écriture de son livre… l'aboutissement de quatre années de travail sur le terrain dans les communautés forestières des villes indonésiennes. Il s'était dit que sa famille l'empêcherait de se transformer en véritable ermite. Cependant, il ne passerait sans doute pas toute l'année ici. Il espérait que sa candidature pour un poste d'enseignant-chercheur à l'Institut de Recherches sur l'Asie à Singapour soit acceptée bientôt. C'était un poste très demandé, mais il rendait fréquemment visite à l'institut et les employés le connaissaient, lui et son travail. Il pouvait continuer à écrire son livre là-bas, plus près des professionnels dans différentes disciplines qui permettraient d'apporter une perspective plus large à son travail. Il allait donc passer quelques mois ici, deux années là-bas à partir de janvier, peut-être revenir dans le Colorado, peut-être rester à Singapour. Ou ailleurs. On ne pouvait pas attacher un loup solitaire dans un lieu précis.

Il but une gorgée de sa bière. L'important, c'était qu'il soit intellectuellement stimulé. À ce sujet, il évalua mentalement les approches possibles pour que son livre qui n'était pas une fiction reçoive plus de lecteurs que les seuls universitaires. Il souhaitait que le grand public s'intéresse à son travail, qui était particulièrement concentré sur l'Indonésie, mais aussi sur toute la région de l'Asie du Sud-est.

— Salut ! dit une voix féminine avec assez de force pour faire taire ses pensées décousues.

Il baissa la tête et vit une magnifique petite blonde avec de grands yeux bleus, un joli petit nez et un grand sourire. Sa peau pâle était lisse, sans défauts, brillante de bonne santé, et sa robe violette révélait des courbes terriblement sexy : une taille de guêpe parfaite. Tous les signes classiques qui indiquaient une femme pouvant produire une progéniture viable. Non pas qu'il cherchait à se reproduire, mais la biologie fonctionnait pour une raison. En accord avec ses instincts primitifs, le sang afflua dans ses veines, lui rappelant que cela faisait bien trop longtemps. Pas depuis l'été précédent, bon sang, un an maintenant, quand les choses étaient parties en vrille avec son ex.

Il repoussa ce souvenir amer. Puis il redressa les épaules en bombant le torse et il la regarda directement dans les yeux. Son éducation lui donnait un avantage avec les femmes depuis qu'il avait compris que – peu importe la culture ou l'époque – faire la cour était une danse chorégraphiée par la biologie. Il baissa la voix afin de parler d'un ton grave signalant la domination, un signe crucial qu'il pouvait protéger et subvenir aux besoins des enfants qu'il n'avait pas l'intention de produire.

— Bonjour.

— Tu es *L'Homme*, dit-elle. Je t'ai cherché partout.

C'était la phrase de drague la plus adorable qu'il ait jamais entendue. Il l'examina un instant, voyant comme elle était sexy, puis il sourit lentement en se penchant vers elle.

— Ah oui ? Où as-tu cherché ?

Elle leva les deux mains et étala les doigts.

— Partout.

Amusé, il continua à poser des questions.

— C'est où, partout ?

Elle agita ses cheveux coupés au niveau de la mâchoire.

— Des soirées pour célibataires, l'hôpital, ici au bar.

— L'hôpital ?

— Je suis infirmière puéricultrice. Et je sais ce que tu penses, mais un docteur n'était *pas* ce dont j'avais besoin.

Elle fronça son petit nez mignon.

— L'infirmier et le technicien de laboratoire non plus, même s'ils étaient des hommes et modérément sexy.

Il ne sut pas du tout quoi répondre.

Elle oui, et elle ne se gêna pas, les mots tombant à toute vitesse de sa bouche.

— Je sais que cela paraît un peu osé, mais ça fait un moment que je cherche et toi, waouh, sérieusement, waouh, alors laisse-moi aller droit au but : j'aimerais faire un certain nombre de choses avec toi, en toute nudité, si tu y es favorable.

— Je le suis, répondit-il immédiatement.

Il n'était pas idiot. Il la prit par le coude et la guida jusqu'à un coin plus calme de la pièce. Ce fut alors qu'il remarqua les chaussures à talons noirs très sexy. Il fut pris d'un élan de désir avec une intensité surprenante. Certains des hommes le regardèrent partir en lui jetant des regards appuyés qu'il ignora.

— Comment t'appelles-tu ? demanda-t-il quand ils eurent un peu plus d'intimité.

— Carrie. Et toi tu es Zach. Mes amies m'ont dit qui tu étais, alors bienvenue chez toi !

Elle chantonna cette dernière partie.

— Même si nous venons tout juste de nous rencontrer.

— Merci. Combien de verres as-tu bus ?

— Deux verres de vin. Mes amies ne veulent pas que j'en aie plus car elles disent que je ne tiens pas l'alcool.

Elle fronça les sourcils, l'air très contrariée par cela.

Il sourit parce qu'elle était de plus en plus adorable. En outre, elle avait maintenant posé la main sur son torse et elle était assez proche pour que son odeur de vanille sucrée l'encourage à la goûter.

Elle poursuivit.

— J'ai une colocataire, Ally. Nous pourrions aller chez

nous et mettre la musique à fond pour couvrir le bruit fou de la bête à deux dos...

— La bête à deux dos ?

L'expression était-elle encore utilisée ?

— Mais je ne veux pas qu'elle se sente mal. Elle déprime parce que cela fait longtemps qu'elle ne trouve personne.

— Aimerais-tu aller chez moi ?

Elle jeta les bras autour de son cou.

— Je pensais que tu n'allais jamais le demander.

Il posa les mains sur sa taille.

— Tu sens la vanille.

— C'est mon gel douche.

Elle se leva sur la pointe des pieds et ferma les yeux.

— Embrasse-moi, *bad boy*, ronronna-t-elle.

— Tu es certaine de ne pas être ivre ?

Il fallait qu'il s'en assure, car normalement les femmes ne le traitaient pas de bad boy.

Elle répondit en l'embrassant passionnément, et des parties de lui endormies depuis longtemps réagirent de la même façon. Il la ramena à son nouvel appartement en un temps record, oubliant la fête. Quand ils furent dans sa chambre, elle se jeta sur lui, le dévorant des mains et de la bouche, l'embrassant, le mordant, grimpant sur son corps. Il perdit le contrôle.

Brûlant. Brutal. Dur.

Pilonnant, pilonnant, pilonnant.

Sans se retenir. Pas possible de se retenir.

De délicieux cris d'extase dans ses oreilles. De longs grognements gutturaux arrachés à sa gorge.

Des heures et des heures. Il n'en eut jamais assez. Elle non plus.

Lorsqu'elle se roula en boule contre lui et s'endormit, il était épuisé. Et contenté. Il ferma les yeux, espérant pouvoir dormir vite, mais il dormait toujours mieux quand il était seul. C'était une de ses caractéristiques de loup solitaire qui énervait son ex. Bon sang, s'il y avait bien une chose qu'il avait apprise en étant anthropologue, c'était qu'il était bien plus doué pour observer les relations que pour y participer. Il l'avait accepté et il planifiait désormais sa vie en fonction.

Carrie marmonna quelque chose dans son sommeil et elle s'écarta de lui en emportant la couverture. Il tira dessus, mais d'une façon ou d'une autre, celle-ci avait été coincée sous elle. Il la laissa tomber, s'habilla rapidement en maillot de corps et boxer, et se dirigea vers le canapé du salon pour y dormir sous un plaid.

Il s'endormit avec le goût sucré de la vanille sur sa langue.

4

———

Le lendemain... la suite...

Le contentement du lendemain matin de Carrie s'enflamma en un besoin brûlant lorsque Zach la ramena dans son appartement comme un homme préhistorique sexy. Elle atterrit doucement sur le canapé de son salon. Il s'assit à côté d'elle et elle eut le souffle coupé par l'érection massive sous son boxer. Elle croisa son regard et il semblait terriblement sérieux alors qu'il paraissait tout aussi excité qu'elle. Sa liste était-elle vraiment si troublante ?

— Personne ne m'a jamais portée de cette façon, l'informa-t-elle.

Il cligna des paupières et continua à la fixer sans parler, semblant attendre qu'elle dise quelque chose de plus.

— Je dois admettre que ça m'excite, ajouta-t-elle.

Il sourit.

— C'est bon à savoir. Ta liste est très curieuse.

Elle lissa sa robe violette et elle croisa les jambes comme la dame de bonne famille qu'elle était.

— Ah bon ? demanda-t-elle modestement.

— As-tu fait des recherches ? demanda-t-il, d'un ton étrangement universitaire. Est-elle basée sur le *Kama Sutra* ?

Elle rit.

— Non, encore mieux. Les romances.

— Je ne connais pas bien ce contexte.

— C'est le cas de la plupart des hommes. Mais cela aiderait certainement les relations homme-femme. Le sexe des bad boy alpha est le meilleur.

Elle eut des bouffées de chaleur en y pensant.

Il posa sa grande main en haut de sa cuisse, la réchauffant à travers le tissu fin de sa robe.

— Comme la nuit dernière ?

Elle hocha la tête et elle décroisa les jambes.

Il glissa la main vers l'intérieur de sa cuisse, ou elle resta désespérément proche, mais sans toucher ce qu'elle voulait vraiment qu'il touche.

— Puis-je revoir cette liste ?

Elle hésita, se sentant un peu mal à l'aise de partager cette liste après sa réaction WTF. Une part d'elle-même regrettait de l'avoir mentionnée. Peut-être pouvait-elle simplement la rejouer en faisant des signaux avec les mains.

Il retira la main de sa jambe et la posa sur son épaule.

— Carrie.

Elle soupira.

— Peux-tu simplement faire semblant de ne jamais l'avoir vue ?

Il serra son épaule.

— Je meurs d'envie de la revoir.

Elle leva le menton en faisant comme si sa main sur son épaule ne lui faisait rien, alors qu'elle était réchauffée par ce contact.

— Pourquoi ?

— J'essaie de découvrir ce que tout cela veut dire.

C'était compréhensible. En fait, elle s'inquiétait un peu d'avoir été trop subtile avec ses euphémismes et que personne ne pourrait jamais comprendre cette liste. La première liste qu'elle avait écrite avait été bien plus explicite.

Il y avait eu un incident. Elle avait voulu l'envoyer à son amie Lauren par texto, qui avait insisté pour y jeter un coup d'œil avant que Carrie la montre à un homme, et elle l'avait accidentellement envoyée à son voisin de quatre-vingts ans, Larry. Ils étaient côte à côte dans ses contacts. Elle était sa personne à contacter en cas d'urgence.

Maintenant, Larry n'arrêtait pas de lui sourire.

Elle n'était pas prête à donner à Zach l'explication embarrassante des euphémismes, malgré ses belles qualités d'alpha. Elle le dévisagea depuis ses épais cheveux bruns jusqu'à sa barbe sexy et son corps musclé et oui, toujours en érection. Tellement masculin. Puis il la surprit par une observation extrêmement perspicace.

— Je suis presque sûr de t'avoir donné le numéro six. Baisée contre un mur.

Elle écarquilla les yeux, impressionnée qu'il ait pu lire entre les lignes de ses euphémismes. Il fallait être intelligent pour traduire 'J'aimerais rencontrer Harvey' en 'Je veux désespérément être baisée contre un mur'. Harvey Wallbanger était un de ces noms de cocktails au nom cochon qui semblaient faits pour les euphémismes.

— Je croyais que ceci n'était qu'un coup d'un soir, dit-elle en espérant qu'il la contredise.

Il avait été incroyable la nuit dernière, mais elle savait que les bad boys ne s'engageaient jamais sur le long terme. Si c'était plus qu'un coup d'un soir, elle lui montrerait peut-être à nouveau la liste.

Il fit passer les cheveux de Carrie derrière son oreille.

— Tu me verras sûrement de temps en temps. Nous connaissons beaucoup de personnes en commun. Et n'as-tu pas dit que tu vivais près d'ici ?

— Oui.

— Alors nous pouvons être amis et les amis partagent des informations. N'aimerais-tu pas avoir le point de vue d'un homme ?

Il argumentait bien. Oh, et puis tant pis, quel mal y avait-il ?

— Tu es très intelligent, dit-elle en sortant son téléphone et en composant le mot de passe. Bien sûr que j'aimerais le point de vue d'un homme. Si je ne suis pas réaliste, ou si un de ces éléments est un tue-l'amour, il vaudrait mieux que je le sache avant de me ridiculiser.

Elle tint le téléphone devant elle de façon à ce qu'ils puissent lire tous les deux. Elle se dit qu'elle pouvait ainsi intervenir avec des explications quand c'était nécessaire.

— Tu vois...

— Attends. Laisse-moi lire.

Elle fixa la liste et elle essaya de ne pas s'agiter.

La Liste de Souhaits de Carrie

1. D'abord le dessert.
2. L'étage du dessus, c'est sympa.
3. La balade en voiture du dimanche est parfois mouvementée.
4. Tout propre, c'est le mieux.
5. Les animaux sont primitifs.
6. J'aimerais rencontrer Harvey.
7. Je m'appelle Bond. Jane Bond.

Elle jeta un coup d'œil à Zach qui avait un air de concentration intense. Cela lui rappela comment il avait été focalisé la nuit dernière et elle sentit tout son corps se ramollir.

Il finit par hocher la tête une fois et elle arrangea le téléphone dans son sac. Puis elle attendit, essayant de sembler calme et sûre d'elle, même si elle n'arrivait pas tout à fait à le regarder dans les yeux. Elle se prépara. C'était la nouvelle Carrie indépendante. Bien sûr, elle pouvait parler de ses désirs les plus profonds avec l'homme sexy qu'elle ne connaissait que depuis quatorze heures. Elle risqua un regard vers lui.

Il se caressait la barbe d'un air pensif, mais il resta silencieux en l'étudiant.

Elle craqua sous la pression de cette humeur songeuse.

— Alors ?

Il la regarda d'un air perplexe.

— C'est la liste coquine la plus adorable et la plus incompréhensible que j'ai pu voir.

— En as-tu lu d'autres ?

— Non.

Il caressa son bras, essayant apparemment de l'apaiser, mais son contact ne la calma pas du tout.

— C'est peut-être moins incompréhensible dans le contexte approprié.

Et en ayant avalé deux verres de vin.

— Tu veux dire au lit ?

— Mmm-hmm.

Ne le tripote pas.

Il fit descendre sa main plus bas, entourant son poignet, son pouce frôlant le côté sensible au-dessous.

— Que signifie l'étage du dessus ?

— Ah oui, l'étage du dessus, souffla-t-elle en ne parvenant pas à se concentrer, car il continuait à caresser son poignet, qui était soudain devenu une zone érogène dont elle ne connaissait pas l'existence jusque là.

Sa voix devint plus grave, c'était un grondement près de son oreille qui lui donna des frissons.

— Donne-moi un indice. L'étage du dessus ?

Elle regarda droit devant elle avant de chuchoter :

— C'est-à-dire que je suis dessus.

Lorsqu'il resta silencieux, elle inspira profondément et elle le regarda dans les yeux.

Il fronça les sourcils.

— Je suis donc dessous ? Non, attends. Meilleure question : tu n'as jamais été au-dessus ?

— Mon ex, Edward, était très traditionnel. L'homme en haut sauf une fois par mois quand il voulait que je lui rende service d'une autre façon.

Il serra les doigts sur son poignet.

— De quelle façon ?

Elle leva une épaule.

— Avec la main ou la bouche.

Il lâcha sa main.

— Qui choisissait ?

— C'était moi, mais je savais qu'il aimait mieux avec la bouche, alors…

Elle haussa les épaules.

— Et tu es resté longtemps avec ce type ?

— Six ans.

— Et avant lui ?

— Juste lui. Mon seul et unique.

— Carrie.

Il étira son prénom. Il y avait tant de choses dans ce mot : l'inquiétude, le désir, la protection.

— Quoi ? demanda-t-elle doucement.

— Tu es presque une innocente. Je ne peux pas en bonne conscience te laisser courir partout et montrer cette liste à des hommes au hasard.

Elle se renfrogna.

— Tu n'as aucun mot à dire ! C'est ma vie et j'en ai assez de jouer la sécurité.

Elle attrapa son sac et elle lui jeta un regard noir.

— Et ne t'avise pas de me pourchasser avec ton boxer à carreaux sexy. Ta manœuvre primitive d'homme des cavernes ne fonctionnera pas cette fois. Tu m'as énervée et je ne m'énerve pas facilement. Normalement, je suis très gentille et calme.

Elle se leva et elle se dirigea vers la porte, un peu surprise qu'il ne la suive pas. Il avait semblé si déterminé auparavant. Elle atteignit la porte, la main sur la poignée, et quelque chose la poussa à jeter un coup d'œil par-dessus son épaule. Il était assis là, l'observant comme si tout ce qu'elle faisait était fascinant. Personne ne la regardait jamais comme si elle était intéressante. En général, elle se fondait dans le décor.

— Eh bien, au revoir.

— Je ne cherche pas de relation.

Elle se tourna pour lui faire face.

— Je n'ai pas demandé ça. Bon sang, c'est la dernière chose que je veux après mon pseudo mariage toxique.

Franchement, elle avait la nausée rien qu'à l'idée d'être piégée dans une autre relation. Et si elle se perdait encore elle-même ?

Lorsqu'il continua à la fixer en silence, elle ajouta :

— Pourquoi crois-tu que je t'ai dragué dans le bar, bad boy ? Un indice : ce n'était pas pour la conversation.

Il fit un bruit inquiétant, proche d'un grognement sauvage. Elle inspira brusquement, à la fois méfiante et excitée.

Son regard resta très direct, la clouant sur place.

— Je ne reste jamais longtemps au même endroit, grogna-t-il. Je pars à l'étranger dès que possible.

Elle ne savait pas très bien pourquoi il continuait à lui parler, mais la politesse l'obligea à répondre de la même façon.

— D'accord. Je ne m'attendais pas à autre chose de la part d'un bad boy. En fait, c'était exactement la raison pour laquelle j'en cherchais un. En plus du sexe brûlant de l'alpha. Alors, euh, ouais. Merci pour cette nuit.

Elle leva la main pour le saluer.

— Je te verrai sans doute dans les parages. Je vis à quelques pâtés de maisons, dans l'immeuble. Je ne sais pas si tu fais de la course à pied…

— Deux semaines.

Il se leva et il avança à grands pas vers elle.

— Je ferai toute ta liste en deux semaines. Tu te sentiras libérée et tu resteras en sécurité.

Elle leva le menton.

— Je t'ai dit que je ne voulais pas de la sécurité.

Il parvint jusqu'à elle, glissa son sac de son épaule, passa un bras autour de sa taille et la tira contre lui, appuyant son érection contre le ventre de Carrie. Un désir sombre bouillonnait dans ses yeux et il anéantit sa détermination à mettre de la distance entre eux. Il inclina la tête et il l'embrassa brutalement. Elle gémit et se leva sur la pointe des pieds, passant les bras autour de son cou pendant qu'il prenait et prenait et qu'elle donnait avidement.

Il pencha la tête, la regardant d'un air de braise qui lui donna immédiatement envie de se déshabiller.

— Sommes-nous d'accord ? demanda-t-il d'un ton doux, mais dangereux.

Elle eut soudain l'impression de conclure un marché avec le diable.

— Tu triches.

Ses lèvres tressaillirent et il répondit :

— Je suis content que tu le penses.

Elle détacha ses bras de son cou et elle se remit à toucher son torse sexy.

— Tu penses que deux semaines suffisent à faire toute la liste ?

Son ex et elle ne couchaient ensemble qu'une fois par semaine. Elle espérait vraiment que Zach soit disponible de façon plus fréquente.

Il posa la main sur son menton, son pouce lui caressant doucement la joue.

— Très certainement.

Elle poussa un petit cri et jeta les bras autour de sa taille en le serrant très fort. Puis elle recula avec un grand sourire et sautilla sur place. C'était idéal. Il allait l'aider avant de la laisser repartir pour l'aventure suivante. Il la tira contre lui et la perfection de la situation la frappa entre les jambes avec son baiser dévorant suivant. Mon Dieu, ce qu'il embrassait bien.

Lorsqu'il la laissa enfin respirer, elle dit :

— Marché conclu, bad boy.

Il lui fit un sourire carnassier et elle sentit la chaleur s'accumuler entre ses jambes en même temps qu'une pulsation agréable. Comment pouvait-elle résister ?

Elle attrapa ses fesses.

— Mais je réserve le droit de passer ou de répéter certains éléments suivant mes envies.

— Bien sûr. Nous ne sommes pas obligés de les faire dans l'ordre.

Sa voix devint plus bourrue.

— Les bad boys brisent tout le temps les règles.

Elle retint son souffle et son estomac fit un bond à cause de l'excitation de toute la situation. Il venait de cocher une autre case de sa liste fantasmée du bad boy alpha : celui qui aime briser les règles. Elle l'embrassa dans le cou et puis elle le lécha avant de tourner la tête pour frotter sa joue contre sa barbe. L'instant suivant, il l'embrassa et il la guida en arrière jusqu'à ce qu'elle sente le canapé derrière ses genoux. Il la poussa en position assise et il se laissa tomber à genoux devant elle, ses mains remontant déjà sa robe au niveau des hanches, où il ne trouva que de la peau.

Ils se regardèrent dans les yeux, commençant tous les deux à respirer plus fort.

Il parla d'une voix autoritaire et délicieusement cochonne.

— Écarte les jambes, coquine. Je vais prendre le dessert d'abord.

Elle écarta les jambes et poussa un petit cri, soudain reconnaissante d'avoir trouvé un bad boy intelligent.

Carrie flotta plus ou moins jusqu'à son immeuble, qui ne se trouvait qu'à trois pâtés de maisons de l'appartement de Zach. Comme c'était pratique. Zach faisait bien son travail. *Qu'il m'utilise, m'épuise, nouille molle et au revoir !* Elle se sentait euphorique, étourdie et heureuse au point de danser des claquettes. Elle avait envoyé la liste à Zach par texto immédiatement après ce premier orgasme hallucinant. Elle avait été sur le point d'expliquer chaque élément, mais il avait dit aimer le défi d'essayer de tout comprendre. Puis il l'avait jetée par-dessus son épaule, l'avait portée jusqu'à sa chambre et l'avait laissée passer sur le dessus. Trois choses de la liste avaient déjà été faites !

Cette liaison de deux semaines n'aurait pas pu être plus idéale. Ils avaient parlé ouvertement et avec franchise en négociant les termes du contrat. Tout était explicite. En outre, il allait sans doute partir là où il devait aller – ils avaient très peu parlé une fois qu'ils s'étaient laissé aller à la passion – et elle était fermement enracinée ici dans le Connecticut. Dans trois semaines, en accord avec son 'plan d'autonomie pour Carrie', elle allait se rendre à l'université du Connecticut pour son Master d'infirmière afin de devenir une infirmière pédiatrique certifiée. Elle avait reçu un poste d'aide-enseignante qui couvrirait ses frais d'université. En tant qu'infirmière praticienne, elle gagnerait un salaire plus élevé et elle aurait des responsabilités proches de celles d'un médecin. Edward l'avait découragée de continuer la fac, disant que c'était un gaspillage d'argent alors qu'ils avaient déjà son gros salaire de chirurgien du cerveau. Non pas qu'ils étaient mariés. Ils avaient vécu ensemble et il n'avait fait sa demande en mariage que quatre jours après qu'elle ait rompu parce qu'il l'avait trompée et pire, il lui avait menti. Le mensonge était un problème important pour elle et elle ne le tolérait sous aucune forme.

Edward lui avait donné l'impression qu'elle était une femme obsédée par le sexe et en manque d'affection pendant des années, alors qu'elle était parfaitement normale ! Pendant ce temps, il couchait avec des femmes au hasard qu'il rencontrait au moyen d'une application incitant au sexe cochon. Lorsqu'elle l'avait confronté avec ses soupçons, il lui avait donné l'impression qu'elle était folle. Il avait retourné toute la situation comme si c'était *elle* qui avait un problème. Il avait menti jusqu'à ce qu'elle pose un dossier rempli de preuves dans ses mains. Son excuse ? Il la gardait pure en tant que future mère de ses enfants. Enfoiré. Taré.

Cette trahison l'avait profondément blessée. Elle l'avait connu toute sa vie, leurs familles étaient proches et elle l'admirait. Il avait sept ans de plus, il était beau et sophistiqué à ses yeux. Après coup, elle comprenait qu'elle avait investi bien trop d'énergie à essayer de le garder satisfait, à marcher sur des œufs quand elle faisait quelque chose qui ne lui plaisait pas et qu'il l'ignorait pendant des jours. Sa seule rébellion avait été de participer à des réunions d'un groupe de lecture pour célibataires avec le Club de Lecture Happy End alors qu'elle n'était pas encore seule. Non pas qu'elle faisait quoi que ce soit avec les hommes qu'elle rencontrait, qui étaient essentiellement les grands frères de Mad Campbell, une membre du club. Maintenant, elle était ravie d'avoir fait cela, car les femmes qu'elle y avait rencontrées étaient devenues ses amies les plus proches. Comme sa colocataire, Ally Bloom. Il avait fallu beaucoup de temps à Carrie pour se remettre après ce qui ressemblait à un divorce et pour réfléchir vraiment à qui elle était et ce qu'elle voulait dans la vie. Voir ses amies vivre leurs vies merveilleuses avait suffi à l'inspirer.

Ses véritables passions étaient nées dans les cendres de sa relation brisée. Voilà ! Carrie autonome. Carrie sexuellement satisfaite.

Elle sourit intérieurement et elle ouvrit la porte de l'appartement à deux chambres qu'elle louait avec Ally, qui était sur le point de partir, déjà en maillot de bain et serviette de plage, le sac sur l'épaule. Elles avaient toutes deux des cartes de membres au Grand Lac de Clover Park, où elles devaient rejoindre certaines de leurs amies. C'était pour un 'dimanche paresseux à la plage, venez quand vous pouvez'.

— Comment c'était ? demanda Ally avec curiosité, levant les sourcils sous sa frange blonde.

Elles se ressemblaient et parfois les gens pensaient qu'elles étaient sœurs. Elles faisaient à peu près la même taille, toutes les deux blondes aux yeux bleus, mais Ally avait une personnalité pétillante et facilement enthousiaste, alors que Carrie était d'habitude très terre-à-terre. Sa liaison avec Zach tenait plus de l'exception que de la règle.

Carrie sourit.

— Merveilleux.

— Super !

Ally laissa tomber toutes ses affaires de plage et se précipita vers elle pour la prendre dans ses bras.

— Je suis tellement contente pour toi !

Ally savait combien ce pas était important pour Carrie après son ex.

Carrie la serra contre elle avant de s'écarter.

— Merci. Laisse-moi me préparer et nous partirons au lac ensemble.

— OK, j'envoie juste un texto…

Les pouces d'Ally volèrent sur le clavier en composant sans doute un message à leur amie Hailey.

— Voilà, dit-elle en levant la tête, ses yeux bleus vifs la fixant avec curiosité. Dis-moi tout.

Carrie se mit à rire et se dirigea vers la chambre.

Ally la suivit et s'assit sur le lit de Carrie.

— Allez ! Je dois vivre par procuration. Tu sais combien de temps cela fait pour moi. Arg !

Elle étala les bras et se laissa tomber en arrière sur le lit.

Carrie sortit son maillot de bain une-pièce modeste du tiroir.

— Il va faire toute ma liste.

Ally s'assit brusquement.

— Tu lui as montré ta liste ? s'exclama-t-elle.

Ally était celle qui l'avait aidée avec les euphémismes. Elles avaient beaucoup ri en les imaginant tout en buvant une bouteille de vin.

— Oui !

— Et il va vraiment la suivre ? Le but d'un bad boy n'est-il pas qu'il n'y a pas de règles ?

Elle rit.

— Il va sûrement les faire dans le désordre. On ne peut pas s'attendre à ce qu'il suive *toutes* les règles, n'est-ce pas ?

Son cœur se mit à battre en un tcha-tcha rapide en pensant à ce que Zach pourrait faire ensuite. Elle se sentait légère et elle aurait aimé faire un petit tour sur elle-même de bonheur, mais elle ne voulait pas remuer le couteau pour Ally. Son amie était éprise d'un type de la fac.

— Je savais qu'il ne pouvait pas être si terrible s'il était proche d'un flic, dit Ally.

Le flic, Ethan, avait été plutôt surexcité par le retour de Zach.

— Ce n'est pas un criminel, répondit Carrie. Il est plutôt badass.

— Quel est son travail, d'ailleurs ?

Ah. Elle n'avait pas pensé à poser des questions sur Zach une fois qu'elle avait commencé à songer à sa liste de souhaits. Elle lui avait déjà dit que l'élément numéro un – d'abord le dessert – se trouverait certainement sur sa liste de choses à refaire.

Il s'était contenté d'un de ses sourires lents et sexy.

— Je sais.

La façon dont elle avait attrapé sa tête en criant avait dû le lui faire comprendre. Elle rougit en y repensant.

Ally gémit.

— Tu es en train de penser à lui, n'est-ce pas ? Et le sexe fantastique ! Arg. Je suis tellement jalouse. Je devrais peut-être faire une liste.

Carrie secoua la tête.

— Tu ne manques pas d'expérience comme moi. Tu as seulement besoin de rencontrer quelqu'un.

Ally soupira.

— Je l'ai déjà rencontré et je l'ai perdu.

— Oh, Ally, j'espère que ça fonctionnera pour toi à la réunion.

Ally voulait se remettre avec son petit-ami de fac à la réunion d'anciens élèves du mois suivant. Elle avait passé quatre ans avec lui.

— Moi aussi. Nous sommes tous les deux célibataires et nous avons beaucoup communiqué par texto.

Elle croisa les doigts des deux mains, enleva ses claquettes et leva les pieds pour lui montrer qu'elle croisait aussi les orteils.

Carrie jeta son maillot de bain sur l'épaule et croisa les doigts par solidarité.

— Je vais prendre une douche rapide, dit-elle en se glissant dans la salle de bains.

— Je vais préparer ta glacière, dit Ally.

— Merci !

Son amie connaissait ses en-cas préférés pour la plage.

Elle fixa sa liste du bad boy alpha scotchée sur le miroir avec un grand sourire. Mission accomplie. Elle retira soigneusement le papier et elle le rangea dans le petit tiroir de la table de toilette. Pas besoin d'un rappel maintenant qu'elle l'avait trouvé. Elle se doucha rapidement et enfila son maillot de bain, couvrit sa peau claire de crème solaire et attrapa une serviette de plage de l'armoire à linge. Lorsqu'elle eut rangé toutes ses affaires de plage habituelles dans un grand sac, elles partirent en voiture dans la Toyota de Carrie, Ollie, qui ne l'avait jamais lâchée au cours de ses dix années de conduite fidèle. Ally n'arrêtait pas de lui poser des questions sur sa nuit avec Zach, mais pour une raison étrange, Carrie ne voulait pas en parler. Il y avait quelque chose chez Zach, peut-être son côté calme et réservé, qui faisait qu'elle ne trouvait pas bien de parler de lui de cette façon. Elle était certaine qu'il n'était pas du genre à baiser puis tout raconter. Elle finit seulement par révéler à Ally qu'ils avaient fait trois éléments de sa liste et que c'était tout ce qu'elle avait espéré. Cela sembla satisfaire Ally, qui poussa un soupir rêveur en lui racontant une autre histoire sur Dean. Carrie n'avait encore jamais rencontré Dean, mais elle espérait qu'il était tout aussi fabuleux qu'Ally le laissait entendre.

Elles trouvèrent leurs amies allongées en groupe sur des serviettes et des chaises longues : Hailey, l'entremetteuse et chef du Club de Lecture Happy End, ainsi que Missy, Sabrina et Lexi. Le reste de leur groupe très uni était soit en train de travailler, soit occupé avec leurs hommes.

Carrie n'avait même pas encore pris place sur sa chaise longue lorsqu'Ally révéla :

— Carrie a trouvé un homme pour sa liste sexuelle.

— Chut ! s'exclama Carrie en regardant vite autour d'elle afin de s'assurer qu'elles n'étaient pas assises trop près d'autres gens, particulièrement des familles.

La voie était libre. Elles étaient assez loin de l'eau, et donc de la foule.

Les femmes la bombardèrent de questions que Carrie ignora, s'installant confortablement et tendant le bras vers la glacière pour attraper une boisson.

— Carrie ! s'écria Sabrina en se penchant vers elle, puis en retirant ses cheveux de son visage.

Le volume de sa voix surprit tout le monde, car Sabrina était normalement assez calme.

— Tu ne peux pas larguer une bombe pareille sans explication.

Elle baissa la voix.

— Une liste sexuelle ?

Carrie tendit sa boisson à Sabrina pour la détourner du sujet.

— Tu veux un Yoo-hoo ?

— Carrie ! s'exclamèrent toutes les femmes, presque en chœur.

— Arrête d'essayer de changer de sujet, dit Sabrina avec douceur.

Carrie se concentra pour déboucher la bouteille et elle but une longue gorgée, n'ayant pas l'intention de partager encore sa liste de souhaits. Maintenant que Zach l'avait, personne d'autre n'avait besoin de le savoir. Finalement, le poids des regards de tout le monde la poussa à dire :

— C'est Ally qui en a parlé, par moi.

— C'était Zach, ajouta Ally.

— Elles savent qui c'était, précisa Carrie en appuyant la boisson fraîche contre son front.

Elles avaient toutes été à la soirée de bienvenue de Zach la veille, mais les garçons l'avaient monopolisé, alors aucune de ses amies ne savait grand-chose sur lui. Comme elle, elles savaient seulement que Zach était proche des Campbell et qu'il n'était pas rentré à la maison depuis des années parce qu'il se trouvait dans le 'no man's land'. Leur amie Mad Campbell travaillait, sinon elle les aurait renseignées. Carrie décida vite que moins elle en savait au sujet de Zach, mieux c'était. Elle ne voulait pas trop s'attacher.

— Comment était la barbe ? demanda Sabrina.

— Je ne ferai pas d'indiscrétions, dit Carrie en retenant un sourire.

Les femmes la regardèrent. Leur club de lecture de romans avait commencé sous la forme d'un groupe de lecture pour célibataires – maintenant certaines des membres étaient fiancées ou mariées – et elles avaient toujours révélé les détails de leur vie amoureuse. Elle savait qu'elle ne faisait pas son dû, mais tant pis. Elle en avait assez de faire ce que l'on attendait d'elle. Elle ne cherchait pas l'amour. Pour autant qu'elle le sache, l'amour était un arrangement domestique calme comme ses parents âgés, ou suffocant, comme elle et son ex dominateur. Quoi qu'il en soit, cela promettait une vie entière d'ennui et de responsabilités. Elle voulait de la *passion*. Et Zach voulait bien la lui donner.

Hailey se leva sur ses coudes. C'était un portrait en rose : un minuscule bikini rose, des lunettes de soleil à bord rose, du rouge à lèvres rose et du vernis à ongles assorti sur ses doigts et ses orteils. C'était une ancienne reine de beauté aux longs cheveux blond vénitien, aux yeux bleu clair, à la peau parfaite et au cœur d'une grande romantique. Pour les autres, en tout cas, pas pour elle-même. Elle était l'unique organisatrice de mariages de Clover Park : selon ses propres dires, une accro à l'amour et facilitatrice de happy ends.

— Je comprends tout à fait ta discrétion, Carrie. Tu as de la classe. En parlant de dame classe, y a-t-il quelqu'un qui aimerait sortir avec Ethan ? J'essaie de montrer que la rumeur selon laquelle il est un accro au sexe est fausse et qu'il est le candidat parfait pour des dames comme nous.

Les femmes gloussèrent. Pauvre Ethan. La rumeur de son addiction au sexe était encore une autre folle histoire. Évidemment, il ne l'était pas, mais la rumeur avait persisté, comme cela arrive souvent dans les petites villes. Hailey était bien décidée à redresser ce tort. Elle voulait que tout le monde puisse avoir un happy end.

Carrie sortit un sachet de chips de sa glacière et le proposa à Hailey.

— Pourquoi ne sortirais-tu pas avec lui ?

Hailey refusa les chips d'un geste de la main.

— Pas le temps. Trop occupée à lancer mon entreprise.

— Mais tu as le temps pour nous, dit Carrie en passant le sachet à Sabrina.

Hailey soupira et remonta ses longs cheveux afin d'éventer sa nuque.

— Les hommes, cela représente du travail. C'est vous mesdames, qui m'aidez à garder ma santé mentale.

Elle laissa retomber ses cheveux et elle observa le groupe.

— Quelqu'un pour Ethan ? Pas besoin d'être seule avec lui. Je le ferai venir chez Garner's jeudi soir après le club de lecture. Il vous suffit de sourire et de flirter afin que tout le monde sache qu'il est cool.

— Je ne peux pas, répondit Ally. Je me remets avec Dean le mois prochain.

— Je suis avec Zach pour l'instant, dit Carrie.

— Pour l'instant ? répétèrent les femmes presque toutes en même temps.

— Jusqu'à ce qu'elle ait terminé sa liste sexuelle, expliqua Ally. Mais pas dans l'ordre, cependant. Les bad boys ne suivent pas les règles.

Carrie mâcha bruyamment une chips.

— Peux-tu te contenter de dire 'liste de souhaits' ?

— Carrie ! s'exclama Sabrina. Tu nous rends dingues avec tes petits indices.

— Ouais, intervint Lexi. Allez, ce n'est que nous !

— À quel point est-il un bad boy ? voulut savoir Missy.

— La liste sexuelle est plutôt une liste de souhaits, révéla Carrie. Pour rattraper ce que j'ai manqué avec mon ex. Zach est d'accord avec tout.

Hailey remonta ses lunettes de soleil et lui jeta un regard dur, la transperçant de ses yeux bleu clair.

— C'est sans doute la pire idée que j'ai jamais entendue. Tu ne peux tout simplement pas faire ça.

Carrie fronça les sourcils, irritée. Si elle voulait une liaison sans lendemain, elle avait le droit d'en avoir une. Elle ne voyait aucune raison de ne pas le faire.

— Pourquoi pas ?

— Parce que tu es une fille gentille, expliqua Hailey d'une voix patiente. Cette situation va s'envenimer et devinez qui se sentira le plus mal à la fin ?

— Elle, dit Ally en montrant Carrie du doigt.

Hailey laissa retomber ses lunettes en place.

— Oui. Je te connais, Carrie, tu as un cœur sensible et aimant.

Carrie serra la mâchoire et retint la remarque acerbe qui lui vint immédiatement à l'esprit. *Dois-je être une connasse pour m'amuser ?* Elle savait que Hailey avait de bonnes intentions. C'était juste que Carrie avait enfin eu le courage de se lancer et elle voulait que ses amies soient contentes pour elle, pas qu'elles la retiennent. Elle parla d'une voix soigneusement contrôlée.

— Je peux très bien gérer une brève liaison.

— Tu devrais apprendre à le connaître, insista Hailey. Lui donner une chance de découvrir qui tu es et de créer quelque chose de réel.

— Mais… commença Carrie.

— Je dis cela par amitié, dit Hailey en tendant le bras et en serrant celui de Carrie.

Elle retira ses doigts, sans doute couverts de crème solaire, et elle les essuya discrètement sur sa serviette.

— Je ne veux pas que tu éprouves du chagrin.

— Je déteste devoir le dire, intervint Ally. Mais Hailey ne dit vraiment pas n'importe quoi.

Carrie plaqua un sourire sur son visage.

— Merci pour l'avertissement, mais quelque chose de temporaire me va tout à fait. C'est ce que je veux. Et même si cela ne me convenait pas – elle leva un doigt afin d'insister – ce qui n'est pas le cas, peu importe car il part à l'étranger dès qu'il le peut et moi, je reste ici pour les études. Je ne vais certainement pas faire l'impasse sur mon poste d'assistante qui couvre complètement mes frais universitaires juste pour suivre un type je ne sais où.

— Que se passera-t-il lorsque vous aurez fini cette liste dans une semaine ou deux et qu'il ne sera pas à l'étranger ? demanda Hailey. Et si tu le croisais avec les autres garçons ou en ville ?

— Je serai polie, répondit Carrie d'un ton sec.

Hailey parla avec douceur.

— Mais tu pourrais avoir ton happy end si tu lui donnais juste une chance.

Elle voulait parler de l'ultime situation romantique : l'amour pour toujours culminant par un mariage. L'idée d'être pour toujours piégée dans une relation retourna l'estomac de Carrie. Les gens changeaient, et pas toujours en mieux.

Missy, une femme rousse coriace qui n'édulcorait jamais rien, mit son grain de sel dans la conversation.

— Le mariage n'est pas pour tout le monde. Moi, ça ne m'allait pas. Vas-y, Carrie. Profite.

Les femmes plongèrent avec enthousiasme dans un débat sur le mariage et sur ce qu'il représentait : une chance de bonheur ou une vie entière de dur travail relationnel. Carrie ignora tout cela, observant sereinement le lac, savourant encore une fois son bonheur post-bad-boy. Hailey posa alors une question qui déclencha la culpabilité automatique de gentille fille de Carrie.

— Et si tu finissais par lui faire du mal ?

Elle n'y avait pas du tout pensé, car il semblait d'accord avec tout. Elle dit enfin simplement :

— Il a expliqué qu'il ne voulait pas de relation.

Hailey poussa un long soupir.

— Très bien.

Elle se tourna vers le groupe.

— Alors, pas de volontaire pour Ethan ?

Les femmes restèrent silencieuses. Personne n'avait très envie d'avoir un rendez-vous arrangé organisé par Hailey. Il suffisait de l'encourager un tout petit peu et elle ne vous lâchait plus avec sa persévérance incessante qui marchait si bien pour son travail. Les vies amoureuses des gens étaient un peu plus compliquées que cela.

Hailey sortit une casquette rose de son sac et la posa très bas sur son front.

— Il faudra que je fasse un peu plus attention à Ethan moi-même.

— Ça va être intéressant, murmura Missy.

— Quoi ? demanda Hailey.

— J'ai dit que ce sera bien pour lui, dit Missy.

— Et Josh ! intervint Ally, ce qui les fit rire car elles avaient toutes pensé la même chose.

Josh Campbell, le barman et manager de Garner's, avait précédemment servi de compagnon payé pour les nombreux mariages organisés par Hailey. Lorsque cet arrangement était parti en fumée, ils avaient commencé une querelle hilarante de meilleurs ennemis qui était passée de piments cachés dans des nachos (Josh), de rumeurs d'une maladie causant l'impuissance (Hailey), de l'absence permanente des ingrédients du mojito, boisson préférée de Hailey (Josh) de rumeurs sur le petit pénis de Josh (Hailey) jusqu'à des rumeurs établissant que Josh avait largué Hailey. Pauvre Hailey, cette dernière était la manœuvre extrêmement efficace de Josh que tout le monde en ville avait cru à cause de leur alchimie palpable. Carrie et ses amies pensaient toutes que leur relation de meilleurs ennemis était une façon de cacher ce que Josh et Hailey voulaient vraiment : l'un l'autre.

Josh ne le prendrait pas bien s'il devait regarder Hailey flirter avec son ami Ethan. Cela forcerait peut-être Josh à prendre les choses en main et à faire le premier pas qu'elles le soupçonnaient toutes de vouloir faire avec Hailey. Et que celle-ci espérait secrètement.

Hailey remit ses lunettes de soleil.

— Josh peut aller voir ailleurs si j'y suis.

Ou pas.

5

Zach traversa le magasin de rideaux Curtains & More, en se disant qu'il n'avait pas vraiment menti à Carrie en ne lui expliquant pas qu'il était en réalité un anthropologue respecté et non pas un bad boy. Ce n'était pas comme si elle lui avait demandé ce qu'il faisait dans la vie. Mais c'était un point d'honneur chez lui d'agir de façon toujours honnête, honorablement, de toujours tenir parole. Une pointe de culpabilité le poussa à grincer des dents lorsque les mots qu'il avait entendus si souvent étant enfant résonnèrent dans sa tête. *C'est une mauvaise graine. Tu ne peux pas lui faire confiance. Il est sournois, c'est un menteur et un voleur.* La réputation de ses parents était restée collée à lui. Ils avaient fait partie du crime organisé. Ils n'étaient pas les muscles, mais les cerveaux. Son père était mort avant la naissance de Zach. Il se souvenait cependant de sa mère. Elle l'avait aimé, avait joué avec lui, et lui avait appris des choses. À trois ans, elle lui avait appris à lire, à quatre elle lui avait appris les additions et les soustractions simples en utilisant des bonbons, et à cinq ans elle lui avait appris des 'compétences essentielles'. C'est-à-dire comment crocheter des serrures, briser une vitre sans endommager sa main, et comment se fondre dans une foule. À six ans, elle l'avait laissé chez une amie pour ce qui devait être une semaine, et elle n'était jamais revenue. Au bout de deux semaines, sa baby-sitter était partie avec son petit-ami, le laissant seul. Il s'était rendu au supermarché du coin, avait volé un hot dog et l'avait mangé avant d'en mettre un autre dans sa poche pour plus tard. Il avait cependant été trop gourmand et il avait volé quelques bonbons. Les services sociaux étaient venus le chercher. Ce fut sa première maison d'accueil.

Il s'était enfui tant de fois que personne ne voulait le garder. Un fugueur qui volait régulièrement de la nourriture et de l'argent, c'était pénible. Il avait utilisé toutes ses 'compétences essentielles' pour s'enfuir, attendant impatiemment le jour où il trouverait sa mère et qu'il pourrait tout lui raconter. Ce jour-là n'arriva jamais. À neuf ans, il atterrit dans la même maison d'accueil qu'Ethan, qui lui dit d'arrêter d'être un fugueur stupide parce que son équipe de basket avait besoin d'un grand. Ce fut alors qu'il rencontra les frères Campbell et leur père, Joe, dans la ligue athlétique de la police. Il avait fugué une fois de plus un mois plus tard, mais à ce moment-là, Joe veillait déjà sur lui. Ce fut Joe qui le retrouva, l'aida à obtenir les réponses dont il avait besoin au sujet de sa mère, et qui fit savoir à Zach qu'il n'était plus obligé de fuguer car il était maintenant chez lui avec sa nouvelle famille. Zach fut assez malin pour savoir qu'il était bien tombé. En outre, sa mère était morte en essayant de voler des bijoux. On aurait cru une histoire tirée d'un film. Sauf que la vraie vie n'était pas aussi glamour. Quelqu'un d'autre avait eu les bijoux en premier. Lorsqu'elle les avait retracés jusqu'à un cartel de la drogue à Mexico, elle avait essayé de voler les bijoux avec quelques hommes musclés. Aucun d'entre eux n'en sortit vivant. Il aimait penser qu'elle l'avait fait pour construire un avenir pour tous les deux. L'alternative – la cupidité – ne faisait que l'énerver.

Il s'arrêta dans le rayon des tringles à rideaux, cherchant ces espèces d'attaches qui maintenaient les rideaux ouverts. Il voulait du velours épais pour le fantasme Jane Bond de Carrie. Oui, il avait compris celui-là. 'Je m'appelle Bond. Jane

Bond.' Il était évident qu'elle voulait un peu de bondage léger. Alors ? Même s'il passait son métier sous silence, il faisait ce qui était honorable, la gardant en sécurité et la protégeant pendant qu'elle faisait ses expériences. Sérieusement, était-il simplement censé laisser n'importe quel enfoiré qu'elle rencontrait dans un bar l'attacher au lit et lui faire Dieu sait quoi ? Cette ruse de bad boy était une mission noble pour lui. D'une certaine façon, on aurait pu dire qu'il était son chevalier en armure sexy.

Il repensa à la veille, Carrie au-dessus, une expression de pur plaisir féminin sur le visage, tandis qu'il la tenait par les hanches, contrôlant ses mouvements, l'obligeant à prendre plus et plus, la poussant au-delà du premier orgasme jusqu'à un autre plus profond qui lui fit crier son nom. Il l'avait fait basculer sous lui si vite, s'enfonçant profondément, sans se retenir, et elle avait adoré ça. Putain. Il se sentit bander. Il regarda le plafond, essayant de penser à autre chose. D'accord, peut-être que ses intentions avec elle n'étaient pas complètement nobles. Il s'était toujours retenu au lit, essayant de ne pas être trop agressif, trop brutal, mais avec Carrie il pouvait être lui-même. Elle avait apprécié son agressivité naturelle depuis cette première nuit où, dans un brouillard de désir, il avait perdu le contrôle. Ses mouvements normalement soigneusement chorégraphiés de lente séduction l'avaient déserté quand elle lui avait mordu le cou et qu'elle avait essayé de grimper sur son corps, l'encourageant à la prendre. Il lui avait arraché la culotte et il l'avait prise avec fougue contre le mur, s'enfonçant en elle pendant que ses cris d'extase résonnaient à ses oreilles. *Oui ! Oui ! Oui !*

Super, maintenant il avait une érection totale.

— Puis-je vous aider ? demanda une dame assez âgée aux cheveux blancs qui portait une tunique rouge de Curtains & More.

Il se décala légèrement afin de ne pas être arrêté pour indécence.

— Oui. Je cherche…

Il se racla la gorge.

— ... Des attaches à rideaux en velours.

— Oh, vous devez les acheter ensemble avec les rideaux. Suivez-moi.

Il suivit la femme jusqu'à la salle suivante.

— Quelle couleur ? demanda-t-elle.

— Peu importe.

— Eh bien, de quelles couleurs sont vos murs ?

Cela ne lui arrivait pas souvent, mais il se sentit rougir dans le cou.

— Je vais choisir moi-même, merci.

— Oh, bon, d'accord. Je m'appelle Jean si vous avez besoin d'autre chose. Je suis là-bas, en train de réajuster les serviettes de toilette, indiqua-t-elle. Vous voyez, de l'autre côté de l'allée.

— Merci, marmonna-t-il.

Dès qu'elle fut partie, il commença à tâter les rideaux de démonstration, cherchant l'épaisseur et la douceur adéquates. Bien sûr, il aurait pu utiliser de la corde du magasin de bricolage beaucoup plus viril, ou même quelques-unes de ses cravates, mais il cherchait quelque chose qui n'irrite pas la peau délicate de Carrie. C'était la première fois qu'il initiait une femme au plaisir sexuel et il prenait cet honneur très sérieusement. Il trouva un velours bleu foncé qui lui sembla parfait, prit l'ensemble et se dirigea vers la caisse.

Bon sang, il y avait une longue queue. Il fixa les rideaux en espérant qu'elle serait disponible ce soir-là. Plus il pensait à Carrie et à son ex 'traditionnel' – traduction : connard autoritaire et coincé – plus il pensait qu'elle avait besoin du jeu de rôle du bad boy et de la fille pas sage pour pleinement faire l'expérience de la passion qu'elle désirait. Il était extrêmement clair pour lui qu'elle était une fille sage s'essayant au rôle de la fille coquine. Non seulement elle avait un comportement naturellement adorable, même quand elle affirmait être 'énervée', mais elle avait également pris le temps, la première fois qu'ils s'étaient rencontrés, d'avoir une discussion franche au sujet de son passé médical, de ses partenaires précédents, et de son moyen de contraception préféré lors du trajet jusqu'à son appartement. C'était une conversation très responsable de fille sage. Elle l'avait ensuite informé qu'à la seconde où son pantalon tomberait, il fallait qu'il enfile un préservatif, car il lui tardait de l'avoir en elle.

Ne pense pas à ça.

Il n'allait jamais se débarrasser de son érection s'il continuait à penser à Carrie nue. Il l'imaginait dans la robe violette sexy qu'elle avait portée quand il l'avait rencontrée pour la première fois chez Garner's. Cela commençait à l'énerver. Il ne voulait vraiment pas qu'elle approche un autre type dans un bar, cherchant un participant volontaire pour sa liste de souhaits. Il était volontaire et capable. Point final. Le mieux, c'était qu'aucun d'eux n'était vraiment vulnérable tant qu'ils jouaient un rôle.

Tout cela l'amena à conclure qu'il était encore un homme honnête, agissant honorablement à la fois par les mots et par les actes. Et bon sang, il lui tardait de l'attacher.

Carrie se moquait de paraître trop impatiente, et elle envoya un texto à Zach pendant sa pause à l'hôpital, le lundi. Quelle importance s'ils avaient déjà couché ensemble la veille ? Elle avait une vie entière de privations à rattraper.

Carrie : *Je sors du travail vers vingt et une heures. Tu es par là ?*

Zach : *Oui.*

C'était un homme de peu de mots, mais qui avait besoin de mots pour du sexe brûlant d'alpha ?

Lorsqu'elle rentra chez elle ce soir-là, elle se doucha en utilisant son gel douche à la vanille qu'il aimait. Elle en avait également au pamplemousse et à la lavande, mais elle se dit qu'elle allait s'en tenir à ce qui fonctionnait. Elle prit le temps de se coiffer et de se maquiller et elle enfila son nouvel ensemble décadent de culotte et de soutien-gorge push up en soie noire. Son tiroir à sous-vêtements était soigneusement divisé en une partie travail – des soutiens-gorge et des culottes de coton blanc – et une partie plaisir – de la soie, du satin, de la dentelle. Non pas qu'elle avait un jour porté ces affaires sexy pour Edward. Il avait détesté l'unique fois qu'elle avait acheté de la lingerie sexy, il avait dit qu'elle ressemblait à une prostituée et que c'était indigne d'elle. Elle en avait ressenti une culpabilité terrible, mais c'était fini. Ses vêtements merveilleux étaient entièrement nouveaux pour sa nouvelle vie.

Elle enfila sa petite robe noire puis la touche finale : les chaussures à talons aiguille. Zach avait aimé les chaussures, il lui avait fait garder lors de leur première nuit. Jusqu'à ce qu'elle le poignarde accidentellement dans le dos avec un de ses talons pointus. Malgré tout, il s'agissait de loin de ses chaussures les plus sexy.

Elle attrapa son téléphone et elle vit qu'elle avait un autre texto de Zach. *Cette liste de souhaits est une affaire monogame.*

Elle posa une main sur sa poitrine, touchée par cette gentillesse inattendue. Il se concentrait uniquement sur elle. Et comme de son côté, c'était pareil, elle lui renvoya : *Évidemment.*

Elle n'avait aucun besoin de trouver un autre homme alors que Zach faisait déjà un boulot fantastique. Ils avaient déjà accompli trois des sept éléments de sa liste – contre un mur, cunnilingus, et la femme en haut. À ce train-là, ils auraient fini en moins d'une semaine. Sauf si elle demandait à refaire quelques-uns des éléments. Il avait en effet proposé deux semaines.

Elle rangea son téléphone dans son sac et elle se précipita hors de sa chambre. Elle ne voulait pas anticiper de cette façon. Cela ressemblait trop à un comportement de fille sage.

Ally siffla depuis le canapé où elle regardait une série hospitalière dramatique qui rendait Carrie folle à cause des erreurs médicales. Bon sang, embauchez un consultant afin que le public puisse avoir une vision authentique du travail à l'hôpital.

— Sexy mama ! cria Ally en agitant les sourcils.

— Merci ! Je vais chez Zach.

— Tu vas y passer la nuit ?

Carrie s'arrêta.

— Oh, je ne sais pas.

— C'est ce que tu as fait la dernière fois. Envoie-moi un texto afin que je ne m'inquiète pas si tu ne rentres pas.

— Je suis désolée. Tu t'es inquiétée la dernière fois ?

Ally balaya sa crainte de la main.

— Oui, je me suis inquiétée, mais ensuite je me suis dit que cela faisait trop longtemps pour toi, et que tu avais donc sûrement passé la nuit là-bas.

Carrie hésita. C'était vraiment gênant. Elle ne voulait pas qu'Ally s'inquiète, mais elle ne savait pas si elle y passerait la nuit ou si elle allait finir son affaire avant de partir. Cette histoire de passade était tellement compliquée. Finalement, elle décida simplement de ne pas inquiéter Ally.

— Je vais passer la nuit là-bas. Ne m'attends pas.

Si elle rentrait plus tôt, pas grave.

— Amuse-toi et ne m'en parle pas.

Ally se retourna vers la télé.

— C'est trop déprimant dans ma situation de manque.

— Ally.

— La-la-la, je ne t'entends pas.

— Au revoir.

Elle sortit de l'appartement et la porte voisine s'ouvrit. Super. C'était Larry, son voisin de quatre-vingts ans et le chanceux destinataire accidentel de sa liste sexuelle très explicite. Ses cheveux blancs étaient soigneusement peignés et il portait une robe de chambre en soie rouge librement attachée par une ceinture et laissant apparaître une abondance de poils de torse blanc. Ses jambes étaient nues et maigrichonnes.

— Bonjour, Larry. Comment vas-tu ?

— Merveilleusement bien !

Il fit un large sourire et sortit dans le couloir. C'était une soirée chaude du mois d'août, alors elle ne lui fit pas remarquer qu'il devait s'habiller. Il enfonça un pouce dans la poche de sa robe de chambre, se tenant à la façon d'un mannequin masculin décontracté. Si seulement.

— C'est une belle soirée. Tu vas rencontrer un homme ?

— Je vais juste voir un ami. Au revoir !

— Tu sais, Carrie, parfois les jeunes hommes d'aujourd'hui…

— Bonne nuit ! s'exclama-t-elle assez fort pour couvrir sa voix.

Elle s'enfuit, descendit les escaliers en trombe jusqu'à sa voiture. Elle allait devoir déménager pour un jour dépasser cette gêne avec Larry.

Elle fit le court trajet en voiture jusque chez Zach, ne souhaitant pas marcher là-bas en talons dans le noir. Elle se gara dans la rue et elle se dirigea vers la porte d'entrée, balançant un peu les hanches afin d'oublier le flirt du troisième âge et de retrouver son sex-appeal.

Elle appuya sur la sonnette et elle attendit. Quelques instants plus tard, la porte s'ouvrit. Sa bouche se dessécha et son cœur se mit à battre violemment.

Zach se tenait là, l'air terriblement sexy dans un T-shirt gris étiré entre ses épaules larges, un jean bleu usé et les pieds nus. Mais ce furent ses yeux qui l'ensorcelèrent. Ils étaient emplis d'une faim dévorante qui lui fit à la fois ressentir du désir et de la nervosité. Comme s'il était sur le point de se jeter sur elle.

— Salut, dit-elle d'une voix bien trop forte.

Un coin de sa bouche remonta pour former un petit sourire. Il parla d'une voix rauque.

— Entre.

Elle inspira rapidement et elle entra chez lui en chancelant.

Il l'observa sous ses paupières tombantes. Elle serra ses mains gelées ensemble. Pourquoi était-elle soudain si nerveuse ? Elle se rendit soudain compte qu'elle était complètement sobre. Peu importe qu'elle eût été sobre le matin suivant leur première fois ensemble. D'une certaine façon, cela lui avait semblé plus naturel et détendu. Passer du travail à sa rencontre avec Larry puis au sexe brûlant ne fut pas aussi facile qu'elle l'avait espéré.

— Tu, euh, tu as du vin ? demanda-t-elle en se dirigeant vers le canapé.

— Non.

Elle posa son sac sur le sol à côté du canapé et elle s'assit.

Il resta debout, encore un peu loin.

— Tu as changé d'avis au sujet de ta liste ?

— Non. Absolument pas.

Elle se força à se lever et à s'approcher de lui. Il la regarda venir, mais il ne dit rien. Elle s'arrêta juste devant lui et elle leva le menton.

— Je suis prête quand tu le seras aussi.

Il glissa une main sous ses cheveux et il lui serra la la nuque avant de se pencher tout près et de lui parler à l'oreille, les mots soufflant de l'air chaud contre sa peau.

— J'ai compris toute ta liste, coquine.

Il lui mordit le lobe de l'oreille et il tira avec ses dents.

Un frisson brûlant la traversa et elle glissa ses mains sous son T-shirt.

— C'est vrai ?

Il recula en la regardant dans les yeux.

— Oui, c'est vrai, Jane.

Elle laissa tomber ses mains, déçue qu'il ne se souvienne même pas de son prénom.

— C'est Carrie.

Il entoura ses poignets avec ses doigts.

— Jane *Bond*.

— Oh ! Oui. Ha-ha.

Elle fut sur le point de lui demander ce qu'il pensait de la signification de cette histoire de Jane Bond, mais avant qu'elle puisse parler, il tira ses bras dans son dos, capturant ses poignets d'une main en les serrant fermement. Son pouls accéléra, tout comme sa respiration.

Il posa l'autre main sous son menton et ses yeux sombres étincelèrent d'un air déterminé.

— Ce soir, tu es toute à moi, Jane.

— Oui, chuchota-t-elle.

Ses lèvres rencontrèrent celles de Carrie en un long baiser exigeant. Il appuya sur son menton, ouvrit sa bouche et enfonça la langue à l'intérieur. Elle gémit, cambrant le dos pour le rejoindre, luttant pour se rapprocher. Il enleva la main de son menton et la mêla à ses cheveux, sa bouche la dévorant, affamée, irrésistible. Elle se sentit perdue dans son goût, dans son odeur masculine épicée, étourdie de désir. Elle avait besoin de plus, elle voulait l'attraper et tirer sa dureté contre sa douceur, tout ce qu'elle pouvait pour soulager ce besoin douloureux, mais il continuait à la tenir, serrant ses poignets dans sa grande main. Son autre main quitta ses cheveux et se posa soudain entre ses jambes. Elle poussa un gémissement doux qui fut avalé par sa bouche à lui. Il tira le tissu humide sur le côté et puis il glissa ses doigts en elle.

Il arracha sa bouche à la sienne.

— Tu es tellement mouillée pour moi.

— Je sais, cria-t-elle lorsqu'il la caressa à l'intérieur, la faisant trembler.

Il la relâcha soudain, la fit tourner sur elle-même et lui mit une petite claque sur les fesses.

— La chambre.

Lorsqu'elle ne bougea pas immédiatement, un peu surprise par ce changement soudain, il se colla contre son dos et chuchota d'une voix rauque :

— Afin que je puisse t'attacher au montant du lit.

Elle s'avança, surtout parce que le bras de Zach lui serrait la taille et qu'il marchait avec elle. Elle avait l'estomac dans les talons, le cœur battant. Il s'agissait d'une des choses qu'elle avait l'impression de devoir essayer : se faire attacher. Elle n'en était plus certaine, désormais. Elle ne le connaissait pas si bien que cela. Qu'allait-il lui faire ? Et si elle ne pouvait pas se détacher ? Elle avait marqué cela à la fin de la liste, mais c'était un tel bad boy qu'il faisait tout dans le désordre.

Elle parla d'une voix tremblante.

— P-peut-être que nous devrions commencer par autre chose sur la liste.

Il s'arrêta et il la tourna vers lui, l'examinant longuement.

— Comme quoi ?

— La balade en voiture du dimanche ? lâcha-t-elle, extra-ordinairement soulagée d'avoir une porte de sortie.

Le sexe en voiture lui semblait beaucoup plus sûr que de se faire attacher.

Il hocha la tête en direction de la porte.

— Allons-y.

6

Zach fit avancer Carrie jusqu'à son pick-up, tout à fait conscient qu'il était arrangeant, ce qui n'était pas du tout un comportement de bad boy. Ce qu'il aurait dû dire, c'était : 'Bébé, monte sur mon lit et écarte les jambes, ou va-t'en'. Mais il avait senti sa nervosité, vu un éclat de peur véritable dans ses yeux bleus, et il n'avait pas pu le faire. Il savait qu'elle n'avait aucune raison de le craindre, mais elle ne le savait pas. Pas encore. Le fait qu'il avait l'intention de lui donner la meilleure expérience possible avec sa liste de souhaits n'était qu'un reflet de son objectif véritable : la garder en sécurité d'inconnus dangereux. Pas parce qu'il avait un faible pour elle.

Ils arrivèrent près de son pick-up dans le parking derrière l'immeuble et il fit exprès de ne pas ouvrir la porte du côté passager comme il l'aurait normalement fait. C'était beaucoup trop galant. À la place, il la colla contre le camion et il l'embrassa. Pas avec douceur. Et puis, pendant qu'elle se tenait toujours là, respirant fort, les yeux vitreux de désir, il marcha vers le côté conducteur en roulant des mécaniques.

Oui, il était déçu de ne pas pouvoir l'attacher. C'était la chose sur sa liste qui l'enthousiasmait le plus. Qu'est-ce que le fait qu'il aimait dominer de cette façon disait de lui ? Rien de significatif, décida-t-il en montant dans son camion et en le démarrant. Tout cela se trouvait dans le domaine du comportement masculin normal, si on avait le consentement de la partenaire. Bon sang, s'il n'y avait pas un peu d'agressivité dans les mâles de l'espèce, la population aurait diminué de façon drastique, tout le monde serait resté assis à bavarder au lieu de passer aux choses sérieuses. Grâce à ses études, il était sensible à ce qui était primitif, et il l'assumait.

Il vérifia qu'elle ait bien mis sa ceinture de sécurité, puis il s'engagea sur la route principale, se dirigeant vers le parc où il avait passé de nombreux samedis après-midi à jouer au basket avec ses potes et de nombreuses soirées de lycée sur la falaise à embrasser une fille. Cette 'balade en voiture du dimanche parfois mouvementée' irait plus loin, car Carrie voulait manifestement essayer le sexe en voiture. Facile.

— Où allons-nous ? demanda-t-elle d'un ton bien plus calme qu'avant.

— Au parc.

— Alors tu as déjà tout compris de ma liste ?

— Oui.

— Comment puis-je savoir si tu as tout compris correctement ?

— Il faudra que tu le découvres – il marqua une pause assez longue pour créer le suspense – à la *dure*.

Elle gloussa nerveusement, ce qui lui indiqua qu'il avait réussi le rôle du bad boy.

— Oh.

Le parc ne se trouvait pas loin. Il était techniquement fermé car il était vingt heures passées, mais il n'y avait pas de portail qui empêchait d'y entrer. Comme c'était lundi soir, il ne pensait pas non plus y être dérangé. Carrie se redressa et scruta le parc presque entièrement sombre. Il n'y avait que quelques réverbères sur la grande route. Il passa à côté des terrains de basket, du terrain de jeux, des terrains de baseball et il tourna à droite, montant vers la falaise où il se gara sur le gravier, face au point de vue.

Il coupa le contact et il écouta. Un silence de mort. Il n'y avait qu'eux et les bruits de la nuit : les cigales qui continuaient à lancer leurs appels. Il se tourna et regarda autour d'eux. Ils étaient seuls.

— Viens là, ordonna-t-il. Assieds-toi à cheval sur mes genoux.

Elle enleva la ceinture de sécurité et elle essaya de le faire, mais sa robe sembla la gêner et elle retourna sur son siège.

— Ma robe est un peu trop serrée.

— Impossible, dit-il en remontant sa robe jusqu'à sa taille et en la guidant en position. Il retint un grognement lorsqu'elle s'assit contre sa queue avec sa culotte humide. Elle avait une odeur de vanille et de sexe et il attendait ce moment depuis qu'elle était entrée dans son appartement avec sa petite robe noire moulante et ses talons hauts qui faisaient basculer ses hanches et sortir ses fesses pour ses mains avides. Il s'ordonna de ne pas aller trop vite. Chaque expérience était nouvelle pour Carrie. Tout le monde pouvait baiser dur et vite. Il voulait que ce soit bon pour elle.

Il glissa une main dans sa nuque, sous ses cheveux doux. Il fut sur le point de l'attirer lentement vers lui pour l'embrasser lorsqu'elle le prit de vitesse, se collant contre sa bouche. Bon sang. Elle l'embrassa brutalement, urgemment, avidement, en passant les doigts dans ses cheveux. Il avança sa langue en elle, adorant son goût, sucré et sexy. Elle suça doucement sa langue et il perdit le contrôle. Il se sentit arrosé d'un désir comme il n'en avait encore jamais ressenti. Il lui agrippa les cheveux d'une main, possédant sa bouche, son autre main lui serrant le cul. Elle poussa de petits gémissements dans sa bouche. Il tira sur le côté de sa culotte.

Elle arracha sa bouche de son étreinte.

— Ne la déchire pas. C'est ma préférée.

— La prochaine fois, n'en porte pas.

Elle colla violemment la bouche contre ses lèvres, insérant sa langue. Il lui tint la mâchoire, prenant le contrôle du baiser, sa verge palpitant douloureusement contre son jean. Il attrapa ses hanches des deux mains, essayant de la soulever, cherchant désespérément à se libérer et à s'enfoncer profondément en elle, mais elle s'accrocha à lui, ses jambes le serrant des deux côtés. Il laissa tomber, choisissant à la place de faire travailler ses doigts sous sa culotte et les plongeant en elle.

Elle rejeta la tête en arrière.

— Oui !

Oh, mince. Attends, attends, fais en sorte que ce soit bon pour elle. Il suça son cou et il lui donna un autre doigt, incliné de façon à la rendre folle. Elle devint très bruyante à ce moment-là. Il la laissa continuer un moment, devenant de plus en plus excité par les cris rauques qu'elle poussait. Il lui suffirait sans doute d'un seul va-et-vient pour jouir.

— Maintenant, maintenant, dit-elle. En moi.

Elle se pencha en arrière et elle tripota maladroitement le bouton de son jean.

— Je m'en occupe.

Un coup sec se fit entendre sur la vitre du côté conducteur. Il sursauta et Carrie poussa un cri. Merde. Une torche l'éblouit, c'était sûrement un flic. Il reposa rapidement Carrie sur son siège, où elle baissa sa robe.

— Ouvrez, ordonna une voix masculine. Police.

— Oh mon Dieu, chuchota Carrie.

Il ouvrit la portière du côté conducteur et la torche illumina le visage de Carrie. Elle ne vit sans doute rien mis à part la lumière blanche.

— Ça va, madame ?

Le ton plus doux avec une trace d'hilarité lui indiqua qui c'était : Ethan. Son frère honoraire et ami flic pénible.

— Oui, monsieur, répondit Carrie.

Elle était sûrement trop surprise pour comprendre tout de suite. Ethan parlait de façon très officielle.

— Aimeriez-vous de l'aide pour sortir du véhicule, madame ? demanda Ethan.

— Non, ça va, merci.

— Toi, aboya Ethan en visant le visage de Zach avec la

lumière de la torche. Descends du camion et garde les mains où je peux les voir.

Zach grinça des dents.

Carrie se précipita pour le défendre.

— Je vous en prie, c'était mon idée.

— Monsieur, veuillez sortir de votre véhicule, ordonna Ethan d'une voix très convaincante.

— C'est de ma faute ! cria Carrie.

Zach poussa un soupir exaspéré, descendit du camion, ferma la portière et se tourna vers Ethan en mode alpha : les pieds écartés, les mains sur les hanches, un regard assassin. Le regard était sans doute un peu moins efficace que voulu puisque c'était Ethan qui le lui avait appris.

Ethan se plaça devant lui, approchant son visage comme s'il allait lui crier dessus. Puis il ricana.

— Elle regarde.

— C'est un bon spectacle.

— Je vais garder la torche de façon à ce qu'elle puisse nous voir tous les deux, souffla-t-il.

Puis il se redressa et il aboya :

— J'ai le droit de vous virer pour violation de propriété. Il y a des panneaux très clairs annonçant que le parc est fermé.

— Arrêtez-moi, alors, le défia-t-il.

Carrie ouvrit la porte du côté passager et sortit la tête.

— Tout va bien ? Je peux me porter garante pour lui.

Ils se tournèrent tous les deux pour la regarder.

— Ethan ? demanda-t-elle.

Carrie connaissait tous les garçons via Mad Campbell.

— Salut, Carrie, dit Ethan d'un ton décontracté. Je vais régler ça avec Zach. Retourne dans le camion.

— Ethan ! le gronda Carrie. Tu m'as filé une de ces frousses !

Zach retint un sourire. Même quand elle était en colère, elle était tellement mignonne.

Ethan inclina la tête.

— Madame, je ne fais que mon travail.

— Pff ! Les hommes !

Elle remonta dans le camion et elle claqua la portière.

Ethan secoua la tête, souriant et appréciant un peu trop son rôle dans cette petite de l'aventure à l'extérieur.

— Tu m'as complètement cassé mon coup, aboya Zach.

Ethan gloussa.

— Qu'est-ce que tu fabriques en la conduisant là où tu embrassais les filles au lycée ? Tu as un putain de lit maintenant.

Il répondit à voix basse :

— Elle voulait un peu d'excitation, tu vois, en étant en public. Je l'aide avec quelques trucs un plus osés.

Ethan rit.

— Toi ?

— Je t'emmerde.

Ethan secoua lentement la tête.

— Je n'arrive pas à croire qu'elle ait choisi un professeur pour un peu de sexe osé.

Zach lui fit un doigt et se tourna pour partir.

Ethan le rattrapa par le bras.

— D'accord. Te vexe pas, tu vas froisser ton tweed. J'ai quelques idées pour t'aider.

Zach se dégagea de son emprise.

— Je n'ai pas besoin d'idées.

Il avait une liste de souhaits très spécifiques à suivre.

Ethan ignora cela.

— Fais-lui le coup du sexe en ascenseur. Elle travaille à l'hôpital Eastman. Prends-la dans l'ascenseur de service.

Zach l'observa un instant.

— Et comment es-tu au courant de cet ascenseur de service ?

Ethan ricana.

— Un jour, il m'a fallu vérifier les vidéos de sécurité. C'est une plaque tournante du sexe, mon vieux.

— Crétin.

Ethan ricana.

— Hé, sinon une sex tape.

— Je vais partir maintenant, sauf si tu as l'intention de m'arrêter.

Ethan lui frappa le bras. Durement.

— J'essayais juste de t'aider.

Zach lui rendit le coup. Plus fort.

Ethan gloussa.

— L'emmener à ton vieux repère de lycée. N'importe quoi. Utilise ton imagination.

— Tu as terminé ?

— Oui, professeur. Continue joyeusement à faire comme avant.

Il tourna les talons et il retourna au camion, énervé parce Ethan avait sous-entendu qu'il était une mauviette. Il n'allait plus être arrangeant. Carrie voulait un bad boy et c'était exactement ce qu'il allait lui donner. Il était temps qu'elle choisisse de supporter ou de partir.

Carrie n'était pas certaine de ce qu'elle devait dire après cette étrange 'balade du dimanche' interrompue par Ethan. Zach resta silencieux, l'air plutôt énervé quand il les conduisit hors du parc.

Elle rompit le silence en essayant de rendre la soirée agréable malgré tout.

— Eh bien, je suis ravie qu'il ne t'ait pas arrêté pour violation de propriété.

Ethan lui avait fait très peur. Maintenant qu'elle y pensait, il avait sans doute reconnu le camion de Zach.

— Il voulait juste t'embêter, n'est-ce pas ?

Zach grogna une réponse.

— Peut-être pourrions-nous simplement nous rendre dans un autre endroit privé ?

— Nous rentrons chez moi.

— Oh, d'accord. Et si nous…

— Carrie, ce n'est pas à la demande. Si tu veux ça, tu

rentres avec moi et nous faisons les choses à ma façon. Si tu ne le veux pas, je te dépose à ta voiture.

Elle déglutit. C'était abrupt. Et aussi un peu excitant. On aurait dit un vrai dur.

— Jane Bond, tu veux dire ?

— Oui.

— Je vais devoir y réfléchir.

— Il faudra décider avant que je me gare.

Elle n'eut pas besoin de réfléchir longtemps. Elle était encore stimulée par ce qui avait précédé et la rencontre inattendue avec les flics avait ajouté un peu de danger. Maintenant que tout s'était bien terminé, elle se sentait vraiment en forme. Chargée à bloc et en vie.

— D'accord, dit-elle. Je serai Jane.

Il tendit le bras et serra doucement le haut de sa cuisse, ses longs doigts s'enroulant intimement autour de l'intérieur de sa jambe. Son corps répondit par une pulsation interne.

Elle poussa un soupir tremblant. Il n'était pas très causant, mais il se faisait comprendre d'une façon directe et primitive. Sa façon de serrer sa cuisse lui indiquait deux choses : qu'il était content de sa décision et qu'elle allait passer un bon moment. D'une façon ou d'une autre, il savait exactement ce qu'elle avait besoin d'entendre.

Lorsqu'ils arrivèrent chez lui, il posa la main au creux de son dos et il la guida directement vers sa chambre. Une fois à l'intérieur, il ferma la chambre et il la colla contre la porte. L'air s'échappa de ses poumons et elle sentit son estomac tomber dans les talons. Il bloqua ses poignets au-dessus de sa tête et il l'embrassa, sa jambe écartant celles de Carrie. Les sursauts dans son ventre se transformèrent en une sorte de désir grondant.

Il relâcha ses poignets et il fit redescendre ses bras.

— Ne sois pas nerveuse, dit-il d'une voix grave et profonde en la fixant d'un regard brûlant. Je te garderai en sécurité.

Un frisson de chair de poule parcourut sa peau.

— D'accord, chuchota-t-elle d'une voix étouffée par le tissu de sa robe qui vola par-dessus sa tête.

Il jura, les yeux rivés sur sa poitrine maintenant exposée.

— Je peux être doux, murmura-t-il, davantage pour lui-même que pour elle.

Il fit glisser les bretelles du soutien-gorge de ses épaules, puis il traça doucement la ligne depuis son cou à son épaule, faisant naître plus de chair de poule sur sa peau, puis il continua le long de sa clavicule avant de tomber dans son décolleté. Il grogna, défit l'attache de son soutien-gorge et l'envoya au loin. Il posa les mains sur ses seins et il caressa ses tétons avec les pouces afin de les faire pointer avant de les pincer. Elle fondit contre la porte, fermant les yeux, s'abandonnant au plaisir intense.

Il mordilla brutalement son cou et elle ouvrit les yeux. Il frotta son nez contre son cou, sa barbe douce égratignant sa peau sensible, augmentant les sensations de ses lèvres chaudes et de ses dents pointues quand il l'embrassait et la mordait, l'intensité s'accumulant pendant que ses mains la parcouraient entièrement. Elle gémit doucement, ayant très envie d'avoir plus.

— Enlève tes vêtements, toi aussi, dit-elle avec insistance.

À la place, il fit descendre sa culotte et il la retira. Puis il serra la main autour de son poignet et il la tira vers le lit. Il rabattit les couvertures et il l'embrassa goulûment, la guidant sous lui. Elle passa les bras autour de lui, cherchant à retrouver la proximité, car ses baisers l'avaient rendue folle de passion et d'envie.

Il retira les bras de Carrie, la glissa au milieu du matelas, puis il attrapa deux cordes en velours bleu de la table de nuit. Elle déglutit, des papillons dans l'estomac, chaque terminaison nerveuse picotant d'anticipation. Il ne lui laissa cependant pas le temps de s'exciter, se penchant à la place et l'embrassant, doucement, de façon séduisante en lui montrant qu'il savait être doux. Puis il frôla ses lèvres avec les siennes, la faisant soupirer.

— Je vais t'attacher maintenant.

Sa voix rauque lui donna des frissons.

— Tu vas aimer ça.

Il souleva son poignet au-dessus de sa tête, l'entourant de la corde en velours et l'attachant à la tête de lit en bois qui avait de nombreuses lattes pratiques pour y attacher des choses.

— Tire un peu.

C'est ce qu'elle fit. Ce n'était pas très serré. Elle pouvait sans doute s'échapper facilement. Bon, voulait-elle faire ceci jusqu'au bout ou pas ? Elle décida que oui. Tout ou rien.

— Tu es trop indulgent avec moi. Ne le sois pas.

Il grommela en faisant un bruit de satisfaction masculine et il serra plus fort. Puis il attrapa son autre poignet et il l'attacha également. Elle tira et elle sentit qu'elle était maintenant véritablement à sa merci. Un frisson brûlant parcourut sa colonne lorsqu'il la regarda dans les yeux avec un air étincelant de faim. Féroce. Sauvage. Animal.

Il claqua des dents et elle poussa un petit cri.

Il mordilla sa lèvre inférieure avant de la sucer.

— Ton code de sécurité sera 'fille sage'.

Elle ferma la bouche. Elle n'avait pas l'intention d'admettre cela.

Un sourire sexy passa sur le visage de Zach avant qu'il se penche vers elle, traçant le contour de ses lèvres avec la langue puis l'enfonçant en elle. Le baiser devint vorace, oui, c'était ce qu'elle voulait. De la passion sans réfléchir. Il se déplaça, l'embrassant le long de la gorge et posant la main autour de son sein avant de refermer sa bouche dessus en le suçant fort. Ce n'était pas doux et elle s'en moquait. Tout son corps palpitait, brûlant et humide et désireux de le sentir. Il referma les dents sur son téton et elle poussa un cri.

Il leva la tête.

— Tu as dit quelque chose ?

Elle secoua la tête.

— En es-tu certaine ?

— Oui.

Elle tira sur ses liens, souhaitant attraper sa tête et le faire retourner à ses seins et plus bas. Par pitié, plus bas.

Il examina les attaches en faisant passer ses doigts sous les cordes.

— Comment vont tes poignets ? Ce n'est pas trop serré ?

— Arg !

Il la regarda dans les yeux et leva un sourcil.

— Arg ?

Elle essaya d'agiter un bras, mais elle dut se contenter de le tortiller.

— Remets-toi au travail.

— Tu n'es pas en position de donner ce genre d'ordre, coquine.

Elle poussa un soupir de soulagement lorsqu'il referma la bouche sur son autre sein, suçant fort, faisant revenir cette sensation un peu douloureuse de désir, une ligne directe vers son sexe.

Il relâcha brusquement la succion et il leva la tête vers elle.

— Ne tire pas trop fort sur les liens, peu importe ce que je fais. Compris ?

Son corps entier fut parcouru d'un frisson.

— Oui.

Elle ouvrit les jambes en signe d'invitation.

Il descendit plus bas, s'installant entre ses jambes, regardant son sexe exposé.

— Magnifique.

Il glissa un long doigt en elle et il la regarda dans les yeux.

— Je vais repousser tes limites, mais tu vas aimer ça.

Elle lâcha quelque chose entre un gargouillement et un gémissement.

Il posa un baiser sur son sexe.

— Prête ?

— Oui !

Il était étrangement gentil si l'on considérait qu'elle était attachée à sa tête de lit et qu'il venait de promettre de la rendre si folle qu'elle voudrait tirer sur ses attaches.

Ce fut la dernière chose cohérente qu'elle put dire. Ses doigts étaient magiques : ils caressaient, pinçaient, entraient en elle, la conduisirent au bord de l'orgasme. Elle se raidit en haletant, prête à exploser lorsqu'il s'arrêta et embrassa l'intérieur de sa cuisse. Puis il remonta en posant des baisers tout le long de son corps et il chuchota à son oreille :

— Laisse-moi faire une chose de plus, puis je te donnerai ce que tu veux.

— S'il te plaît, gémit-elle.

Il redescendit en déposant des baisers sur son corps et il la stimula cette fois avec ses lèvres et sa langue et ses dents, poussant son corps à s'arquer, à se cabrer de désir. La tension monta en elle, de plus en plus, oh mon Dieu, oui. S'il vous plaît, s'il vous plaît, s'il vous plaît.

Il leva la tête en chuchotant comme pour l'apaiser.

Elle parvint à peine à se concentrer.

— Quoi ?

Il remonta le long de son corps, enfonçant son doigt dans sa bouche, qu'elle suça, se goûtant ainsi. C'était érotique et sexy. Elle leva les hanches en le suppliant sans honte. Il chuchota à son oreille :

— Encore une chose. Ensuite, tu pourras jouir.

Elle gémit. Il caressa son cou avec le doigt mouillé.

Ses lèvres suivirent la trace de son doigt en descendant entre ses seins, sur son ventre, s'arrêtant juste avant son centre qui palpitait.

Il souffla doucement sur son sexe, la caressant paresseusement de haut en bas, encore et encore, murmura des compliments pendant qu'elle bougeait à son rythme, ayant besoin de tellement plus. Elle tira sur ses attaches, souhaitant le gifler ou lui sauter dessus. Quelque chose qui soulagerait ce désir insatiable.

— Doucement, souffla-t-il en glissant ses doigts en elle.

Elle poussa un soupir tremblant.

— S'il te plaît, cette fois-ci. S'il te plaît.

Il la caressa de l'intérieur, puis il déplaça son pouce de façon à ce que celui-ci la caresse en même temps. Tout son corps tressaillit comme s'il avait trouvé le point G dont elle avait entendu parler sans jamais le sentir. Il augmenta la pression, son pouce caressant d'avant en arrière, de plus en plus vite, ses doigts la stimulant à l'intérieur. Elle gigota de désir, levant les hanches du lit, des bruits d'animal sauvage s'échappant de ses entrailles.

La pression diminua lorsqu'il s'adoucit et ralentit. Il utilisa son autre main pour reposer ses hanches sur le matelas.

— Doucement. Détends-toi.

Elle regarda le plafond et poussa un flot de jurons.

Il posa la main sur le sexe de Carrie.

— Maintenant, tu vas y avoir droit.

Elle le regarda, prête à crier.

— Avoir droit à quoi ?

Il parla d'une voix rauque et bourrue.

— Tu es à moi et tu auras ce que je veux. Je dis quand. Je dis combien. Tu n'as pas d'autre choix que d'accepter.

Elle retint sa respiration, sa peau était brûlante, chaque terminaison nerveuse était sous tension. Il la caressa doucement, paresseusement, et elle gémit, jambes tremblantes.

— Sauf si tu utilises ton code de sécurité, vilaine fille, dit-il d'une voix traînante.

Elle ferma les yeux en refusant, puis elle les rouvrit brusquement lorsqu'il referma la bouche sur son centre palpitant juste au moment où il enfonça les doigts en elle, caressant lentement. Elle devint folle de désir, se cambrant sous lui, mais il l'immobilisa d'une grande main sur sa hanche. Elle poussa un long cri de lamentation.

Il était entièrement concentré sur elle.

Tout était juste pour elle.

Et elle ne pouvait plus… en… supporter… davantage.

Elle trembla lorsqu'il la poussa lentement, doucement, encore et encore et puis elle craqua, des ondes de choc de plaisir irradiant depuis son centre, s'élançant dans ses jambes et son torse. Un orgasme du corps entier comme elle n'en avait encore jamais ressenti. Elle haleta, le cœur battant, électrifiée. Elle ne savait pas du tout qu'elle pouvait jouir de cette façon.

Il la relâcha enfin et elle se détendit, molle et satisfaite.

— Encore une fois, dit-il en se mettant debout à côté du lit, retirant rapidement ses vêtements et enfilant un préservatif.

Elle déglutit, n'ayant plus les mots. Et elle n'avait certainement pas les ressources pour 'encore une fois'. Il se tourna vers elle, souleva ses jambes et les posa sur ses épaules et la pénétra profondément.

— Oui ! cria-t-elle.

Et puis il la pilonna en la basculant exactement de la bonne façon, et elle poussa des cris de pur plaisir. Il glissa la main entre eux, caressant rapidement, et elle perdit la tête, violemment secouée par l'orgasme qui lui coupa le souffle. Il continua, s'enfonçant profondément, durement, férocement. C'était trop. Cette intensité. Elle serra son corps autour de lui, le cœur battant aussi fort qu'il martelait en elle, sauvage, primitif. Elle fut perdue dans les ondes de choc de sensations entièrement contrôlées par lui.

— Zach ! cria-t-elle, secouant la tête d'un côté à l'autre, car c'était le seul mouvement qu'elle parvenait à faire.

Il la tint par la joue et la mâchoire, la maintenant immobile. Ils se regardèrent dans les yeux d'une façon profonde et primitive qui la fit trembler. Puis il la pénétra profondément et elle explosa avec un petit cri, stupéfaite, étourdie par un brouillard de plaisir pendant qu'il pompait jusqu'à son propre orgasme avant de se laisser aller enfin.

Longtemps après, il se retira et il descendit les jambes tremblantes de Carrie sur le matelas. Elle était trempée de sueur, celle de Zach et la sienne, dans un état hébété et émerveillé d'avoir pu faire l'expérience de ce genre d'orgasme : un plaisir irradiant dans le corps entier, une explosion violente puis une autre. Elle n'avait jamais su. Il l'avait fait jouir avant, mais jamais ainsi.

Il posa ses grandes mains de chaque côté de son visage et il l'embrassa doucement avant de détacher ses poignets, déposant tendrement un baiser sous chaque poignet avant de l'attirer dans ses bras.

Elle se sentit en sécurité, protégée, chérie. Elle n'avait jamais vécu quoi que ce soit qui y ressemble. La passion et la tendresse. Qui aurait pu croire qu'un bad boy pouvait faire tout cela ?

7

———

Carrie finit par passer la nuit avec lui. Cela se fit sans en parler, car elle s'endormit après toute l'excitation de Jane Bond. Elle s'était réveillée quelques heures plus tard et avait commencé à le tripoter. Il ne devait pas dormir, car il réagit immédiatement, l'embrassant jusqu'à ce qu'elle soit à bout de souffle, puis disant d'une voix rauque :

— Je vais te prendre sur le côté. Tu vas aimer ça.

Il était si sûr de lui qu'elle le crut immédiatement. Elle se tourna vers lui en s'approchant.

— Dis-moi quoi faire.

— Tourne le dos.

Puis il prit le relais, la prenant sur le côté, comme il l'avait dit. Et elle avait aimé cela.

Elle s'était endormie peu de temps après.

Elle se roula maintenant sur le dos, enveloppée dans la couverture. Zach n'était pas au lit. Une odeur de café et de cannelle lui parvint. Il fallait vraiment qu'elle reste pour le petit-déjeuner. Ce serait impoli de rentrer à la maison pour manger du pain grillé desséché.

Elle s'étira paresseusement et un sourire satisfait s'étala sur son visage. Zach était un peu comme un professeur de sexe. Il lui disait ce qu'il allait faire, expliquait qu'elle allait aimer cela, puis le faisait. Et elle était une étudiante enthousiaste. Elle aimait également les choses qui n'étaient pas sur la liste. Après lui avoir fait aveuglement confiance en se laissant attacher, elle était prête à tout. Elle avait confiance en lui.

Elle poussa un soupir de bonheur, roula hors du lit, s'habilla rapidement et partit se brosser les dents.

Zach était secrètement satisfait que Carrie lui ait envoyé un texto pour demander si elle pouvait revenir le lendemain après leur session de bondage. Cela signifiait qu'elle avait aimé ça autant que lui. Cette compatibilité sexuelle en plus de leur compatibilité personnelle était une expérience rare. Elle ne se plaignait pas qu'il soit peu bavard et pas très câlin. Deux remarques qu'il avait entendues de façon répétée de la part de ses ex. Elle ne semblait pas dérangée par le fait qu'il dormait toujours sur le canapé, ayant besoin de dormir seul. Ou peut-être ne l'avait-elle pas remarqué. En général, elle dormait profondément quand il en avait fini avec elle et il se réveillait avant. Bref. Cela fonctionnait.

Il n'était jamais obligé de se retenir avec elle au lit ou en dehors. Il pouvait être lui-même. En dehors de sa ruse de bad boy. Mais ce n'était pas si terrible, si ? Ils étaient tous les deux contents de l'arrangement. Ils aimaient le corps de l'autre. Ils aimaient manger le petit-déjeuner ensemble et parler de cuisine. Le plus souvent c'était lui qui répondait à ses questions, par exemple lorsqu'elle voulut savoir comment il cuisinait sans recette, car elle ne faisait pas souvent à manger. Quoi qu'il en soit, le temps qu'ils passaient ensemble était agréable. Naturel.

La sonnette retentit pile à l'heure. Il ouvrit et il dévisagea sa partenaire. Il se secoua mentalement parce qu'il était passé en mode anthropologique. Carrie n'était pas à *lui* et certainement pas aussi permanente qu'une partenaire. Mais bon sang, elle était sexy comme tout dans un débardeur bleu pâle avec un short assorti et le plus grand sourire sur son beau visage.

Il ne put s'empêcher de sourire à son tour.

— Entre.

Il fit quelques pas en arrière afin de la laisser passer.

Elle laissa tomber son sac, courut et sauta dans ses bras. Il l'attrapa instinctivement. Elle l'entoura de ses bras et de ses jambes et elle l'embrassa partout sur le visage. Une chaleur dangereuse s'étala dans sa poitrine, une émotion douce qui viendrait le hanter s'il la montrait trop tôt. Le timing était essentiel.

Il glissa la main sur son joli cul et entre ses jambes, sa chaleur enflammant un désir brutal en lui. Son instinct primitif ayant été déclenché, il marcha tout droit vers la chambre, les bras remplis de cette femme sexy.

Carrie n'en était qu'au cinquième jour d'abandon dévergondé avec Zach quand elle se rendit compte qu'ils avaient presque complété la liste. Elle était devenue accro à ce qu'il lui faisait ressentir : une passion et une liberté au lit dont elle n'avait jamais connu l'existence auparavant. Elle était cependant un peu inquiète, car elle avait envisagé de rater son rendez-vous du jeudi juste pour être avec lui. Ses amies allaient rester avec elle sur le long terme, ce n'était pas le cas de Zach. Elle ne voulait pas gaspiller une seule minute de son temps avec Zach, donc en tant que compromis, elle l'invita à la rejoindre chez Garner's pour boire un verre comme d'habitude après le club de lecture. Il s'était renseigné sur le ratio homme-femme, ne souhaitant pas être le centre de l'attention des femmes qui poseraient des questions sur leur arrangement, et quand elle lui avait dit qu'il serait le seul homme, il avait rapidement invité Ethan. Zach n'en voulait pas à Ethan de l'avoir cherché pendant leur désastreuse 'balade du dimanche' au parc. Il n'y avait pas eu de conséquences fâcheuses. Dans tous les cas, Hailey était ravie car cela fonctionnait parfaitement avec son plan de flirter avec Ethan et de le blanchir en tant que pas-accro-au-sexe.

— Alors, mesdames, qu'avez-vous pensé de *Sauver Hannah* ? demanda Hailey au groupe.

Les femmes, neuf en tout, étaient assises sur un cercle de chaises dans le café Something's Brewing. C'était un endroit chaleureux aux murs rouge sombre, plafonniers dorés, table en bois sombre avec des chaises assorties, et un plancher en bois sombre stratifié. Le café et les pâtisseries étaient délicieux. En général, elles arrivaient juste avant la fermeture pour acheter leurs boissons et leur goûter avant de profiter de leur réservation en privé. C'était gagnant-gagnant pour les propriétaires de la boutique car ils possédaient également Book It, la librairie reliée au café, où les femmes faisaient la plupart de leurs achats de livres.

Sauver Hannah était leur première romance à suspense, une histoire plus sombre que d'habitude et qui avait fait mourir de peur Carrie.

— C'était bien, dit Mad en donnant un coup de tête pour chasser ses cheveux rouge pompier de devant ses yeux. Plein d'action.

Mad était ceinture noire, c'était une dure, la plus jeune et l'unique fille de la famille Campbell pleine de testostérone.

— Ça m'a fait trop peur ! s'exclama Lauren, une adorable institutrice.

C'était une bonne amie de Carrie.

— Chaque fois que j'entendais un bruit de grattement, je croyais que c'était le tueur en série à ma fenêtre. Et j'ai des chats ! Il y a toujours un bruit de grattement quelque part.

— Moi aussi, ça me fait peur ! dit Carrie en même temps que Sabrina.

— Chips ! dit Sabrina en pinçant le bras de Carrie.

— Aïe.

Elle se frotta le bras.

Les femmes étaient divisées sur la question de savoir si le livre était véritablement effrayant ou juste plein de suspense.

Hailey interrompit le débat.

— J'ai aimé le fait que Hannah a joué un rôle important dans son propre sauvetage après avoir été capturée.

Les femmes acquiescèrent en murmurant. C'était plutôt impressionnant.

Hailey poursuivit.

— Et puis quand Colt et elle se sont enfuis et qu'ils se sont cachés dans la cabane, c'était tellement torride...

Elle se tut car les femmes s'étaient lancées dans une discussion sur les mérites de Colt en tant que petit-ami fictif et ce qu'il avait que les autres petits-amis fictifs n'avaient pas. Ils n'étaient pas tous à la hauteur.

Carrie se remit à penser à Zach, qui en ce moment même se trouvait de l'autre côté de la rue, chez Garner's avec Ethan. Ally l'avait conduite au groupe de lecture afin qu'elle puisse rentrer avec lui et elle savait qu'ils ne resteraient pas longtemps. L'alchimie entre eux ne faisait que s'intensifier à mesure qu'ils couchaient ensemble. Elle s'était attendue à ce que cela se calme, au moins un peu. Il n'y avait pas de petits-amis dans les livres qui pouvaient être comparés à ce que Zach faisait pour elle. En cinq courtes journées, il avait rattrapé tant de choses qu'elle avait manquées avec son ex. Il était difficile de croire qu'elle ne connaissait Zach que depuis moins d'une semaine alors qu'elle se sentait si bien avec lui. Elle lutta contre l'envie de lui poser des questions sur sa vie, en sachant qu'elle s'attacherait trop. C'était la seule façon de protéger son cœur tendre. Elle ne parlait pas non plus de lui avec ses amies. Ces dernières ne le connaissaient pas, tout le monde l'avait rencontré pour la première fois à sa fête de bienvenue, sauf Mad qui avait grandi avec lui. Le sourire adorable de Zach lui vint à l'esprit, lui faisant ressentir une bouffée de chaleur. Il le montrait rarement, mais quand son sourire sortait, il était renversant. Elle poussa un soupir d'admiration en se souvenant de la dernière fois qu'il avait souri ainsi, ce matin quand elle...

— Carrie ?

Elle se redressa.

— Hein ? Quoi ?

Hailey échangea un regard avec les autres femmes.

— Je t'ai demandé si tu étais encore avec nous ?

— Oui. Pourquoi ?

— Parce que Mad t'a demandé à quel point la scène médicale était réaliste quand Colt a été touché par balle et tu t'es contentée de pousser un soupir de bonheur.

Carrie rougit.

— Pardon. Oui, c'était réaliste. L'auteur a fait des recherches.

— Comment va Zach ? demanda Hailey.

— Tu es avec Zach maintenant ? intervint Mad.

Elle avait raté leur journée à la plage quand elles avaient parlé de lui, et depuis, Carrie avait eu un emploi du temps rempli de travail-baise-sommeil non-stop.

Elle réfléchit à sa réponse. Elle savait par-dessus tout que Mad prendrait la défense de son frère honoraire avant celle de n'importe qui d'autre, même une amie. Si elle lui disait que ce n'était qu'une passade, elle la harcèlerait pour savoir pourquoi. D'une certaine façon, il était vrai qu'elle était avec Zach maintenant, même s'il y avait une limite temporelle.

— Oui, répondit Carrie.

— Pour sa liste sexuelle, précisa Ally.

Carrie tourna brusquement la tête vers Ally.

— Veux-tu bien arrêter d'appeler ça ma liste sexuelle ? C'est une liste de souhaits.

— Une liste de souhaits sexuels, ajouta Ally avec un sourire.

— Ne m'en dis pas plus, dit Mad avec une grimace. Je ne veux pas les détails dégoûtants.

Carrie lutta pour ne pas rougir.

— Ça tombe bien, parce que je ne veux pas les partager, de toute façon.

— Ça été vite, quand même, dit Mad. Il n'est à la maison que depuis une semaine.

— Carrie s'est jetée sur lui, précisa Lauren.

Elle avait eu une place de choix pour admirer l'événement, car Carrie avait été avec elle juste avant qu'elle affirme son indépendance féminine à la fête de bienvenue de Zach.

Carrie leur jeta un regard noir à toutes, les défiant de la juger, mais les autres femmes parurent juste fascinées. Sans doute parce qu'elles savaient qu'elle était en général plus réservée avec les hommes. Elle avait été exigeante, ne voulant pas se contenter de quelqu'un d'ennuyeux. Elle avait voulu une liaison avec le bad boy alpha de ses fantasmes afin d'aller loin, de trouver la passion dont elle avait grand besoin. Et elle était fière d'avoir eu le courage de l'aborder.

— Il est très intelligent, dit Mad. Il a travaillé très dur…

Carrie l'interrompit.

— Park et toi vous avez fixé une date ?

C'était un changement de sujet évident, mais elle voulait que Zach reste un mystère.

— Oui, en juin prochain, marmonna Mad, découragée par les histoires de mariage.

Elle voulait se marier, elle voulait même avoir un joli mariage à Ludbury House, la villa de Clover Park où avaient lieu de nombreux mariages. C'est juste qu'elle n'aimait pas tout le travail de préparation.

Hailey intervint d'une voix joyeuse en se tournant vers Mad.

— Contente-toi de te détendre. Je m'occupe de tous les détails.

Mad hocha la tête en reconnaissant les capacités supérieures de Hailey concernant l'organisation des mariages. C'était le travail de Hailey, après tout.

Cette dernière se pencha et serra la main de Mad qui devint écarlate, mais qui ne retira pas sa main.

Hailey s'adressa au groupe.

— Eh bien, mesdames, sommes-nous prêtes à terminer et à nous rendre chez Garner's pour boire un coup ?

Les femmes répondirent des 'carrément !' en chœur avant de rassembler leurs affaires en bavardant comme elles le faisaient toujours pour traverser la rue. Même si certaines des membres venaient de se marier ou de se fiancer récemment, elles prenaient toujours le temps pour leurs amies. Qui aurait cru que le fait de créer des liens en parlant de romances pouvait forger des amitiés aussi fortes ?

Quand elles arrivèrent chez Garner's, le bar était déjà bondé de couples et de plusieurs hommes buvant des bières et regardant le match des Sox sur la télé installée au-dessus du bar. Comme c'était bien après l'heure du dîner, la salle de restaurant adjacente était presque vide. Elle sentit son cœur accélérer dès l'instant où elle aperçut Zach, le dos vers elle, assis avec Ethan au bar en cerisier sombre. Elle admira ses cheveux broussailleux et épais dans lesquels elle aimait tant passer les doigts. Ses épaules larges et son dos solide qui étirait le tissu de son T-shirt vert foncé et ce beau cul dans son jean usé. Ce n'était pas comme si elle ne le voyait pas tous les soirs. Elle passait toujours après son travail à l'hôpital (après une douche). Maintenant qu'elle avait surmonté sa réserve initiale, elle lui sautait dans les bras chaque fois qu'elle arrivait chez lui et elle le saupoudrait de baisers. Il n'y avait rien de mieux que de savoir qu'il l'attendait, prêt à lui donner tout ce qu'elle désirait.

En vérité, elle se sentait transportée rien qu'en le regardant, mais ce n'était pas à cause d'une émotion dangereuse qui allait la blesser. C'était plutôt comme si son corps se préparait, anticipant la suite en se souvenant de tous les merveilleux orgasmes qu'il lui avait donnés. Du moins, espérait-elle vraiment que c'était la raison.

Elle surprit Hailey en train de la regarder et elle acquiesça d'un air de dire 'ce n'est pas un problème, tu vois ? Nous sommes deux adultes consentants dans un arrangement de court terme qui nous bénéficie à tous les deux'.

Ethan dit quelque chose et Zach se tourna vers elle. Il ne sourit pas, mais ses yeux plongèrent dans les siens, leur intensité lui indiquant qu'elle était la personne la plus importante de la pièce pour lui. C'était ce qu'il lui faisait ressentir chaque fois qu'il la regardait. Elle se sentit transpercée d'une chaleur délicieuse, des papillons dans le ventre, de l'électricité s'élançant dans ses jambes, lui donnant envie de courir et de bondir dans ses bras.

Non, elle ne pouvait pas faire cela devant tout le monde. Il fallait qu'elle se la joue calme. Particulièrement devant Hailey, qui avait été très claire quant à son inquiétude à cause de la nature temporaire de leur relation. Elle se dirigea lentement vers lui, d'un pas nonchalant, et il la regarda s'approcher.

Lorsqu'elle parvint jusqu'à lui, elle utilisa son épaule pour se hisser sur la pointe des pieds et l'embrasser sur la tempe.

— Salut !

Il lui tint le menton et il l'embrassa doucement sur les lèvres.

— Salut, Carrie, dit-il d'une voix profonde et mielleuse qui la fit fondre.

— Tu veux ma place ? demanda Ethan.

— Salut, Ethan, dit-elle joyeusement afin de faire comprendre à la fois qu'elle n'était pas du tout gênée après avoir failli être prise sur le fait à baiser dans une voiture et qu'elle trouvait que c'était parfaitement acceptable de lui parler en société.

Ce n'est pas un accro au sexe, tout le monde !

— Ça me va de rester debout.

— Tu es sûre ? demanda Ethan avec un sourire en coin. Il me semble que Zach et toi voulez peut-être…

— Oh, nous nous voyons tous les soirs, le rassura-t-elle. Il m'a juste rejoint ici pour gagner du temps. On s'en va après ça.

Ethan leva les sourcils.

— Ah bon ?

— N'insiste pas, dit Zach à Ethan à voix basse.

Puis il la souleva et il l'installa sur ses genoux.

Elle se sentit toute émoustillée par sa démonstration de force et ce qui ressemblait presque à un côté possessif. Zach était un alpha d'un niveau grisant. Il posa le bras autour de sa taille et il la fit tourner face au bar. Il fit passer les cheveux de Carrie derrière ses épaules et il frôla son oreille avec les lèvres en lui chuchotant d'une voix profonde et érotique :

— Que veux-tu boire ?

Elle se déplaça légèrement pour le regarder dans les yeux.

— En général, je bois du vin blanc.

Son expression était intense, sérieuse et concentrée.

— Est-ce donc ce que tu veux ?

Elle eut soudain l'impression que la question signifiait bien plus. Veux-tu toujours la même chose ? Veux-tu essayer quelque chose d'un peu plus dangereux ? Et puis le message qu'elle perçut très clairement, celui qu'elle comprit soudain avoir ressenti avec lui depuis le premier jour, rebondit dans sa tête : *éclate-toi, Carrie. Je veillerai sur toi.*

C'était pour cela qu'elle n'avait pas d'inhibitions avec lui. Pour cela qu'elle sautait dans ses bras en sachant qu'il la rattraperait. Comment était-ce possible qu'elle se sente aussi en sécurité avec un bad boy ?

— À toi de choisir, dit-elle avant de se tourner vers le bar.

Il se pencha vers elle, sa barbe douce lui frôlant la joue.

— As-tu déjà essayé la tequila ?

— Non.

— Tu vas aimer ça.

Elle hocha la tête, essayant vaillamment de paraître détachée alors même qu'elle sentait son entrejambe devenir humide. 'Tu vas aimer ça' était la phrase qu'il utilisait juste avant de la renverser. Le message était toujours le même : '*Je vais te baiser de cette façon. Tu vas aimer ça.*'

— J'en veux bien une aussi, intervint Ethan. La semaine a été dure.

Zach fit signe au barman. Josh hocha la tête et leva un doigt pour lui indiquer d'attendre pendant qu'il servait de la bière pression à d'autres clients. Josh était l'aîné des frères Campbell avec son jumeau, la trentaine, les cheveux bruns qui bouclaient un peu, les yeux marron, le corps musclé.

C'était un ancien parachutiste de l'armée et il gardait la forme. Il était vêtu de façon décontractée, avec un T-shirt noir usé qui montrait clairement ses muscles bien définis et un jean troué. Carrie l'aimait beaucoup. Il était toujours détendu, charmant et séducteur, sauf avec Hailey, sa meilleure ennemie numéro un.

Quelques minutes plus tard, Josh avait servi des tequilas avec du sel et des citrons verts à Zach, Ethan et elle.

Hailey apparut juste à côté d'Ethan.

— Ooh, j'aimerais bien un verre, moi aussi.

— Non, répondit Josh.

Il fallait s'y attendre. En accord avec leur guerre permanente, Josh ne laissait jamais boire autre chose que de l'eau à Hailey. C'était une mesure drastique, d'autant plus qu'elles étaient des clientes régulières du bar géré par Josh, mais Carrie devait admettre que la punition était à la hauteur du crime. Hailey avait éliminé la rumeur d'impuissance qu'elle avait lancée en laissant sous-entendre que Josh en avait une toute petite. Refuser de servir Hailey avait été la seule revanche que Josh avait pu lui infliger, ne pouvant pas exposer sa verge pour prouver sa virilité. Il avait également répandu la nouvelle qu'ils étaient sortis ensemble et que Hailey était seulement aigrie parce qu'il l'avait quittée. Mais ce n'était pas du tout aussi satisfaisant que de lui refuser des boissons en permanence.

— Allez, Josh, dit Ethan. Ne sois pas sans-cœur, cette pauvre femme a l'air complètement déshydratée.

Hailey partit d'un rire cristallin.

— Oh, Ethan, tu es tellement drôle.

Elle se toucha le cou, regarda Ethan dans les yeux avant de détourner le regard puis de revenir vers lui. Une manœuvre de séduction classique.

— Je pourrais peut-être goûter dans ton verre, dit-elle d'une voix grave.

Ethan afficha un air spéculatif en dévisageant Hailey, depuis ses cheveux blond vénitien parfaitement lisses jusqu'à son visage parfaitement maquillé et son corps parfait dans une robe grise moulante qui se terminait à mi-cuisses et des sandales de gladiateur avec des bandelettes qui remontaient le long de ses mollets. Elle aimait toujours s'habiller comme si elle venait de sortir d'un magazine de mode.

— Je vais te donner ta propre foutue tequila, princesse, grommela Josh en la servant d'un geste brusque.

Une partie de la tequila déborda sur le côté.

— Toi, tu as besoin de baiser, dit Ethan à Josh.

Les yeux sombres de Josh étaient rivés sur Hailey.

— Oh, je ne me prive pas.

Hailey soutint le regard de Josh en se léchant la main, la saupoudrant de sel et la léchant encore. Josh regarda sa bouche. Elle avala le shot et elle suça le citron.

— Waouh ! Elle est bonne !

Josh poussa un juron en détournant le regard.

— Tu n'auras rien d'autre.

— Viens là, dit Ethan à Hailey. Lèche ma main et je te donnerai mon verre.

Hailey se lécha les lèvres avant de faire courir ses doigts dans les cheveux courts d'Ethan.

— Je ne lèche pas n'importe qui, mais toi…

Elle marqua une pause théâtrale et elle termina d'une voix assez forte pour que tout le bar puisse l'entendre :

—… tu es un candidat fantastique pour une dame élégante comme moi.

— Merveilleux, putain, marmonna Josh en attrapant le verre d'Ethan et en le buvant lui-même.

Ses yeux sombres brillaient d'irritation. Probablement parce qu'il était énervé d'être excité. Carrie était bien plus douée qu'avant pour reconnaître les signes du désir masculin, grâce à Zach.

Josh fit un signe de la main vers Ethan et Hailey.

— Vous êtes tous les deux privés d'alcool.

Il marcha à grands pas vers l'autre côté du bar.

Hailey recommença à flirter avec Ethan, qui semblait

réceptif. Apparemment, ça fonctionnait. Carrie arrêta de regarder les deux experts flirter ensemble lorsque Zach porta la main à la bouche de Carrie et lui dit d'une voix rauque qui lui donnait toujours des bouffées de chaleur :

— Lèche.

Ses entrailles se nouèrent, son cœur accéléra et elle lécha. Il ajouta du sel. Elle lécha encore, prit la tequila, l'avala et se mit à tousser. Mon Dieu, ça brûlait, ça brûlait.

— Suce le citron, dit-il.

Elle suivit son conseil, les yeux larmoyants. Elle se tourna pour regarder s'il se moquait de son manque d'expérience, mais il se contentait de la scruter d'un air observateur.

— Comment te sens-tu maintenant ? demanda-t-il.

Elle sourit, soudain étourdie.

— Bien.

Détendue et langoureuse, elle s'appuya contre son homme. Son homme temporaire, dut-elle se rappeler. Son propre verre resta sur le bar.

Elle se tourna pour le regarder et elle tendit la main.

— Tu veux boire ton verre, maintenant ?

— Ça dépend.

— De quoi ?

— Si tu veux rester ici un moment, alors je bois.

Son regard de braise l'observait avec une intensité qui la fit frissonner d'anticipation.

— Et si je suis prête à partir ?

— Alors je te reconduis chez moi tout de suite. Pas de tequila pour moi.

Il chuchota à son oreille :

— Primitif, Carrie. Tu vas aimer ça.

Elle frissonna.

— Oui, allons-y.

C'était un des éléments de sa liste de souhaits : les animaux sont primitifs, et il lui tardait de voir comment il avait interprété cela.

Il la souleva sans un mot, jeta quelques billets sur le bar et la guida jusqu'à l'arrière du parking en posant la main au creux de son dos. Ce contact l'enflamma.

Il l'aida à monter dans le camion, passa de l'autre côté et les voilà partis pour une autre excursion excitante. Et lorsqu'elle redescendit des nuages après l'extase, elle tomba encore une fois en sécurité dans ses bras.

8

Zach marcha jusqu'au lit et se laissa tomber sur le matelas après une séance de sexe sous la douche qui avait duré si longtemps que l'eau était devenue froide. 'Tout propre, c'est le mieux' avait été assez facile à interpréter. À vrai dire, toute sa liste avait été facile à comprendre une fois qu'il avait saisi le sens profond de ce qu'elle voulait vraiment. Pour lui, peu importe ce qu'ils faisaient tant qu'il n'avait pas besoin de se retenir. Elle ne voulait rien d'anormalement doux. Elle voulait prendre les choses en main. Elle le voulait, lui. Pour la première fois, il avait autant de plaisir à lui en donner qu'à en prendre. Ses réactions lui apportaient une satisfaction immense lorsqu'il regardait les différentes étapes de bonheur depuis l'émerveillement à l'admiration et la stupéfaction. Dans ces moments-là, le sexe devenait presque spirituel. Une nouvelle expérience merveilleuse pour lui.

Il jeta un coup d'œil à Carrie qui était déjà couchée et qui regardait le plafond avec un air de pure satisfaction féminine. Elle restait fréquemment allongée de cette façon, à revivre silencieusement l'expérience. Elle lui avait expliqué cela la première fois qu'il avait été inquiet par son long silence. La plupart des femmes aiment parler après.

Elle avait un côté sensuel intense, peu de goût pour la

conversation, ce qui lui convenait parfaitement. Il était comme elle. En général, ils s'envoyaient des textos par petites doses, comme les '*T'es chez toi ?*' répétés de Carrie.

Et lui : *Oui.*

Il s'assurait toujours d'être rentré à la maison à temps pour coucher avec elle. Il aimait être son bad boy, elle lui plaisait beaucoup, mais il n'avait pas la moindre idée de la suite. Il s'était attaché à elle bien plus vite que d'habitude. Sa nature de loup solitaire ne l'avait pas dissuadée. Non pas qu'ils passaient beaucoup de temps ensemble dans le sens traditionnel des rendez-vous avec des conversations pour apprendre à se connaître, mais il connaissait les choses importantes. Il savait comment était sa peau : du satin doux. Quel goût elle avait : la vanille et la femme sexy. Le ton de sa voix : gentille, soucieuse des autres, ouverte. Si les choses évoluaient encore, il lui parlerait de son métier de professeur. Il était un peu surpris que cela ne soit pas encore arrivé sur le tapis. Carrie ne lui posait jamais de questions sur lui, seulement sur sa cuisine. Elle ne devait pas non plus avoir posé des questions sur lui aux autres. Pourquoi ? Ne s'agissait-il que de sexe pour elle ? Car ce n'était pas le cas pour lui.

C'était forcément plus. Chaque soir, dès l'instant où elle entrait chez lui, son visage s'illuminait quand elle le voyait, puis elle courait et sautait dans ses bras. Personne n'avait jamais eu le visage illuminé en le voyant. Il rejouait ces réunions nocturnes dans sa tête quand il courait ou qu'il conduisait ou qu'il était censé travailler sur son livre : des bulles de joie pures et incandescentes. Fugaces, peut-être. Temporaires. Techniquement, ils étaient à la fin de leur accord : il avait traversé toute sa liste, retardant même l'échéance en ajoutant quelques éléments ici et là. Sa poitrine se serra.

Il n'était pas prêt à la laisser partir.

Il tourna la tête, la regarda fixer le plafond avec un petit sourire sur la bouche. La tension de sa poitrine se relâcha un peu parce qu'il l'avait rendue heureuse.

Il n'avait pas cru qu'ils allaient faire cette liste en une

semaine seulement. Carrie travaillait de treize heures à vingt et une heures à l'hôpital et elle venait chez lui ensuite, passant la soirée et restant tard dans la matinée. Il continuait à s'échapper sur le canapé quand elle était endormie. Et elle ne l'avait toujours pas remarqué. Il en était content : son ex avait détesté le fait qu'il dorme seul. Il supposait que c'était sa nature de loup solitaire, car il n'avait jamais été capable de dormir avec quelqu'un collé contre lui. Les femmes avaient tendance à se coller.

Il fixa le plafond et passa la main dans ses cheveux humides, épuisé par sa semaine. Il faisait de l'exercice à la fois le jour et la nuit. En général quand Carrie était au travail, il s'asseyait à l'ordinateur, essayant de trouver un meilleur plan pour son livre. Il n'arrivait pas à dépasser le premier tiers. Même son titre 'La société contre l'État : Géopolitique des nations indigènes d'Asie du Sud-Ouest' semblait trop académique. Son travail ne passait pas aussi facilement qu'il l'avait espéré auprès d'un public amateur. Il s'était arrêté et avait repris plusieurs fois, pourtant cela se transformait chaque fois en une deuxième partie de thèse de doctorat. Son cerveau refusait de prendre une autre direction, malgré tous ses efforts. Il finissait alors par aller courir, faire de l'exercice, conduire ici et là, rendre visite aux potes. Tout ce qui pouvait le faire sortir de sa tête et chambouler ses idées. Peut-être aurait-il plus de facilité s'il vidait les cartons remplis de livres et de carnets de recherche sur le terrain et qu'il réexaminait tout. De qui se moquait-il ? Dès l'instant où Carrie comprendrait qu'il était un professeur d'anthropologie, elle le laisserait tomber. Elle voulait un bad boy. Étant donné son honnêteté sans concession habituelle, il était étonné de voir que le rôle qu'il jouait ne le gênait pas plus que ça. Il ne s'était encore jamais senti aussi à l'aise avec une femme que dans ce jeu de rôle du bad boy et de la fille coquine.

Elle l'avait invité à boire un coup avec ses amies. Obtenir l'acceptation d'un partenaire potentiel auprès de ses amis était une partie importante d'une relation. Mais son invitation à boire un coup était peut-être seulement une façon de voir ses amies tout en ayant toujours la possibilité de poursuivre son véritable objectif : plus de passion avec lui. Ils étaient tous deux accros à ce qu'ils avaient dans la chambre à coucher. Plus ils pratiquaient de sexe, plus ils en voulaient.

Il allait être sur place pendant quelques mois supplémentaires. Elle accepterait peut-être de continuer à le voir ? Ce serait une torture de la croiser en ville en sachant qu'il devait garder ses distances. Il passa la main sur son visage. *Égoïste.* Il devait penser à ses sentiments à elle. Il allait vraiment se jeter sur cette opportunité à Singapour, en partant juste après Noël pour s'y installer. Le poste était très prestigieux et il pourrait conduire plus tard au travail de son choix dans une université d'élite. Il était à peu près certain de l'obtenir et ce n'était qu'une histoire de temps avant que toutes les paperasses soient approuvées par le comité. Il avait de la peine à l'admettre, mais au fond de lui il savait que ce n'était pas juste de lui faire croire à quelque chose sur le long terme alors qu'il quittait le pays.

Il resta allongé quelques minutes de plus, agité par ses désirs opposés de la garder près de lui ou de la repousser pour son propre bien. Bon sang. Il connaissait la bonne réponse. Il ne devait pas mener une autre femme en bateau avec une relation pour tout gâcher à la fin.

Il roula sur le côté et il fut encore une fois frappé par sa beauté. Ce n'était pas juste à la surface. Elle était belle dedans comme dehors. Si pure de cœur que son propre cœur souffrait du désir d'y occuper une petite place.

Il retira une mèche de cheveux de son visage.

— Carrie.

— Mmm ?

— J'ai fait toute ta liste.

Il attendit de voir si elle voulait partir.

Elle se tourna vers lui avec un grand sourire.

— Trop fort ! Faisons deux semaines complètes et répétons tout !

Oui !

— Cool.

Le sursis soulagea toute sa tension.

Elle roula sur lui et commença à l'embrasser dans le cou, parcourant son torse avec les mains, puis plus bas.

Il se sentit bander. Deux semaines, c'était le mieux. Il avait besoin de s'y mettre et de se concentrer sur son livre. L'université lui payait son année de congé et il fallait qu'il montre un résultat. Il ne pouvait pas se contenter de sexe, sexe, sexe, comme un animal. Il étouffa un gémissement quand la main de Carrie se referma autour de lui.

— Carrie, dit-il d'une voix rauque parce qu'elle était devenue très douée pour le caresser exactement de la façon qu'il aimait.

C'était assez incroyable qu'il parvienne encore à parler, en réalité.

Elle arrêta sa main et le regarda avec inquiétude.

— Oui ?

— Deux semaines, c'est le maximum de ce que je peux faire. Ce n'est pas toi. C'est juste que je ne fais jamais de relations sur le long-terme.

— Jamais ? demanda-t-elle doucement.

Il ne sut pas dire si elle était blessée ou si elle cherchait à clarifier les choses par curiosité. Peu importe. L'important était d'être clair. Il posa la main sur son visage, caressant sa joue avec le pouce.

— Jamais, dit-il en l'embrassant doucement afin d'atténuer la cruauté de la situation.

Elle l'embrassa passionnément à son tour, sa main glissant sur sa longueur, et toute vérité brutale sembla pardonnée. Il se détendit, excité et prêt pour le deuxième round. Elle bougea, frôlant sa joue contre la barbe de Zach comme un chat qui se frottait, continuant à le caresser jusqu'à ce que sa verge devienne de l'acier bleu. Puis elle attrapa un préservatif et elle le fit rouler sur lui.

Dès l'instant où sa main se retira de sa verge qui palpitait, permettant un afflux d'oxygène très utile jusqu'à son cerveau, il demanda :

— Que devons-nous refaire d'abord ?

Il voulait s'assurer d'avoir refait tout ce qu'elle préférait dans le peu de temps qu'il leur restait. Il avait aimé tout ce qu'il y avait sur sa liste, mais il était d'humeur pour un élément en particulier : les animaux sont primitifs. Son interprétation correcte : les animaux sont primitifs, les humains sont des animaux : donc, prends-moi en levrette. C'était une position très naturelle si l'on considérait le règne animal.

— Mmm, surprends-moi, dit-elle.

— Que dirais-tu du numéro cinq ?

Ses yeux bleus éclatants brillèrent d'amusement.

— Pas de questions, fais-le, bad boy.

Il ne put s'empêcher de sourire à cause de sa façon de parler.

— Pas de questions, fais-le. On dirait Yoda.

— Toi, on dirait un homme qui n'aura pas son numéro cinq.

Il la retourna sur le ventre et il la souleva par les hanches, la pénétrant d'un mouvement brusque. Il gémit longuement.

— Oui ! cria-t-elle comme d'habitude quand il prenait les choses en main.

Elle se cambra contre lui et il sentit son cerveau l'abandonner, un besoin primitif prenant le relais. Que les universitaires aillent se faire voir. Il *était* un animal.

Carrie s'éveilla brusquement cette nuit-là, les yeux écarquillés, le cœur battant. Oh, Dieu merci. Ce n'était qu'un rêve. Elle était toujours dans le lit de Zach. Elle avait rêvé qu'elle s'était rendue à la cérémonie de renouvellement des vœux du cinquantième anniversaire de ses parents. L'événement s'était soudain transformé en son mariage avec son ex horrible, Edward. Il avait dit tous les vœux et le pasteur se moquait qu'elle n'en dise aucun, le mariage avait eu lieu. Définitif. Elle était coincée pour toujours. Elle avait essayé de courir, mais sans y parvenir, courant sur place, la main d'Edward serrée autour de son poignet.

Elle jeta un coup d'œil au réveil sur la table de nuit. Quatre heures du matin.

Elle roula hors du lit, s'enroula dans la couverture et sortit dans le salon. Il était endormi sur le canapé. Elle s'arrêta devant lui et elle l'observa dans la lumière diffuse des réverbères qui entrait par la fenêtre du salon. Ses jambes étaient trop longues pour le canapé et il devait dormir sur le côté, les genoux pliés. Pourquoi dormait-il ici alors qu'il avait un lit king size dans l'autre pièce ? Merde. C'était à cause d'elle. La première nuit, elle avait été si épuisée qu'elle s'était endormie dans son lit. Et puis il avait fait le petit-déjeuner le lendemain et tout avait été si merveilleux, qu'elle avait continué. Elle aurait dû lui demander s'il voulait bien qu'elle passe la nuit, ou mieux, elle aurait dû se forcer à se réveiller et rentrer chez elle. Elle se sentit terriblement coupable et son cœur se serra. Il lui avait cédé le lit sans la moindre plainte.

Mais était-ce vraiment si terrible de dormir avec elle ? Ils étaient si intimes l'un avec l'autre de bien d'autres façons. Sa gorge se serra et elle se sentit soudain blessée qu'il préfère se caler dans le canapé inconfortable plutôt que de dormir avec elle, alors qu'elle savait n'avoir aucun droit d'être contrariée. C'était sûrement sa façon de ne pas trop s'attacher quand ce qu'ils avaient n'était que temporaire. Son estomac se retourna. Bon, elle allait régler le problème. Toute cette histoire de liaison sans lendemain avait été son idée à elle, alors elle allait le faire retourner dans son lit, où il pouvait s'étirer et être plus à l'aise, puis elle rentrerait chez elle.

Elle s'assit à côté de lui et elle passa les doigts dans ses cheveux épais.

— Zach ?

Pas de réponse.

— Zach, dit-elle plus fort. Tu peux retourner dans ton lit.

Il ne bougea pas. Elle le poussa plusieurs fois, mais il dormait profondément. Il était bien trop grand pour qu'elle puisse le transporter seule. Elle ne voulait pas retourner dans son lit toute seule, le mariage de cauchemar étant toujours présent dans sa tête. Elle se glissa à côté de lui, allongée sur le côté, le dos vers lui, et elle tira son bras par-dessus sa taille. Voilà. Son corps réchauffa le sien, son odeur masculine et épicée l'entourait, et elle se détendit complètement, s'endormant profondément.

Elle se réveilla tôt le lendemain matin, lorsque Zach descendit du canapé et la poussa au fond.

— Hé, dit-elle doucement, je ne veux pas que tu sois obligé de te serrer sur le canapé.

— Tu t'endors avant moi.

Il se leva avec son maillot de corps et son boxer à carreaux rouge et blanc et il la regarda.

— Je ne veux pas te déranger.

Elle s'assit.

— Tes jambes sont trop longues pour ce canapé. Je rentrerai après, comme ça tu pourras dormir dans ton lit.

Il posa la main sous le menton de Carrie et il caressa sa joue avec le pouce.

— Je ne te jetterais jamais du lit.

Elle sentit sa respiration s'arrêter, surprise par sa tendresse.

— D'accord, alors tu peux dormir *avec* moi.

Il laissa tomber sa main.

— C'est juste que je suis habitué à dormir seul.

Il partit, se dirigeant vers la chambre, sans doute pour passer à la salle de bains.

Elle se laissa retomber sur le canapé, posant la main sur sa poitrine douloureuse. Qu'attendait-elle d'une liaison occasionnelle ? Ce n'était pas comme s'ils faisaient autre chose que baiser et prendre le petit-déjeuner ensemble. Ceci n'était pas une relation, pas de problème. Aucun d'entre eux ne le voulait. Il ne faisait pas dans le long terme. Elle en était ravie. La dernière chose dont elle avait besoin, c'était de se perdre encore une fois, entièrement préoccupée par un homme, soutenant tous ses rêves pendant qu'elle négligeait les siens.

Peu de temps après, elle entendit Zach dans la cuisine. Il lançait sans doute le café. Dernièrement, elle avait remarqué de plus en plus de choses attentionnées qu'il faisait. Elle s'était dit qu'il les faisait pour n'importe qui. Il était toujours le bad boy qu'elle avait espéré, revenant du *no man's land* mystérieux, un voyageur avec des capacités à la survie, un amant doué et sensuel qui la laissait totalement satisfaite, molle et épuisée. Il avait sans doute également un passé compliqué. C'était le cas de tous les types qui traînaient avec la famille Campbell. Elle n'avait pas insisté pour que Zach révèle des détails sur sa vie, et il ne l'avait pas proposé. Encore d'autres preuves indiquant que ceci n'était qu'une passade. Aucun d'entre eux ne s'intéressait à une véritable intimité.

Il trouvait sûrement cela normal de préparer le café dès qu'elle se réveillait. Ou de laisser une serviette et un gant de toilette supplémentaires pour elle sur la commode. Ou de cuisiner pour elle.

Ou de dormir sur le canapé afin de ne pas la déranger dans son sommeil.

S'était-elle complètement trompée à son sujet ?

Il sortit de la cuisine et il retira son maillot de corps d'un geste rapide à deux mains. Cela attira l'attention de Carrie. La peau bronzée, les pectoraux et les abdos bien définis, les épaules larges et musclées. Elle s'assit, espérant que son boxer tombe ensuite.

Il inclina la tête vers la chambre.

— La douche avec une surprise. Tu vas aimer ça.

Elle sauta du canapé. Peu importe ce qu'il avait en tête, toutes ses idées étaient fantastiques. Elle ne les aimait pas, elle les *adorait*.

Il attendit, la dévorant des yeux pendant qu'elle s'approchait de lui, complètement nue, se sentant magnifique et sexy sous son regard. À la dernière minute, elle pivota vers la salle de bains, tout juste hors de sa portée. Il la rattrapa et il lui mit une claque sur les fesses. Elle poussa un petit cri de surprise, puis il la souleva et la jeta par-dessus son épaule. C'était un bad boy dans le meilleur sens du mot.

Bien plus tard, ils se rendirent à la cuisine. Ils burent tous les deux de l'eau à grandes gorgées, puis ils se servirent du café tout prêt. Ils avaient transformé le sexe en sport olympique et ils devaient se réhydrater régulièrement.

— Assieds-toi, dit-il avant de sortir les affaires pour le petit-déjeuner du frigo.

C'est ce qu'elle fit, prenant le café avec elle.

— Qu'est-ce que tu vas faire ?

— Des omelettes.

D'accord, manger le petit-déjeuner ensemble tous les matins c'était un peu du genre domestique et relationnel, mais elle ne pouvait s'en empêcher. C'était un si bon cuisinier. Et il voulait cuisiner pour elle. Elle ne pouvait pas être impolie au point de gaspiller tous ses efforts culinaires.

Elle but son café en réfléchissant à la fête des cinquante ans de mariage de ses parents. La veille, sa mère l'avait avertie qu'Edward serait accompagné de sa fiancée de vingt ans. Sa mère avait proposé de ne pas l'inviter quand elle avait commencé à planifier l'événement, mais Carrie avait dit que ce n'était pas un problème. Elle avait prévu d'être polie et de le contourner. En outre, ses parents auraient été mal à l'aise pour cette occasion spéciale. Edward et ses parents avaient partagé la plupart des événements importants de leur famille : les fêtes de réveillon de Noël, le quatre juillet, les vacances d'été. Elle l'avait manqué le Noël dernier quand elle avait été au mariage de son amie Claire et elle avait sauté les activités estivales, mais cette cérémonie de renouvellement des vœux était importante, alors elle prit sur elle. Ce n'était pas tous les jours que vos parents fêtaient leurs cinquante ans ensemble.

Dommage que les choses ne s'étaient pas déroulées entre Edward et elle comme tout le monde l'avait espéré. Elle avait dit à ses parents qu'ils avaient rompu parce qu'Edward l'avait trompée. Elle n'avait pas parlé du sexe cochon qu'il était allé chercher ailleurs pour la garder 'pure'. Mon Dieu, elle détestait Edward, sale menteur infidèle. Il l'avait privée de sa passion pendant qu'il faisait toutes sortes de choses sexuelles dépravées avec… peu importe qui. Heureusement, il avait toujours insisté pour porter un préservatif. Dans tous les cas, elle avait fait des examens complets contre les MST, une fois qu'elle avait compris ce qu'il trafiquait.

Maintenant qu'elle savait qu'il serait là avec une jeune fiancée à ses côtés, elle se dégonflait. La cérémonie de renouvellement était techniquement après les deux semaines de son accord avec Zach, mais elle aurait vraiment aimé aller là-bas avec son petit-ami sexy et *badass* pour montrer à Edward qu'elle était passée à autre chose et qu'elle s'en sortait très bien.

L'odeur délicieuse du petit-déjeuner – des omelettes au jambon et aux poivrons verts – lui parvint quelques instants plus tard. Ce serait dur de manquer les délicieux petits déjeuners de Zach à la fin de leurs deux semaines, mais c'était leur marché. Peut-être pouvait-elle le faire durer un peu plus longtemps ?

Elle inspira profondément avant de dire aussi nonchalamment qu'elle le put :

— Je sais que nos deux semaines seront terminées samedi prochain, mais penses-tu pouvoir prolonger d'un jour ?

Zach tourna le dos à la cuisinière afin de la regarder. Ses cheveux bruns étaient encore humides de la douche et il y avait des lignes aux endroits où elle avait passé le peigne. C'était tellement canon. Il la laissait faire tout ce qu'elle voulait.

— Pourquoi ?

Elle détestait poser la question, mais cela pouvait beaucoup faciliter les choses avec son ex.

— Dimanche prochain, c'est le cinquantième anniversaire de mes parents. Ils vont renouveler leurs vœux dans une cérémonie à la plage et...

Elle grimaça, détestant mentionner Edward.

— Et ? l'encouragea-t-il.

Elle soupira.

— Mon ex Edward sera là. Ses parents sont des amis proches de mes parents. J'espérais que tu puisses m'accompagner.

— Tes parents l'ont invité en sachant qu'il t'a blessée ?

Son ton bourru et sec lui indiqua ce qu'il en pensait. Elle se sentit rassurée en sachant qu'il était de son côté.

— Ils ont proposé de ne pas l'inviter, mais je ne voulais pas mettre les gens mal à l'aise. La famille d'Edward s'est toujours jointe à la nôtre pour les occasions spéciales.

Il pinça les lèvres en la scrutant longuement.

— Je dois admettre ne pas avoir des intentions très honorables. Je veux le rendre jaloux et te montrer.

Ses lèvres se courbèrent lentement en un sourire sexy.

— Super.

— Tu acceptes ?

— Oui.

Il retourna au fourneau.

Elle s'agita, mal à l'aise, imaginant Edward dire quelque chose de méchant et Zach lui répondre ou peut-être même lui botter le cul ! Il y avait ce truc de mâles alpha. Elle ne voulait pas qu'il y ait un combat de testostérone pour elle. Non pas que Zach était amoureux d'elle. Ils savaient tous les deux que cette liaison de deux semaines et un jour n'était que pour le sexe.

— Euh, Zach, ne lui dis rien, s'il te plaît, d'accord ? Peu importe ce qu'il dira, laisse-moi le gérer.

Il ne répondit pas. Il se contenta de cuisiner, pieds nus avec son T-shirt bleu sexy et son jean usé.

— Je suis sincère, dit-elle fermement.

Il fit passer l'omelette sur une assiette et il s'avança, posant le plat devant elle.

— Si tu savais le gérer, tu n'aurais pas besoin de moi là-bas.

— Oublie ça, marmonna-t-elle, irritée par son don pour la comprendre.

Elle n'avait pas *besoin* qu'il soit là, mais elle voulait *vraiment* qu'il y soit. Elle sentit les yeux de Zach sur elle.

— Carrie.

Son ton fut étonnamment doux.

Elle ne répondit pas, se contentant de couper un coin de son omelette. Elle ne voulait pas qu'il ait pitié d'elle et elle ne voulait surtout pas parler de la stupide fiancée d'Edward parce qu'elle craignait de pleurer. Cela aurait pu être elle, et même si elle l'avait rejeté, cela restait douloureux. Edward et cette autre femme n'avaient pas pu être ensemble depuis très longtemps. Edward avait mis six ans à lui faire sa demande, et uniquement quand elle avait rompu. Sa proposition avait été un effort désespéré pour la récupérer. Elle prit une petite bouchée d'omelette et elle poussa un grognement. C'était délicieux.

— Te regarder manger est une expérience érotique en elle-même, grogna Zach.

Elle sourit.

— Te regarder cuisiner aussi. C'est une bonne combinaison.

Il plaça les mains autour de son visage et il déposa un baiser sur sa tête.

— Je serai là.

Elle se sentit devenir toute chaude à l'intérieur et sa gorge se serra d'émotion pour sa compréhension et son soutien. Avant qu'elle puisse dire merci, il retourna à la cuisinière. Se sentant mieux, elle mangea son omelette délicieuse et peu de temps après, il la rejoignit avec son petit-déjeuner, s'asseyant en face d'elle.

— Veux-tu que je sois particulièrement badass pour ton ex ? demanda-t-il en découpant son omelette. Une veste en cuir noir, je roule des mécaniques, je jure comme un charre-tier, peut-être un couteau papillon dans ma poche arrière.

Il écarquilla les yeux avant d'ajouter :

— Des yeux fous ?

Elle posa la main sur sa gorge. Ses adorables parents âgés auraient une crise cardiaque !

— Peut-être pas à ce point.

Il inclina la tête.

— C'est comme tu veux.

— J'adore ton look badass tel qu'il est. Les cheveux ébou-riffés, la barbe et tous ces muscles durs.

— C'est drôle, j'allais dire la même chose de toi.

Il ricana et il mangea une bouchée d'omelette.

— Ce n'est pas tout à fait pareil, dit-elle en tendant la main et en caressant sa barbe.

Il termina de mâcher avant de dire :

— Il faut que je me rase depuis un moment. Je m'en occuperai à temps pour l'anniversaire.

— Ne le fais pas pour moi.

Peu importe son apparence, ses parents allaient être curieux à son sujet.

— Nous devrions peut-être échanger des informations basiques l'un sur l'autre, afin de ne pas être pris au dépourvu quand tu rencontreras mes parents.

Il mangea un peu d'omelette et but une gorgée de café.

— Vas-y.

— Quel âge as-tu ?

— Trente-quatre ans.

— Deuxième prénom ?

— Edward.

— Non !

Il sourit et il y eut des plis au coin de ses yeux.

— Je plaisante. Zachary Joseph Harrison.

Elle lui jeta sa serviette et il la lui tendit en riant.

— J'ai vingt-six ans, dit-elle. Carrie Elizabeth Young.

— Tu es trop jeune pour moi, Carrie Young.

— Ha-ha. Je sais encaisser.

Il la regarda dans les yeux avec un éclat diabolique.

— C'est clair.

Elle rougit en se souvenant de toutes les choses intimes qu'ils avaient faites.

— Alors, tu sais que je suis infirmière et tu es…

Elle attendit qu'il remplisse le blanc. Elle avait passé tout son temps libre avec lui cette semaine, essentiellement sans parler. Elle avait retenu sa curiosité, mais maintenant qu'il révélait des choses, elle mourait d'envie d'en savoir plus.

Il but un peu de café et il l'étudia par-dessus le bord de sa tasse. Juste au moment où elle pensa qu'il n'allait pas répondre, il dit :

— Sans emploi en ce moment.

— Parce que tu viens de revenir d'Indonésie ?

— En partie.

— Et qu'as-tu fait là-bas ?

Il coupa un morceau d'omelette et il mâcha, prenant son temps pour lui répondre. Il finit par dire :

— J'ai exploré les îles, fait des randonnées et campé dans la forêt.

— Pas étonnant que tu ressembles à un homme sauvage des montagnes. C'est comme cela que tu gagnes ta vie ? Tu prépares des visites guidées des îles ?

Il recommença à manger.

Elle le fixa longuement pendant qu'il ne disait rien, se concentrant sur sa nourriture. Elle supposa qu'il était affamé. Finalement, elle ne put pas attendre plus longtemps.

— Zach ? C'est ça ton métier ?

Il porta sa tasse à sa bouche, marmonna 'Oui' et but une gorgée.

— Cool ! J'adorerais faire un tour avec toi.

Il posa son café et il la regarda directement dans les yeux.

— J'aimerais que tu voies l'Indonésie. Des paysages magnifiques, des personnes magnifiques.

— Quand vas-tu y retourner ?

Il fixa la table pendant un moment avant de la regarder dans les yeux.

— Je vais à Singapour, c'est pour un boulot de deux ans. Juste après Noël.

— Oh.

Elle se força à sourire.

— Je reprends la fac dans quelques semaines pour mon Master d'infirmière. Je veux être infirmière pédiatrique certifiée. J'ai eu la chance d'avoir les frais d'inscription entièrement couverts par un assistanat.

— Félicitations. Combien de temps dure ton programme ?

— Deux ans.

Ils se regardèrent un instant en comprenant tous les deux

ce que cela signifiait. Deux ans, deux continents différents, deux carrières très différentes.

Zach finit par rompre le silence en disant doucement :

— On dirait que nous avons tous les deux un plan sur deux ans, même si tu auras un semestre d'avance sur moi.

— Je suppose.

Il serait quand même absent pendant deux ans. Elle fixa la table, serrant sa tasse avec force. Elle se força à détendre les doigts, leva la tasse jusqu'à ses lèvres et se rendit compte qu'elle était vide. Ce n'était pas de caféine qu'elle avait besoin. Elle vibrait presque de tension, prise de court par une séparation d'un bout à l'autre du monde. Elle ravala l'émotion qui n'avait aucun lieu d'être. Elle n'avait aucun droit sur Zach, elle avait travaillé de sorte que la situation reste légère. Elle avait donc eu ce qu'elle voulait, le sort était intervenu pour que leur couple soit impossible. Elle allait traverser cette épreuve par rapport à Edward, puis dire au revoir à Zach. Son estomac se noua. Non, ce n'était pas bien. Zach avait été bon avec elle et il ne méritait pas d'être utilisé comme un butoir dans une situation qui n'avait aucun lien avec lui.

Elle leva les yeux vers lui.

— Tu n'es pas obligé de m'accompagner pour l'anniversaire de mariage de mes parents. C'était égoïste de ma part de te le demander. Je gérerai Edward moi-même.

— Trop tard, tu m'as déjà invité.

— Zach.

— Carrie, grogna-t-il d'un ton définitif.

Elle leva les mains.

— D'accord, d'accord. Merci.

Il grogna et il se remit à manger.

Elle se demanda si elle devait l'avertir au sujet du type d'homme qu'il allait rencontrer. Ils étaient aussi différents que deux personnes pouvaient l'être, ce qui lui convenait tout à fait, mais elle ne voulait pas que Zach soit pris par surprise. Edward était un intellectuel snobinard. C'était un côté de lui qu'il avait cultivé, car ses parents étaient très terre-à-terre au contraire.

— Edward est un docteur brillant, dit-elle. Un chirurgien du cerveau.

— Et alors ? Même les gens intelligents peuvent être stupides.

Il finit son omelette d'une grosse bouchée, faisant claquer ses dents.

— Zach.

Il mâcha puis il avala sa bouchée.

— Quoi ?

— C'était gentil.

— Ça n'a rien de gentil. Clairement, Edward était stupide de rater tout ce que tu as à offrir.

Il s'éclaircit la gorge.

— Je veux dire, tu as tant de passion et tout.

Elle rougit.

— C'est toi qui es passionné. J'essaie juste de rester à ta hauteur.

Il la regarda tendrement.

— C'est peut-être juste nous.

Le mot 'nous' plana dans les airs entre eux, scintillant comme une petite étoile de promesses. Elle fut la première à détourner le regard, légèrement déstabilisée par les sables mouvants de ce qu'elle pensait être une chose solide et compréhensible. Une liaison. Temporaire. Volontairement creuse pour que personne ne soit blessé.

Deux continents différents.

Elle s'émerveilla un instant en songeant que leurs chemins s'étaient croisés. Cela lui faisait mal au cœur de penser qu'elle aurait pu rater tout ce qu'il avait partagé avec elle. La façon dont il avait pris sa liste au sérieux et lui avait apporté tant de plaisir. Elle lui en serait toujours reconnaissante. Elle attrapa la tasse de Zach et elle but une gorgée pour détendre la boule horrible dans sa gorge. Il la regarda boire, mais il ne fit pas de commentaire. Elle reposa la tasse devant lui.

— As-tu un costume ? demanda-t-elle joyeusement, pressée d'orienter la conversation vers un sujet plus sûr. Je porterai une robe. Mon père sera en smoking. Ma mère rentre encore dans sa robe de mariée.

Il but son café.

— Je trouverai bien quelque chose.

— Ce n'est pas un problème si tu ne le peux pas. Juste une belle chemise et un pantalon feront l'affaire.

— Je ne vais pas te faire honte.

— Oh, non. Je n'aurais jamais honte. Tu es le type le plus canon avec lequel je suis sortie.

Il ricana.

— Non pas que j'en ai fréquenté beaucoup.

Il s'arrêta de sourire.

— Juste ton ex et moi, je me souviens.

Elle passa la main dans ses cheveux.

— Je suis désolée. C'est juste… je suppose que je suis un peu angoissée par tout ça. Tu sais, revoir Edward après tout ce temps. Et sa fiancée. Apparemment, elle est jeune et belle.

Un petit sourire courba ses lèvres.

— Toi aussi.

Elle eut le souffle coupé. C'était tellement gentil. La deuxième chose gentille ce matin-là. Et c'était un homme qui parlait peu, alors quand il parlait, cela signifiait quelque chose.

— Merci.

Il hocha la tête et il but une autre gorgée de café. Une émotion ressemblant moins à du désir qu'à de l'affection grandit en elle. Une affection forte comme si elle voulait le serrer dans ses bras. Et pas pour le tâter. Juste pour un câlin.

Il posa sa tasse et il la regarda.

Elle lâcha la première chose qui lui passa par la tête.

— Je me sens vraiment mal d'avoir occupé ton lit tous les soirs.

Il secoua la tête.

— Ce n'est pas un problème.

— Je repartirai chez moi après, afin que tu puisses rester dans ton lit, où tu seras plus à l'aise.

Il lui jeta un regard dur.

— Je ne veux pas que tu sois dehors toute seule au milieu de la nuit.

Elle lui rendit son regard dur.

— Et je ne veux pas que tu te serres sur un canapé trop court pour tes jambes.

— J'y suis très bien.

— Non, c'est faux.

Il s'appuya contre le dossier de sa chaise.

— Je n'arrive pas à croire que notre première dispute survienne parce que nous essayons d'être polis l'un avec l'autre.

— Une dispute impliquerait une relation.

Il se frotta la nuque.

— Je ne sais pas ce qu'il y a entre nous.

— Moi non plus.

Elle se répétait que c'était une liaison temporaire, mais cela commençait à donner une autre impression. L'atmosphère semblait lourde, la conversation pleine de sens cachés. D'une façon ou d'une autre, les choses avaient changé ce matin quand elle l'avait invité à la fête d'anniversaire de mariage de ses parents.

Il porta la tasse de café à sa bouche et il parla derrière.

— Ne touchons pas à ce qui fonctionne.

Elle se mordit la lèvre, la réponse décontractée l'ayant vexée plus qu'elle ne l'aurait dû.

— Non, bien sûr. Tu as raison. Laissons ça, dit-elle en faisant un geste de la main.

Elle ne parvint pas à cacher l'amertume de sa voix.

Il posa la tasse.

— Je veux dire, c'est toi qui as parlé de deux semaines.

— Tu as proposé deux semaines, rétorqua-t-elle. Je me suis contentée d'être d'accord.

— Pourquoi nous disputons-nous ?

Il se leva et il empila les assiettes.

— Je dormirai dans le lit si ça te fait plaisir. D'accord ?

— Très bien.

— Et ne songe pas à sortir seule au milieu de la nuit.

Il posa les couverts sur les assiettes.

— Nous dormirons tous les deux dans le lit.

Elle pencha la tête en arrière pour le regarder.

— J'ai dit *très bien*.

— Bien, grogna-t-il.

Puis il se pencha et il l'embrassa jusqu'à ce qu'elle soit à bout de souffle. Il s'écarta, l'examinant un instant avant d'attraper les couverts et de se diriger vers l'évier.

Elle resta assise à sa place, avec la tête qui tournait, en se demandant ce qui venait de se passer.

9

Zach était assis à la table de la cuisine avec son café et il regarda Carrie rincer la vaisselle du petit-déjeuner, encore un peu secoué par leur prise de bec. Il la fixa, de son débardeur gris foncé tout simple jusqu'à son short assorti pendant qu'elle se baissait afin de poser une assiette dans le lave-vaisselle. Elle avait un décolleté délicieux, un cul merveilleux. Elle aimait assortir ses vêtements, le haut et le bas, jusqu'à ses sous-vêtements.

Et elle l'avait invité à rencontrer ses parents.

Pas besoin d'être anthropologue pour savoir ce que signifiait l'invitation à rencontrer les parents. Carrie voulait clairement faire passer ce qu'ils avaient déjà au niveau d'une relation. Maintenant que la pression était retombée parce que Carrie était occupée à l'évier, il pouvait analyser la situation. Elle avait des sentiments pour lui. Il l'avait espéré, mais il ne l'avait pas su jusqu'à ce moment.

Il fit quelques calculs rapides pour savoir exactement quand il serait à Singapour et quand Carrie sortirait diplômée de son programme et il se rendit compte qu'il serait absent deux années complètes au milieu de son programme qui suivait l'année scolaire et qui correspondait donc plutôt à deux ans et demi. C'était une séparation trop longue pour ce qu'ils vivaient pour l'instant.

Il y avait pourtant des sentiments réels des deux côtés. Cela signifiait quelque chose. N'est-ce pas ?

Serait-ce si terrible de faire un essai pendant les quelques mois précédant son départ ? Ne valait-il pas mieux profiter du bonheur qu'il pouvait avoir maintenant ?

Il voulait essayer. Si cela fonctionnait, peut-être accepterait-elle de retarder son diplôme de quelques années pour l'accompagner ? Waouh. C'était un saut en avant ridicule. Particulièrement venant de lui. Et s'il gâchait tout comme il l'avait fait avec ses autres relations ? S'il était vraiment un loup solitaire incapable de créer la complicité nécessaire pour une relation réussie ? S'il la faisait venir à Singapour et que les choses tournaient mal entre eux, il n'y avait aucune garantie que le poste d'assistante attende Carrie à son retour. L'assistanat était toujours soumis à une forte compétition. Il y avait une quantité d'argent limité, et tout dépendait de qui postulait en même temps que vous cette année-là. Ou alors… il pouvait laisser tomber Singapour. Non, ce serait idiot. Il était au point de sa carrière où le poste pouvait lui donner un avantage significatif dans le monde universitaire. Il pourrait peut-être même parvenir à décrocher un travail à NYU ou Yale ensuite, auprès de Carrie. Sur le long terme, même si leur relation durait, il valait mieux qu'il accepte le poste.

Elle fredonna en travaillant et il se sentit pris d'un sentiment rare de contentement.

Cela pouvait fonctionner s'il réfléchissait vraiment à la *bonne* façon d'avoir une relation, pas à sa manière habituelle où il laissait les choses se dérouler naturellement, ce qui signifiait toujours qu'elles tournaient mal. Son bagage universitaire pouvait sûrement l'aider. Pourquoi n'y avait-il pas pensé avant ? Cela marchait extrêmement bien pour la danse initiale de la séduction, pourquoi ne serait-ce pas le cas pour les étapes plus avancées ?

Il passa en mode anthropologue, analysant le sens caché de l'invitation de Carrie. Maintenant qu'il y pensait, ce n'était pas uniquement une invitation à avoir une relation. Obtenir l'approbation de la famille et de la communauté quant au partenaire choisi était une étape cruciale dans une union durable. Sa demande à être protégée contre Edward indiquait en outre qu'elle comprenait que Zach était un protecteur adapté. Zach savait que sa taille, sa voix grave, ses démonstrations de force régulières quand il soulevait Carrie, ainsi que son agressivité naturelle au lit avaient rendu cela très clair. Son cadeau de petit-déjeuner chaque matin montrait – à un niveau primitif, le niveau le plus important – qu'il savait pourvoir à ses besoins. La seule chose qu'il lui restait à prouver pour montrer sa valeur en tant que partenaire, c'était une démonstration de force physique avec un rival cherchant à obtenir son affection. La lutte serait idéale. Il avait de l'expérience avec les meilleurs : Ethan, Josh, Jake et Marcus. De plus, en tant que chirurgien, Edward allait sûrement être réticent à utiliser ses poings à cause du risque de dégâts aux mains.

Il envisagea brièvement d'augmenter son statut social pour être à la même hauteur que le diplôme de médecine d'Edward en parlant de son doctorat à Carrie. Zach pouvait également être nommé 'Docteur'. Il se ravisa cependant. Après la fête de l'anniversaire de mariage, il lui révélerait qu'il n'était pas un bad boy, qu'il était en réalité un anthropologue respecté. Il lui dirait alors comment elle illuminait son monde et qu'il voulait continuer à la fréquenter. Il expliquerait tout avec logique : leur compatibilité, les véritables sentiments qu'ils avaient tous les deux, et puis il essaierait d'argumenter de sorte qu'elle laisse une chance à leur relation pendant le peu de temps qu'il leur restait. Ils s'occuperaient plus tard du problème de Singapour. Malgré toutes les preuves du contraire – ses relations passées désastreuses et le timing terrible de leur plan de carrière respectif – il avait bon espoir.

Carrie s'essuya les mains sur une serviette en papier et se tourna vers lui.

— C'est fait.

Il se leva.

— Je vais t'accompagner jusque chez toi et je rentrerai à pied. J'aimerais discuter avec Ally.

Elle écarquilla les yeux.

— Tu m'accompagnes ?

Il comprenait sa surprise. Avant l'invitation pour une relation, les limites avaient toujours été claires. Il passait du temps avec elle strictement dans son appartement, pas de rendez-vous, pas de retour en voiture. Quoi qu'il en soit, il était important qu'il apprenne à connaître et qu'il obtienne l'approbation de ses amies les plus proches. Sa colocataire était une personne clé du réseau d'amitié de Carrie.

— Oui, dit-il. Nous ne nous sommes rencontrés que brièvement auparavant.

Carrie eut un sourire hésitant.

— Eh bien, d'accord, si tu veux.

Elle inclina la tête avant d'ajouter :

— Pourquoi, exactement ?

— J'aimerais apprendre à connaître tous tes amis.

Il se rendit au salon et il récupéra le grand sac aux fleurs multicolores qu'elle avait laissé tomber juste avant de sauter dans ses bras. C'était leur rituel du soir. Ce foutu sac pesait au moins dix kilos. Sûrement parce qu'elle devait transporter du shampoing et d'autres affaires entre chez elle et chez lui. Il allait devoir faire un peu de place pour les affaires de Carrie.

Il s'avança vers elle et il lui tendit le sac.

— C'est trop lourd. Tu vas te faire mal au dos.

— Ça va. J'ai l'habitude de porter beaucoup de choses.

Elle se dirigea vers la porte et il admira le balancement de ses hanches pendant un moment avant de la rejoindre.

Il enfila les sandales en cuir marron qu'il laissait toujours à côté de la porte.

— Tu peux laisser ton shampoing ici, si tu veux.

Il se redressa et il la regarda directement dans les yeux.

— Je vais faire de la place pour tes affaires.

Elle le fixa en fronçant les sourcils. Bien, elle réfléchissait au sens plus profond. Il lui ouvrit la porte et la laissa passer avant de fermer à clé, puis il l'accompagna jusqu'au trottoir, avec une main au creux de son dos.

— Zach ?

— Oui.

— Laisser mes affaires chez toi, c'est un peu différent. Et le fait que tu apprennes à connaître mes amies, c'est encore autre chose.

Il se retint de lui expliquer le symbolisme, ne voulant pas montrer son côté universitaire.

Elle leva les yeux vers lui.

— Je croyais que tu ne cherchais pas de relation.

— Ce n'était pas le cas.

— Oh. Moi non plus.

— Regardons juste comment cela se passe.

— Voir comment ça se passe, répéta-t-elle. Je ne sais pas ce que ça signifie.

Il hésita car elle semblait sur ses gardes. Normalement, il aurait immédiatement fait marche arrière, mais son ancienne manière de faire n'avait jamais fonctionné. Il se lança.

— Tu sais, voir comment ça se passe. Pas de rupture artificielle. On attend juste la suite des événements.

Crétin. Va droit au but.

— Tu me plais beaucoup.

— Oh.

Elle eut un sourire pincé.

— Toi aussi, tu me plais bien.

Cela ne se passait pas comme il l'avait espéré. Ils marchèrent jusqu'à sa voiture en silence. Bien que ce soit encore le matin, c'était déjà une journée chaude et humide du mois d'août. Cela lui rappelait l'Indonésie. Le pays lui manquait, même s'il y avait été le mois dernier. Il était certain que Carrie adorerait l'endroit, mais il était trop tôt pour en parler, alors il resta silencieux.

Elle déverrouilla la voiture.

— Zach, je ne suis pas prête pour une relation. Je pense qu'il vaudrait mieux que nous nous en tenions à notre accord de deux semaines et un jour. Après l'anniversaire de mariage de mes parents, nous nous dirons au revoir. Bien sûr, nous continuerons à nous voir de temps en temps. En tant qu'amis.

Il eut du mal à respirer pendant un moment, comme si elle venait de lui donner un coup de poing dans le cœur. Comment avait-il pu si mal interpréter ses intentions ? Carrie le testait-elle ? Créait-elle un écran de fumée pour se protéger ? Espérait-elle qu'il s'affirme et qu'il déclare sa flamme avant qu'elle affirme être aussi investie dans ce qu'il y avait entre eux ?

— Zach ?

— Quoi ?

— Tu comprends ?

— Oui, c'est logique, rétorqua-t-il.

Prendre un air décontracté fut son seul recours. Il n'arrivait pas à croire d'avoir si mal jugé la situation.

— Peut-être ne devrais-je pas laisser mes affaires chez toi.

— Tu peux les laisser. Tu les reprendras quand tu auras terminé.

— Tu es fâché ?

— Non.

Si. Il était furieux, mais surtout contre lui-même parce qu'il avait été assez arrogant pour croire qu'il pouvait gérer une relation en utilisant ses prouesses intellectuelles. Des années de relations ratées lui avaient appris qu'il n'était pas doué dans le domaine. Pour une raison stupide, il avait espéré y arriver cette fois en utilisant son cerveau. Tant pis. Il lui manquait l'élément qui permettait de faire fonctionner les relations. Peut-être ressentait-il seulement autant de choses pour Carrie parce qu'au fond de lui il savait qu'elle ne voudrait pas de relation. Pas à cause de lui, mais parce qu'elle n'était pas prête.

Ce n'était pas personnel.

Espérait-il.

Il n'allait pas poser la question. Cela pouvait mener à la folie.

Il monta en voiture et ils firent le court trajet en silence.

Quand ils arrivèrent jusqu'à sa porte, il attendit qu'elle

sorte sa clé. Il lui fallut longtemps, car son sac était très rempli.

— Elle semble toujours être au fond, dit-elle.

Au fond du couloir, une porte s'ouvrit. Un homme âgé en robe de chambre de soie rouge, ressemblant à un aspirant Hugh Hefner, sortit et fit un sourire lubrique à Carrie. Elle ne le remarqua pas, fouillant toujours dans son sac.

Zach s'étira et redressa les épaules.

— Et qui es-tu ? demanda l'homme en regardant Zach d'un air suspicieux.

Carrie sursauta et elle rougit.

— Oh, salut Larry. Je ne t'ai pas vu. Comment vas-tu ?

— Très bien, répondit Larry. C'est ton petit-ami ?

Zach parla d'une voix grave signifiant *lâche-la, le vieux*.

— Je suis son ami.

Petit-ami semblait trop puérile. Partenaire n'était pas assez clair pour empêcher les vieux hommes lubriques d'avoir des idées.

Larry fronça les sourcils.

— Carrie est…

Zach l'interrompit.

— Je sais exactement qui elle est et ce dont elle a besoin.

— Zach ! s'exclama Carrie.

Larry fronça les sourcils.

— Eh bien, pas besoin d'être grossier.

Zach chercha à le dominer du regard.

— Passez une bonne journée, marmonna Larry en retournant vers son appartement.

Carrie leva la tête vers lui, incrédule.

— C'était quoi, ça ?

— Un truc d'hommes.

Il ne s'excusa pas de l'avoir protégée d'un type du genre de Larry. Ou n'importe quel homme qui la regardait avec convoitise. Comportement d'homme des cavernes ? Peut-être. Mais il vivait très bien avec son homme des cavernes intérieur. Elle aurait dû le savoir. Il aimait ce qui était primitif.

— Il est vraiment inoffensif.

Zach grogna. Il n'en était pas aussi certain et il n'allait pas prendre le risque.

— J'ai trouvé ! dit-elle en montrant sa clé.

Il l'embrassa, un baiser dur et rapide, en espérant que ça ne serait pas la dernière fois.

— À ce soir, dit-il d'une voix rauque, en prenant soin de ne montrer aucune émotion.

Il ne voulait pas lui montrer qu'il était perturbé à l'idée qu'elle puisse ne pas passer ce soir-là. Il n'aimait pas du tout à quel point toute la situation le rendait vulnérable. Il fallait qu'il se durcisse. Qu'il se prépare aux adieux.

Elle indiqua la porte.

— Je croyais que tu voulais discuter avec Ally ?

Ses intentions dans ce domaine lui firent faire un pas en arrière.

— Une autre fois.

— Tu es sûr ?

— Oui.

— D'accord, salut.

Elle entra chez elle, ne semblant pas du tout contrariée, alors que lui avait très envie de hurler à la mort.

Il rentra d'un pas lourd, traînant ses membres et son cœur, la réalité le giflant encore une fois parce qu'il ne savait toujours pas s'il allait la voir ce soir-là.

Carrie avait perçu que Zach n'était pas content d'elle, et elle ne voulait surtout pas faire foirer le temps qu'il leur restait ensemble. Elle n'avait pas l'intention de prolonger ce temps au-delà de l'anniversaire de mariage de ses parents pour la simple raison que ce serait trop facile pour l'un d'entre eux, c'est-à-dire elle, de souffrir. Ce n'était pas que Zach n'était pas merveilleux. Il était tout ce qu'elle avait espéré chez un amant bad boy. C'était juste l'idée d'une relation réelle, de son cœur si épris que le perdre lui donne l'impression de tuer une part d'elle-même. Elle n'était pas prête à revivre cela.

Maintenant qu'elle savait qu'ils se dirigeaient dans deux directions très différentes, il valait mieux y mettre fin le plus vite possible.

Ce soir-là, elle lui envoya un texto disant qu'elle s'était fraîchement douchée avec le gel douche à la vanille qu'il aimait et elle apparut chez lui, ayant l'intention de faire comme si tout était normal. Comme si aucune conversation gênante n'avait eu lieu.

La porte s'ouvrit et Zach lui fit le cadeau d'un de ses rares sourires qui rendaient ses yeux marron à la fois chaleureux et étincelants.

— Carrie, dit-il d'une voix grave et tendre.

— Recule.

Normalement, il se tournait et il entrait sans qu'elle ait besoin de l'encourager. C'était afin qu'elle ait la place de bondir dans ses bras.

Il ferma la porte derrière elle et il recula jusqu'au milieu du salon, les bras ouverts. Elle décolla en sautant vers lui. Il l'attrapa, mais cette fois il la serra très fort dans ses bras. Elle ne pouvait même pas l'embrasser. Il posa la tête de Carrie contre son torse, gardant l'autre bras dans son dos pour une embrassade inhabituellement silencieuse. Entourée par sa chaleur, son odeur épicée familière, les battements de son cœur fort et régulier sous son oreille, elle fut brièvement et profondément heureuse. Puis elle revint à elle. Aux limites de ce qu'ils pouvaient avoir.

Dès qu'il lâcha sa tête, elle remonta et le saupoudra de baisers. Il posa les mains sur ses fesses, ses mains délicieusement chaudes à travers son short fin. Elle embrassa et suça son cou avec enthousiasme, si heureuse qu'il l'accueille encore avec son corps. Il marcha avec elle dans ses bras, puis elle sentit le mur frais dans son dos. Le désir la foudroya, mouillant sa culotte, car elle savait qu'elle allait être prise contre le mur. C'était une des meilleures manœuvres de Zach. Dans cette position, elle n'arrivait même pas à toucher le sol avec les pieds. Elle était à sa merci, et elle adorait cela.

Il baissa la tête, mais au lieu des baisers brutaux habituels, il embrassa les coins de sa bouche avant de traîner jusqu'à sa mâchoire, s'attardant dans sa gorge puis sur sa clavicule.

— Zach, gémit-elle, je te veux.

Il l'embrassa doucement.

— Je veux prendre mon temps avec toi.

Il la posa sur le sol et il lui retira son T-shirt et son soutien-gorge, posant les mains autour de ses seins, caressant ses tétons durs. Elle s'appuya contre le mur, rejetant la tête en arrière à cause du plaisir que lui procuraient les mains de Zach, puis il se laissa tomber à genoux, prenant son sein dans la bouche et suçant profondément. C'était une ligne directe de plaisir jusqu'à son sexe. Elle eut terriblement envie de ce qu'elle savait qu'il pouvait lui donner. Elle n'avait pas l'habitude d'attendre aussi longtemps pour qu'il passe aux choses sérieuses. Elle tira ses cheveux, essayant de l'écarter et de le rediriger, mais il se contenta de changer de sein.

Juste ou moment où elle fut sur le point de hurler qu'il la prenne, il descendit plus bas, d'abord avec ses doigts, caressant le long de son ventre, puis avec ses lèvres et sa langue. Il retira le short de Carrie et elle faillit pleurer de soulagement, mais il recommença alors, caressant son ventre puis la courbe de ses hanches.

— Zach, baise-moi.

Ce n'était pas l'idée de ce soir. Il ne répondit pas, se contentant de caresser et d'embrasser et de goûter tout le long de sa jambe.

— S'il te plaît, gémit-elle.

Elle se tortilla lorsqu'il parvint à ses mollets sensibles, puis à sa voûte plantaire. Lorsqu'il recommença tout en haut de l'autre jambe, elle pleurnicha de protestation. En vain. Il continua à descendre le long de sa jambe, caressant, embrassant, goûtant. Il parvint enfin à la voûte plantaire de ce pied et elle poussa un soupir de soulagement. Qui fut de courte durée.

Sa paume remonta lentement à l'intérieur de sa cuisse jusqu'à toucher enfin l'endroit qui brûlait de désir. Lorsque sa langue rejoignit ses doigts, l'écartant et la goûtant intimement, elle chanta son nom, se balançant contre sa bouche. Oh, mon Dieu.

— Zach !

Il glissa les doigts en elle et il leva les yeux, sa bouche continuant à être exigeante, affamée, comme tout le reste de son corps et ses yeux se mirent à brûler, possessifs. Elle lui appartint à ce moment-là. Elle le sut avec une clarté surprenante qui l'inquiéta. Elle ferma les yeux.

Il décala la bouche pour embrasser l'intérieur de sa cuisse.

— Je veux voir l'extase dans tes yeux. Veux-tu bien me donner ça, Carrie ?

Elle le regarda dans les yeux. Un moment de silence chargé vibra entre eux. Elle sut qu'il demandait quelque chose de significatif, car il parlait rarement sauf s'il avait quelque chose à dire, quelque chose d'important, mais elle ne put pas le comprendre. Le besoin de son corps était bien plus puissant que celui de son cerveau.

— Oui, dit-elle doucement.

Il embrassa son sexe presque avec vénération, les yeux rivés sur les siens. Elle sentit ses genoux flancher, mais il la maintint par les hanches. Il poussa un grognement contre elle qui vibra avec tant d'intensité qu'elle lui attrapa la tête en l'appuyant contre elle. Elle n'avait jamais ressenti quelque chose d'aussi intime, lui qui la tenait, elle qui le pressait contre son endroit le plus vulnérable, son regard incandescent la transperçant. Il augmenta son plaisir avec les lèvres et la langue et les dents, son regard ne la quittant jamais, et puis elle se mit à jouir avec un long cri rauque, le corps dévasté par le plaisir.

Il s'écarta d'elle et elle ferma les yeux, essayant de reprendre son souffle en préparation de ce qui allait suivre. Elle entendit la chute de ses vêtements, le froissement du préservatif, puis il la souleva, la pénétrant d'un seul mouvement rapide. Elle chercha à s'agripper, jetant les bras autour de lui et verrouillant les chevilles dans son dos. Il grogna, lui laissant un moment avant de la prendre par des poussées puissantes, couvrant sa bouche avec la sienne, enfonçant sa langue en elle. Elle était de la roche en fusion, consumée par lui, perdue et trouvée en même temps. Et puis elle se raidit sur le bord escarpé de l'extase.

Il arracha sa bouche à la sienne, la regardant profondément dans les yeux.

— Jouis pour moi. Regarde-moi dans les yeux et dis mon nom.

Et puis il la pilonna et elle soutint son regard aussi longtemps que possible avant de craquer, de jouir et de jouir et de jouir, chaque poussée apportant une vague de plaisir plus profonde.

— Zach ! cria-t-elle.

Ce devait être ce qu'il attendait, car il ne chercha plus à se contrôler, pompant en elle jusqu'au soulagement. Il referma les dents autour du tendon de son cou, envoyant une autre onde de choc à travers elle.

De longs moments passèrent. Il respirait fort, leurs corps étaient brillants de sueur. Il finit par lever la tête.

— Carrie, dit-il d'une voix rauque.

— Zach, dit-elle d'un ton enjoué, ne voulant pas s'aventurer dans le territoire sérieux sous-entendu par sa voix.

Il mordilla sa lèvre inférieure, la punissant de le taquiner. C'était une des choses qu'elle aimait le plus chez lui. Son corps parlait si clairement d'une façon qu'elle comprenait instinctivement. Comment le faisait-il ? Elle n'avait jamais eu d'échanges avec un homme comme elle en avait avec lui.

— Vas-tu me reposer ? demanda-t-elle.

Il lui fit un petit sourire satisfait avant de la soulever et de la reposer sur ses pieds. Puis il leva les mains en l'air. Elle dut immédiatement s'accrocher à son bras pour se stabiliser, car ses jambes étaient tremblantes et faibles d'être restées accrochées à lui.

Il gloussa.

— Crétin.

Le regard de Zach devint sombre et dangereux. Elle retint sa respiration et puis elle fut soulevée, enveloppée dans ses bras forts lorsqu'il la porta jusqu'à la chambre.

— Tu ne peux pas recommencer si vite, lui dit-elle.

— Toi, tu le peux.

— Toute seule ?

— Je vais découvrir combien d'orgasmes je peux tirer de toi.

Elle frissonna.

Il parla d'une voix plus grave et onctueuse qui la rendait folle de désir.

— Vingt, je suppose.

— N-non. Impossible.

— C'est un défi, maintenant. Je dois faire mes preuves.

Elle poussa un petit cri. Ce fut tout ce qu'elle parvint à répondre. Mais le niveau de confiance qu'elle avait en lui signifiait qu'elle n'avait aucune raison de lui dire non.

Il la posa sur le matelas et il s'installa à côté d'elle, s'allongeant sur le côté. Il la regarda dans les yeux pendant un long moment avant que sa main se pose entre les jambes de Carrie. Elle se cambra sur le matelas, toujours sensible.

— Facile, susurra-t-il à son oreille.

Elle gémit lorsqu'il la caressa doucement, faisant remonter la pression. Il parla d'une voix profonde, l'encourageant avec le genre de remarques salaces qu'elle n'avait jamais entendues à voix haute de sa vie. Il la surprenait tout le temps. Elle se raidit soudain, puis elle arqua le dos contre sa main lorsque l'orgasme la foudroya plus vivement qu'avant.

— Combien y en a-t-il en toi ? chuchota-t-il.

Elle ne put pas répondre. Elle était perdue dans un brouillard.

À sa merci.

Encore et encore.

Jusqu'à ce qu'elle devienne toute molle. Complètement épuisée.

— Zut, dit-il. Trois seulement. Il va falloir que je t'entraîne à faire plus.

— C'était cinq. Deux dans le salon.

Elle se roula en boule sur le côté et elle tira la couverture sur elle.

Il la retira brusquement.

— Hé ! s'exclama-t-elle en se tournant vers lui. Donne-moi ça.

— C'est mon tour. Maintenant, tu vas être ma cowgirl à l'envers. Tu vas aimer ça.

Elle gémit, ne sachant pas si elle pouvait en supporter davantage. Il partit un instant, sans doute pour se laver et attraper un autre préservatif. Il respectait les règles strictes qu'elle lui imposait à ce sujet. Il *la* respectait. Un océan inattendu d'émotions lui mit la larme à l'œil. Il revint, la rejoignant au lit, et elle tendit les bras afin de le serrer contre elle, côte à côte. Il leur restait moins d'une semaine.

Au bout d'un moment, elle leva le regard vers lui.

— Dis-moi quoi faire.

La cowgirl à l'envers était une des requêtes de Zach qui ne faisaient pas partie de sa liste.

Il eut un sourire en coin.

— C'est peut-être ce que je préfère t'entendre dire.

Il roula sur le dos.

— Assieds-toi et tourne-toi.

Elle fit ce qu'il dit et il la souleva au-dessus de lui. Elle s'assit automatiquement à cheval sur lui, le dos vers son torse.

— Oh, j'ai compris ! s'exclama-t-elle avant de pousser un petit cri lorsqu'il la fit s'allonger entièrement sur lui.

Elle gémit bruyamment lorsque son centre palpitant et plein de désir l'accepta sous un angle différent. Il contrôla ses mouvements, la tenant par les hanches, la pénétrant lentement et profondément. C'était trop, elle sentit son corps se serrer autour de lui, sa respiration accélérer, un plaisir incroyable, encore et encore et encore, puis elle jouit et un cri rauque fut arraché à sa gorge.

Il frappa doucement ses fesses.

— Encore.

Elle jura et il serra ses hanches plus fort, s'enfonçant plus loin, et elle laissait échapper de petit cri pendant qu'il l'emmenait dans un endroit de plaisir palpitant et sombre. Enfin, lorsqu'elle pensa ne plus pouvoir continuer, complètement épuisée, il l'immobilisa, relâchant ses hanches.

— Chevauche-moi, Carrie. Vite ou lentement, comme tu veux.

Elle commença lentement, mais ce fut alors si bon qu'elle accéléra de plus en plus dans une chevauchée exaltante. Et puis ils jouirent tous les deux, leurs voix s'élevant ensemble dans l'extase. Elle voulut se laisser tomber, mais Zach la tenait fermement en place.

— Zach ?

Il la souleva et il la posa sur le lit. Puis il se tourna vers elle, la souleva encore pour la placer sur lui, torse contre torse. Il la serra dans ses bras, lui donnant encore une fois ce dont elle avait besoin. C'était le langage primitif qu'ils avaient entre eux. Ou peut-être était-ce juste lui. Il semblait savoir ce dont elle avait besoin sans qu'elle doive le dire. Elle se demanda quelles étaient les chances de trouver un autre homme qui parlait sa langue.

Et puis elle s'endormit, en sécurité dans ses bras.

10

———————

Zach était si soulagé d'avoir à nouveau Carrie dans ses bras, qu'il décida immédiatement de ne pas repenser à une relation et de se contenter de profiter de tout ce qu'elle lui donnait librement. Sa seule concession sur le territoire des relations était de maintenir sa promesse de partager le lit avec elle. Il tenait toujours ses promesses, c'était une fierté qu'il avait, même s'il savait qu'il allait très mal dormir. Il avait besoin d'espace pour dormir. Même une relation n'y aurait rien changé.

Bien sûr, cela signifiait qu'il devait les épuiser tous les deux. C'était la seule façon pour lui. Il voulait qu'elle tombe comme une masse sans aucun risque qu'elle essaie de se blottir contre lui. Il n'y avait rien de pire que d'écarter une fille câline. Elles se vexaient toujours.

Il avait commencé la soirée en la baisant contre le mur, l'avait fait jouir trois fois de plus, puis il lui avait fait faire sa première cowgirl à l'envers. Elle s'était adaptée comme une cavalière d'exception.

Il baissa la tête et il la regarda dormir sur lui. Il savait qu'il l'avait poussée loin sur l'échelle de la fatigue, mais il n'était pas encore minuit. Elle en voudrait sûrement plus dans quelques heures. Il préférait continuer directement jusqu'à l'épuisement mutuel avant de dormir.

Quinze minutes plus tard, il la réveilla. Elle protesta, se collant contre son torse, alors il la glissa sur le matelas. Ça ne lui plut pas.

Elle s'assit en boudant et en clignant des paupières, l'air énervée et terriblement sexy. Il s'assit et il se pencha lentement vers Carrie qui ferma les yeux. Il mordilla puis il suça sa lèvre inférieure. Elle se mit à caresser son torse. Elle était facile à démarrer.

— Allez, viens.

Il sortit du lit.

— Où allons-nous ? Je suis bien ici.

Il attendit.

Elle attrapa la couverture, sortit du lit et l'enveloppa autour de ses épaules.

Il retira brusquement la couverture et la jeta sur le lit.

— Hé ! protesta-t-elle.

— Je te tiendrai chaud.

Il fit passer un bras autour de sa taille et il l'accompagna jusqu'au salon.

Puis ils regardèrent un film.

Il la fit jouir quelques fois pendant les scènes de baisers. C'était un film romantique.

Finalement, il était presque deux heures du matin et ils furent de retour au lit, sans dormir. Il était fatigué, elle était fatiguée. Cela aurait dû être idéal. Malheureusement, après neuf jours où Carrie avait demandé et obtenu ce qui était sur sa liste de souhaits, elle était suffisamment à l'aise avec lui pour faire des demandes ne figurant *pas* sur la liste.

— Serre-toi contre moi, dit-elle en roulant sur le côté et en se collant contre lui, qui était allongé sur son dos.

— Tu prends toute la couverture, l'informa-t-il.

— Ah bon ?

Elle roula sur le dos et elle le regarda.

— Oui.

— Tiens.

Elle jeta la couverture sur lui, puis elle la tira de façon à ce qu'il soit couvert et que la couverture déborde de l'autre côté du lit.

— Maintenant, c'est toi qui auras froid.

— C'est pour ça que tu dois me coller.

Elle roula sur le côté, nue et sans couverture, et elle poussa son dos contre lui.

Il souffla ce qui aurait pu être un soupir de la part de quelqu'un de moins bad boy que lui.

— Bébé.

Elle le regarda par-dessus son épaule.

— Bébé ?

— Je ne suis pas câlin. Je suis un loup solitaire.

Elle gloussa et elle roula vers lui, jetant un bras et une jambe sur lui et installant sa tête sur son torse.

— Alors, c'est moi qui te ferai des câlins. Maintenant tu es un loup câliné.

Il resta allongé là, profitant de ses courbes douces appuyées contre lui, sachant qu'il ne dormirait jamais. Il éteignit la lumière sur la table de nuit et il se prépara à une longue nuit. Peut-être pouvait-il faire un peu de brainstorming pour le livre qu'il négligeait depuis longtemps.

Elle leva la tête.

— Ferme les yeux.

— Ils sont fermés.

— Je vois le blanc de tes yeux.

— Alors, tu devrais fermer tes yeux.

Elle frotta son torse.

— Pourquoi n'aimes-tu pas les câlins ?

— Je ne sais pas.

— Tu n'as jamais dormi avec une femme dans ton lit ?

— Elles dorment. Par moi.

— Que puis-je faire pour que ce soit plus facile ?

Il ne sut rien trouver. Son plan de les épuiser tous les deux n'avait pas fonctionné. Il était cependant exténué. Pas étonnant qu'il ait si peu progressé avec son livre. Carrie était un entraînement complet pour le corps et l'esprit. Il pensait bien trop à elle. Elle n'était jamais loin de ses pensées, les choses qu'elle disait flottaient dans son cerveau, tout comme sa beauté sous différents éclairages. Comme dans la lumière du matin, avec ses cheveux ébouriffés à cause de lui, encore toute endormie, cherchant son café. Il avait conscience d'entrer dans le domaine de l'eau de rose, mais il était trop fatigué pour s'en prémunir.

— Parle-moi de toi, chuchota-t-elle.

Il se raidit.

— Que veux-tu savoir ?

— Comment as-tu rencontré les Campbell ?

Il se détendit.

— Leur père, Joe, était le coach de l'équipe de basket de la ligue athlétique de la police. Ethan voulait que je joue, parce que j'étais grand.

— Tu ne le voulais pas ?

— Le sport ne m'intéressait pas, mais Ethan a persévéré. Il s'avère qu'il est facile d'être doué pour le basket quand on est le plus près du panier.

— Quel âge avais-tu ? demanda-t-elle d'une voix endormie.

— Neuf ans.

Elle soupira et il sentit son souffle sur sa poitrine.

— J'ai toujours souhaité être grande.

— Tu es parfaite.

Il regretta instantanément ses paroles sentimentales. Il savait qu'il y avait une limite de temps avec elle. Mais plus il passait de temps avec elle, plus il pensait qu'elle était la femme idéale la plus parfaite qu'il rencontrerait jamais.

— Zach ?

— Oui.

— Parfois, tu me surprends par… ta gentillesse.

Il grogna. Elle ne penserait pas qu'il était trop gentil si elle connaissait son passé ou comment il faisait semblant d'être ce qu'il n'était pas juste pour être avec elle. Il sentit son cœur se serrer et son estomac se retourna à cause de la honte qu'il ne parvenait jamais entièrement à chasser. *C'est une mauvaise graine. On ne peut pas lui faire confiance. Il est sournois, c'est un menteur et un voleur.*

— Comment était ton passé compliqué ? demanda-t-elle en le faisant sursauter. Raconte-moi ton histoire.

On aurait dit qu'elle avait lu dans ses pensées.

— Qui a dit que j'avais un passé compliqué ?

— C'est le cas de beaucoup de types proches des Campbell.

Elle leva la tête et elle fit courir ses doigts dans les cheveux de Zach, afin de l'apaiser.

— Tu peux me le dire. Je ne jugerai pas.

Il lui en révéla une partie.

— J'ai fugué à répétition de mes foyers d'accueil. Je volais de l'argent et de la nourriture.

Il n'ajouta pas que ses parents faisaient partie du crime organisé. Il n'aimait pas créer cette association dans les esprits des gens, et il ne voulait surtout pas qu'elle ait cela en tête. Carrie pensait qu'il était un bad boy avec de la gentillesse par-dessus et cela lui convenait à peu près.

— Oh, Zach.

Elle le serra autour de la taille.

— Ça devait être effrayant de vivre dans la rue pour un petit enfant. C'est normal que tu aies eu besoin de voler de l'argent et de la nourriture pour survivre. Quel âge avais-tu ?

— J'ai commencé quand j'avais six...

— Oh mon Dieu ! Six ans !

— Ça allait. J'étais débrouillard.

— Tu as eu de la chance.

Elle grimpa sur lui et elle lui fit un câlin avec le corps entier : la tête sur son torse, les bras et les jambes le serrant sur les côtés.

Il posa la main sur sa tête et passa un bras autour de sa taille.

Elle s'appuya avec les mains sur son torse afin de le regarder dans les yeux.

— Pourquoi fuguais-tu tout le temps ? Les maisons d'accueil étaient-elles affreuses ?

Il repoussa ses beaux cheveux de son visage.

— Pas toutes. Parfois les autres enfants étaient pires que les adultes. Durs, violents, cruels.

Elle laissa retomber la tête sur son torse et elle le serra encore.

— Quoi qu'il en soit, je m'enfuyais pour trouver ma vraie mère. Quand j'ai rencontré Joe Campbell, j'avais neuf ans. Il a fait des recherches pour moi, il a découvert qu'elle était morte et il m'a aidé à m'intégrer dans ma dernière famille d'accueil. Sa maison a été comme un deuxième foyer. Je passais le plus clair de mon temps là-bas.

Elle s'accrocha à lui pour le câlin le plus long de sa vie, essayant sans doute de le réconforter.

— Carrie, ça va maintenant. Vraiment. Joe a changé ma vie.

Elle continua à le serrer dans ses bras.

— Raconte-moi *ton* passé troublé, dit-il afin de détendre l'atmosphère.

Il savait qu'elle avait eu une belle vie jusqu'ici. C'était inscrit sur son visage expressif. Elle était ouverte et enthousiaste, pas accablée par la vie.

Elle vint se coucher à côté de lui, un bras et une jambe sur lui, puis elle ajusta le bras de Zach autour de ses épaules. Elle le forçait un peu à la prendre contre lui, mais cela ne le dérangeait pas autant qu'il l'avait cru.

— Mon plus gros chagrin a été de perdre mon temps avec mon ex, mais je suppose que ce n'est rien en comparaison de ce que tu as traversé. J'ai eu une enfance de la classe moyenne très normale. Ma mère était infirmière, mon père pilote, mon frère aîné était déjà à la fac quand je suis née. J'ai été un bébé surprise, mais ça n'a pas été affreux. Tout le monde était fou de moi.

Il posa un baiser sur ses cheveux.

— Je l'ai vu.

— Pourquoi ? Ai-je l'air trop gâtée ?

— Non. Tu sembles juste être quelqu'un qui sait qu'elle

est aimée, qui sait d'où elle vient et qui a assez confiance en elle pour prendre quelques risques.

— Comme avec toi, dit-elle en riant. J'ai pris le risque de montrer ma liste de souhaits à un bad boy.

Il serra la mâchoire. Elle passerait bientôt à quelqu'un d'autre. Il avait eu de la chance de la voir aussi longtemps. De la chance de la voir en général. Il se demanda alors pourquoi il avait travaillé si dur au cours des dernières années alors que les meilleures choses dans sa vie n'avaient requis aucun travail, juste de la chance. La rencontrer elle, rencontrer Ethan, rencontrer les Campbell. Il comprit soudain que les meilleures choses de sa vie n'étaient pas celles qu'il pensait, ce n'était pas celles qui le rendaient important, qui l'élevaient au-dessus de son passé : son travail de professeur, ses réussites universitaires, ni même sa recherche. C'était les gens qu'il rencontrait. Et il avait eu très peu de temps dans sa vie pour cela. Il en revenait toujours à sa nature de loup solitaire, supposa-t-il. C'était nul pour lui et pour les gens qui l'entouraient, Carrie comprise. C'était une bonne chose qu'elle ne traîne pas assez longtemps avec lui pour être blessée.

Maintenant qu'il y réfléchissait, il n'avait pas vraiment été seul longtemps dernièrement. Il avait passé du temps dans différentes communautés en Indonésie et une année complète avec son ex, Muriel, et sa famille. Enfin, il n'y avait qu'à regarder comment cette relation-là s'était terminée.

Carrie interrompit ses pensées déprimantes.

— Tu te rends compte que ceci est la plus longue conversation que nous ayons eue ?

— Oui.

— Nous devrions parler davantage, dit-elle en bâillant.

— Tu es fatiguée. Dors, dit-il d'une voix grave.

— Tu vas dormir ? demanda-t-elle.

Il ne répondit pas. En vérité, il ne le pouvait pas, mais il ne voulait pas qu'elle culpabilise.

— Je vais rentrer.

— Non. Reste.

Il la serra contre lui, la maintenant en place. Il n'allait certainement pas la jeter de son lit juste parce qu'il ne pouvait pas dormir. De plus, il avait fait une promesse. Ils allaient dormir dans le même lit, même si un seul d'entre eux dormait.

— Mmm, dit-elle en se détendant contre lui.

Quelques minutes plus tard, elle s'endormit. Il le perçut à sa respiration devenue profonde et régulière et son corps ramolli. Il attendit encore une demi-heure, espérant que ce soit assez long pour qu'elle passe en sommeil profond, puis il la glissa de son côté du lit. Il posa la couverture sur tous les deux, se déplaça jusqu'au bord du lit, laissant beaucoup d'espace entre eux, et il ferma les yeux.

Il s'éveilla, surpris d'avoir dormi après neuf heures et dans son propre lit. Il n'avait plus que la moitié de la couverture sur lui. Il se tourna et il vit Carrie de l'autre côté du lit, enveloppée dans la couverture pliée sous elle comme un burrito. Des couvertures séparées pouvaient résoudre ce problème.

Il sut alors qu'il avait un problème plus important. Planifier un avenir dont Carrie faisait partie.

11

—————

Carrie avait passé les douze dernières nuits avec Zach, bien consciente qu'ils allaient atteindre leur limite de deux semaines. Bien sûr, cela signifiait également qu'elle ne pouvait pas gaspiller une seule soirée. Elle l'entraîna donc avec ses amies à un festival international de la bière chez Garner's le jeudi soir. L'événement était l'idée de Josh, le gérant, afin de vendre de la bière de qualité. Ce n'était normalement pas le genre de soirée fréquentée par ses amies, qui buvaient plutôt du vin, mais Hailey avait décidé que c'était le moment parfait pour mettre enfin un terme à la rumeur selon laquelle Ethan était un accro au sexe. Elle avait l'intention de montrer à tout le monde qu'Ethan et elle formaient désormais un couple. Ce serait une nouvelle pour Ethan. Ha ! Dans l'esprit de Hailey, afficher Ethan avec une dame classe comme elle-même allait instantanément lui donner de bonnes notes auprès des autres femmes. Carrie ne savait pas du tout combien de temps Hailey allait prétendre être avec lui, mais elle se dit qu'elle devait savoir ce qu'elle faisait. C'était la reine des happy ends avec son entreprise d'organisation de mariages florissante. Quoi qu'il en soit, la soirée allait être intéressante.

Bien sûr, ceci ne comptait pas comme un rendez-vous

pour Zach et elle. C'était plutôt une histoire d'une pierre deux coups. Le fait que c'était la deuxième fois qu'elle l'avait emmené avec elle pour traîner avec ses amies n'était qu'une histoire de logistique : elle était pressée par le temps et il y avait aussi sa libido irrépressible. Elle retint un soupir. D'accord, oui, il lui manquait terriblement quand ils n'étaient pas ensemble.

Elle lui jeta un coup d'œil depuis le siège passager sur le trajet jusqu'à Garner's. Il était sexy et canon et alpha avec ses cheveux fous et sa barbe, ses épaules larges, sa grande main qui conduisait avec assurance. Une chaleur traître la traversa.

Il avait réussi à entrer dans son cœur.

Bon sang. Elle avait été certaine de s'attacher si elle en apprenait plus sur lui. Elle aurait aimé être moins sensible, se durcir pour ce qui allait être une séparation douloureuse quand ils seraient chacun à l'autre bout du monde. Sa seule défense allait être de mettre fin à tout cela après la cérémonie de renouvellement des vœux de ses parents. Elle savait que prolonger la situation ne ferait que conduire à un cœur brisé. Le sien. Zach semblait plus dur, un voyageur international habitué à se lier à d'autres gens tout le temps. Elle était à peu près certaine qu'il s'en remettrait vite, même s'il repensait avec tendresse au temps qu'ils avaient passé ensemble. Ça ne serait pas aussi facile pour elle, si elle se laissait ensorceler davantage.

Zach la regarda.

— Qu'as-tu dit à tes amies à mon sujet ?

— Pourquoi ? demanda-t-elle en évitant de répondre.

— C'est la deuxième fois que je les rencontre et je me demande ce qu'elles pensent que je représente pour toi. Leur as-tu parlé de la liste ?

— Oui.

Il lui jeta un regard rapide.

— Autre chose ?

— J'ai juste dit que tu me rendais heureuse. Ne t'inquiète pas, je ne trahis pas les secrets de la chambre à coucher.

Il fit un petit sourire. Il ne dit rien de plus, mais ce sourire lui donna un peu le tournis. Normalement, il était si calme et réservé que ce sourire était comme un cadeau.

— Si tu veux traîner avec tes amis ce soir, ça me va, dit Carrie. Je me disais juste que cela nous permettrait de gagner du temps si nous y allions ensemble : nous pourrions alors repartir ensemble et passer aux affaires sérieuses.

Il gloussa.

— Nous avons beaucoup de réunions d'affaires sérieuses.

— Nous sommes des professionnels !

Il tendit la main et il lui serra la jambe.

— Je suis venu pour toi, pas pour mes amis. Je les vois déjà beaucoup.

— Oh, d'accord. Je dois t'avertir que Hailey n'approuve pas notre arrangement. Ce n'est qu'une histoire de temps avant qu'elle dise quelque chose. Elle pense que je devrais apprendre à te connaître et te donner l'opportunité d'un happy end.

Il ne répondit pas.

— C'est une organisatrice de mariages. Elle ne peut pas s'en empêcher.

Un autre long silence.

Elle s'éclaircit la gorge, regrettant d'avoir abordé le sujet.

— En tout cas, elle n'avait pas tort en disant que ce serait sûrement difficile pour moi de te quitter après deux semaines parce que, tu sais, je n'ai pas l'habitude de ce genre de choses.

— Ah.

Il ne dit rien d'autre, ce qui irrita Carrie. Était-elle la seule à se soucier du fait qu'il ne leur restait que trois nuits et une fête de famille ? Peu importe que la limite de temps soit sa propre idée. Les yeux brûlants, la gorge serrée, elle regarda droit devant elle. Chaque instant lui sembla précieux, fugace et doux-amer.

Elle déglutit.

— C'est tout ? Juste 'ah' ?

Il resta silencieux en se garant au parking derrière Garner's. Il coupa le moteur et il se tourna enfin vers elle.

— Ce que nous faisons, c'est entre nous. Ça ne regarde ni Hailey, ni qui que ce soit d'autre.

— As-tu l'habitude de ce genre de liaison ?

Elle détesta sa petite voix étranglée.

Il posa la main sous sa mâchoire et il caressa sa joue avec le pouce.

— Non.

Elle inspira en tremblant.

— Alors ce sera peut-être dur pour tous les deux quand nous nous dirons adieu après deux semaines.

Il s'approcha d'elle, sa bouche se refermant sur la sienne pour un long baiser ensorcelant. Il faisait encore jour – n'importe qui pouvait les voir s'embrasser dans son pick-up – et cela l'excita. Edward avait été très strict sur l'extinction des lumières et seulement dans la chambre. Elle passa les doigts dans la chevelure épaisse de Zach, adorant la sensation de sa crinière ébouriffée. Elle n'en avait jamais assez de ces baisers et elle ne s'écartait jamais la première. Le baiser dura tant et si bien qu'elle dût se rapprocher. Elle défit sa ceinture, remonta sa robe et essaya de grimper sur ses genoux.

Il rompit le baiser et il posa les mains sur la taille de Carrie avant de la reposer de son côté du camion.

— Ça t'ennuie si nous sommes en retard ?

— Tu veux me sauter dessus, n'est-ce pas ? demanda-t-elle avec enthousiasme.

Il se pencha, frôlant volontairement ses tétons avec la main en attrapant sa ceinture de sécurité puis les caressant encore lorsqu'il boucla la ceinture de Carrie. C'était un bad boy tellement diabolique.

Il fixa ses tétons pointus avant de la regarder dans les yeux.

— Je te veux sur une couverture à l'arrière de mon pick-up, écartant les jambes pour moi.

Elle gigota, déjà toute brûlante et humide entre les jambes.

— J'aime quand tu dis des choses cochonnes.

Il lui tint le menton.

— J'aime quand tu *es* cochonne.

Elle rit et elle se sentit à nouveau tout étourdie.

— Oui, allons-y.

Ils firent l'amour sous le soleil couchant au bord d'un lac que Zach connaissait tout au fond d'une réserve naturelle. Elle fut extrêmement bien installée, d'abord sur un sac de couchage épais qu'il avait disposé pour elle, puis assise sur lui. Il était comme un matelas merveilleusement doux.

Plus tard, elle posa la tête sur son torse, écoutant battre son cœur.

— Zach ?

— Mmm.

— Que faisons-nous ?

Elle leva la tête et elle attendit qu'il ouvre les yeux.

— Sommes-nous stupides de mettre une limite de temps sur les choses ?

Il parla d'une voix rauque et bourrue.

— À toi de me le dire.

— Je ne sais pas.

Il passa les doigts dans ses cheveux, soutenant sa tête.

— Voici ce que je sais : tu avais un objectif spécifique, d'essayer quelques éléments. J'avais un objectif spécifique, d'être celui qui te le permettrait tout en m'assurant que tu sois en sécurité. Si nous continuons, nous entrons dans un domaine plus profond. Et nous savons tous les deux que nous partons bientôt dans des directions différentes. Littéralement.

Elle cligna des paupières, un peu stupéfaite non seulement par le flot de paroles d'un homme si peu loquace, mais aussi parce qu'il arrivait si bien à résumer le cœur du problème. Il avait raison, bien sûr. Elle allait reprendre les études ici dans un peu plus d'une semaine et il partait bientôt pour Singapour. De plus, il avait dit qu'il ne s'engageait jamais sur le long terme. Elle frissonna, ayant soudain froid malgré sa chaleur sous elle. Il ferma les bras autour d'elle, la serrant contre lui afin de la réchauffer. Elle se dit qu'il fallait qu'elle s'enlève, mais elle ne sembla pas pouvoir bouger, chaque fibre de son être ayant besoin de cette proximité. Les battements de son cœur sous son oreille la calmaient. Ce serait bien trop facile de se laisser tomber amoureuse. Bien trop difficile de s'en remettre. Et elle refusait d'abandonner son propre rêve d'université juste pour être avec lui.

Elle leva la tête et elle dévisagea l'homme qu'elle devait apprendre à laisser partir. Il l'examina de cette façon silencieuse et observatrice qu'il avait, en faisant courir ses doigts dans les cheveux de Carrie. Cela n'avait aucun sens de le pousser à faire une tentative sur le long terme alors qu'ils ne seraient pas sur le même continent. Était-elle vraiment prête pour une autre relation, ou n'était-ce que le bonheur après le sexe qui lui faisait imaginer un avenir différent ? Comment pouvait-on réfléchir posément lorsqu'on était allongée nue dans les bras de son amant ? Cela influençait sa réflexion alors qu'elle avait besoin de rester lucide.

Elle sourit.

— Tu as un esprit analytique très poussé, n'est-ce pas ?

Un côté de sa bouche remonta et il prit un air perplexe.

— Comment se fait-il que tu ne m'aies pas conduit ici pour la balade du dimanche la première fois ? Ethan ne nous aurait sans doute pas trouvés ici.

— Si, il aurait pu nous trouver s'il ne travaillait pas. Il vient tout le temps pécher et camper ici. Quoi qu'il en soit, c'est beaucoup plus difficile d'entrer et de sortir de cet endroit dans l'obscurité. Il n'y a pas d'éclairage.

Elle l'embrassa.

— Allons-y. Le pauvre Ethan ne sait pas du tout pourquoi Hailey a décidé de se l'approprier.

Il s'assit en l'entraînant avec lui, un bras autour de sa taille.

— Il le sait. Je le lui ai dit hier. Il dit qu'il aime flirter avec Hailey, mais maintenant qu'il sait que son objectif est de tuer cette rumeur ridicule, il laisse tomber. Il va emmener des renforts pour éteindre la rumeur à *sa* façon.

Elle resta bouche bée.

— Oh mon Dieu ! Tu le lui as dit ? Tu n'étais pas censé le faire.

Et Hailey va être très surprise !

Il la regarda sous ses paupières à demi fermées.

— Je ne fais pas toujours ce que je suis censé faire.

Quel rebelle. Elle s'assit à côté de lui, attrapa son soutien-gorge et l'enfila.

Il caressa son flanc et sa hanche. Elle aimait qu'il veuille toujours la toucher après le sexe. Il y avait presque une sorte de vénération dans son contact qui lui donnait envie de ronronner et de se frotter contre lui comme un chat satisfait. Peut-être interprétait-elle juste les choses, imaginant une tendresse en lui alors qu'il n'y en avait pas. Peut-être la touchait-il en pensant à la prochaine fois. C'est vrai qu'ils couchaient beaucoup ensemble. Elle ne savait vraiment pas ce qui lui passait par la tête. Peut-être rien du tout. Elle eut soudain froid partout et elle attrapa sa robe vert sombre qu'elle enfila rapidement.

— À l'aide !

Son bras était coincé. Zach l'aida à démêler la manche qui s'était entortillée et à enfiler sa robe. Elle s'allongea et elle mit sa culotte.

— Je te rejoins à l'avant.

Elle se leva et il lui donna une légère tape sur les fesses.

— Zach !

— Je ne peux pas m'en empêcher. Tu as le plus joli cul que j'ai jamais vu.

Elle sourit intérieurement et elle sauta du plateau du pick-up en glissant sur les talons. Ils disaient parfois des choses adorables.

Il la rejoignit quelques minutes plus tard et ils conduisirent jusqu'à chez Garner's dans un silence confortable, la tension du désir ayant temporairement été satisfaite. Elle avait souhaité la passion avec chaque cellule de son être et elle l'avait trouvée auprès de Zach. Elle aimait penser que le talent de Zach et son enthousiasme à elle causaient la chaleur torride entre eux car cela signifiait qu'elle pourrait la retrouver ailleurs. L'autre possibilité était insupportable.

Elle décida rapidement qu'elle n'était absolument pas

prête à se lancer dans une autre relation. Se remettre d'Edward avait été comme traverser un divorce après six longues années, d'autant plus qu'ils avaient commencé quand elle n'avait que dix-neuf ans. Il était le schéma de toutes ses relations futures, sa seule expérience. Au début, cela avait été bien avec Edward : il avait mis le paquet avec un flot continu de fleurs, de chocolats, de bijoux, de dîners aux chandelles et tout le reste. Maintenant, elle comprenait que cela avait fonctionné entre eux essentiellement parce qu'elle était si jeune et sans expérience, avide de lui plaire et disposée à se conformer à ses attentes. Il avait eu sept ans de plus, venait de sortir de la fac de médecine et semblait très sophistiqué. Lorsqu'elle commença sa propre carrière, devenant responsable de ses patients, elle avait changé, insistant pour avoir ce qu'elle voulait. Il n'avait pas du tout aimé cela.

Zach lui ouvrit la porte de Garner's et elle entra au milieu d'une petite foule. Ils se dirigèrent tout droit vers le bar, attendant leur tour pour commander. Elle scruta le bar à la recherche d'Ethan et de ses 'renforts'.

Oh, waouh, intéressant. Ethan était assis dans un box de la zone de restaurant. À côté de lui se trouvait une femme ayant l'air d'être une dure, avec des cheveux bruns courts, des pommettes pointues et un débardeur noir qui montrait les muscles sculptés de ses bras. Hailey était assise en face d'eux et elle semblait mener la conversation pendant qu'Ethan et l'autre femme répondaient de temps en temps entre deux bouchées d'ailes de poulet qu'ils dévoraient.

Josh apparut devant Zach et il proposa de goûter un assortiment de bières internationales avec cinq petits verres de bière. Zach accepta. Avant que Carrie puisse en essayer une, Ally l'attrapa par le bras et l'écarta afin de l'entraîner vers leurs amies.

Ally avait un grand sourire.

— Les choses se passent bien avec Zach, alors ? Maintenant vous vous rendez à des soirées ensemble, comme si c'était un vrai petit-ami et pas juste un copain de baise.

— Chut.

— Un copain de baise ne pose aucun problème, intervint Missy de l'autre côté d'Ally.

— Pour l'instant, c'est encore du court terme, confia Carrie.

Elle changea vite de sujet, posant des questions à Ally au sujet de ses préparatifs pour la nouvelle année scolaire, car elle était institutrice de CP. Elle demanda également les nouvelles de tout le monde. Elle se concentra sur ses amies, mais la tentation d'aller chercher Zach finit par être trop grande et elle jeta un coup d'œil vers lui. Il était assis sur un tabouret, tenant une bière et écoutant un de ses amis. Même Josh, décontracté, était penché au-dessus du bar, occupé à parler et à plaisanter avec les autres. Elle eut l'impression que Zach, même au milieu d'un groupe de types qu'il connaissait bien, semblait isolé. L'observateur. Que se passait-il dans sa tête ? Elle se demanda s'il n'avait rien à dire ou s'il avait des tonnes de pensées fusant dans tous les sens et dont il ne parlait jamais. Puis elle se demanda si elle pouvait le découvrir un jour. Elle croisa le regard de Zach et les bavardages de ses amies, le cliquetis des verres et même le bruit de la télé au-dessus du bar s'estompèrent. À ce moment-là, elle voulut se tendre entièrement vers lui et être acceptée par lui.

Il se leva, semblant lire ses pensées de l'autre côté de la pièce, et il s'approcha d'elle, glissant par derrière un bras autour de sa taille. Pour une raison qu'elle ignorait, elle rougit, alors qu'elle devait être habituée à son contact après presque deux semaines sans vêtements. Il n'hésitait jamais à passer un bras autour d'elle et à l'attirer contre lui. Même tard le soir au lit, maintenant qu'ils dormaient tous les deux dans le même lit, la dernière chose qu'il faisait, c'était passer le bras autour de ses épaules et la serrer contre lui. D'une façon ou d'une autre, elle se réveillait toujours à l'autre bout du lit, loin de lui.

— Tu te souviens de tout le monde ? demanda-t-elle à Zach.

— Oui. Salut, dit Zach.

— Bonjour, répondirent ses amies en chœur.

— Bien sûr que nous nous souvenons de toi ! s'exclama Ally. Tu es *l'homme* !

Carrie jeta un coup d'œil à Zach pour voir s'il était gêné d'entendre ce que Carrie avait dit de lui juste avant qu'elle le séduise le premier soir, mais il joua le jeu.

— Oui.

Il parla d'une voix grondante près de son oreille, la faisant frissonner.

— Tu veux quelque chose à boire ? Je sais que tu n'aimes pas trop la bière.

— Je veux bien une piña colada, dit-elle.

Il lâcha sa taille, frôlant son dos avant de se diriger à l'autre bout du bar pour passer commande à Josh. Elle était en train d'écouter Ally, qui comptait les jours jusqu'à la réunion d'anciens élèves d'université, où elle espérait se remettre avec son ex, lorsque Zach revint avec un tabouret de bar. Il demanda à un des hommes de se décaler et il posa le tabouret à côté de celui d'Ally avant de soulever Carrie sur ses genoux et de passer un bras autour de sa taille pour la tenir en sécurité.

Ally continua à parler, mais elle observa également avec intérêt ce geste décontracté. Carrie posa la main sur le bras de Zach et elle essaya de se concentrer sur la conversation. C'était impossible. Elle avait très conscience de lui, sa peau chauffait, chaque terminaison nerveuse s'éveillait, désirant son contact, son odeur épicée et sexy lui donnant presque le tournis de désir.

Josh apparut quelques minutes plus tard et il posa sa boisson avec un joli petit parasol devant elle.

— Merci ! dit-elle.

— Avec plaisir.

Josh se tourna vers Zach.

— Comment ça avance, pour ton bouquin ?

— Pas de livre, marmonna Zach.

Carrie inclina la tête pour regarder Zach qui fixait Josh.

— Quel livre ? demanda-t-elle.

Zach bougea la main, étalant ses doigts sur le bas de son

ventre d'un geste que le corps de Carrie reconnaissait comme un préliminaire à la séduction. C'était un geste sous le bar, mais elle se sentit rougir néanmoins. Elle but une gorgée de piña colada, essayant d'agir comme si tout était normal malgré le besoin naissant au fond d'elle et l'humidité entre ses jambes.

Josh regarda Carrie, lui fit un clin d'œil et un sourire charmant.

— Nous avons commencé notre propre club de lecture juste pour nous, les hommes.

— C'est vrai ? demanda-t-elle, surprise.

— Tout à fait, poursuivit Josh en se penchant vers elle de façon confidentielle. Nous lisons *Ce que veulent les femmes*.

Elle écarquilla les yeux et elle jeta un coup d'œil à Zach. Il resta impassible.

Les yeux marron de Josh brillaient d'amusement.

— Sauf que Zach refuse de lire le livre. Il dit qu'il sait déjà tout. Qu'en penses-tu, Carrie ? A-t-il raison ?

— Ça dépend de ce que dit le livre, dit-elle avec un sourire. Je t'écoute.

— Oui, moi aussi je veux savoir, intervint Ally.

— Pff. Je ne l'ai pas lu non plus, dit Josh en croisant le regard de Zach pendant un instant avant de passer du côté restaurant du bar. C'était une idée d'Ethan. Le pauvre manque d'expérience. Quelqu'un devrait avertir Hailey.

— Ethan a deux femmes après lui, dit Zach d'un ton nonchalant. On dirait qu'il aura de l'expérience très bientôt.

Josh fronça les sourcils. Carrie regarda derrière elle et elle vit que Zach souriait. D'accord. Elle retint un sourire.

Ally changea de sujet, sans doute pour éviter un autre affrontement Josh-Hailey. Dernièrement, leur histoire de meilleurs ennemis avait un peu dégénéré. Ils étaient plus acerbes et désagréables que leurs plaisanteries et leur jeu de séduction habituels. Son amie Lauren, une pacificatrice naturelle, avait essayé d'apaiser les choses entre eux, les encourageant tous les deux à se comporter en adultes en étant encore plus gentil que l'autre, mais elle n'avait eu aucun résultat.

Hailey s'approcha et vint se tenir à côté d'Ally avant d'annoncer à tout le bar :

— Bon, Ethan a une nouvelle petite amie, Cali Boggs. C'est une dure et ça a l'air sérieux.

Elle rejeta ses cheveux blond vénitien par-dessus une épaule.

— Elle est super classe, aussi, ajouta-t-elle avant de dire plus bas : heureusement que je me suis rendu compte qu'Ethan et moi avions zéro alchimie. Il vaut tellement mieux que nous soyons amis.

Elle ne semblait pas du tout contrariée. En fait, elle semblait joyeusement soulagée, sans doute parce que tout s'était bien terminé. Ethan n'était maintenant plus un accro au sexe, c'était évident puisqu'il avait une petite-amie classe, et Hailey pouvait se reconcentrer sur ce qu'elle aimait le plus : aider les autres à trouver l'amour. Carrie soupçonnait Hailey de ne jamais avoir connu l'amour elle-même, mais elle ne voulait pas que cette dernière se sente mal, alors elle n'en parlait jamais.

Hailey se tourna et vit Carrie assise sur les genoux de Zach.

— Bonjour. Vous avez l'air heureux, tous les deux.

— Nous le sommes, répondit Carrie en espérant éviter d'autres questions embarrassantes.

Zach fit un bruit qui aurait pu être un grognement d'approbation, la main toujours étalée sur son bas-ventre. La chaleur et l'intention de Zach relançaient le désir de Carrie. Il savait ce qu'il lui faisait puisqu'elle disait toujours librement l'effet qu'il avait sur elle physiquement. Elle ne pouvait pas s'en empêcher. La passion était encore une expérience si nouvelle et exaltante qu'elle lâchait tout dans son excitation.

Josh ricana en regardant Hailey.

— On dirait que tu n'as plus personne à mettre en couple, princesse.

Hailey leva le menton.

— Et toi ?

Josh s'agita, soudain mal à l'aise.

— Quoi, moi ?

— Selon mon opinion professionnelle – Hailey marqua une pause théâtrale – tu es un célibataire endurci qui a besoin d'une femme pour adoucir tes angles.

Josh croisa les bras, faisant gonfler ses biceps.

— Je n'ai pas d'angles. Je suis charmant.

— Ha ! rétorqua Hailey. Ha-ha-ha ! Ce doit être la raison pour laquelle tu es toujours seul.

Carrie retint son souffle. Tous leurs amis se turent.

Mad, la sœur de Josh, se mit à parler à quelques sièges de là.

— Ça, c'est dur.

Hailey se mordit la lèvre.

— Josh, je…

— Tu ne sais pas tout, répondit Josh avec facilité, la sortant de son embarras. Je sors tout le temps avec des femmes.

Il fit un geste indiquant à Hailey d'aller voir les hommes assis de l'autre côté du bar.

— Vas-y, princesse, car je ne te vois pas non plus avec quelqu'un. Observons tes trucs de drague. Si tu en as. On dirait que tu t'es bien plantée avec Ethan.

Carrie vit que Hailey faisait une tête inhabituellement hargneuse à Josh, qui sortit le téléphone de sa poche et prit une photo.

— Ce visage-là va être mis sur Internet.

— Que veux-tu dire ? demanda Hailey.

— Facebook, Instagram et les autres, répondit Josh en tapotant quelques touches avec un sourire satisfait.

Hailey bondit en avant et attrapa le téléphone de l'autre côté du bar.

— Donne-moi ça, espèce de bête !

Elle lui donnait toujours des surnoms démodés : vaurien, goujat et bête faisant partie du top trois. Cela sortait tout droit des vieilles comédies romantiques qu'elle aimait. Josh l'appelait toujours par un seul surnom : princesse.

Josh se pencha en arrière, hors de sa portée, et leva encore le téléphone en la visant.

— Continue. Voyons ton visage de princesse énervée.

Hailey grogna. Josh prit une autre photo et la lui montra.

— Je te jure que je vais…

Hailey se tut très rapidement lorsque Josh leva encore son téléphone.

— Une vidéo aussi, dit-il en ricanant. Continue.

Hailey fulmina, les joues toutes rouges. Elle sortit son téléphone de son sac et tapota quelques touches. Elle vérifiait sans doute les notifications.

Zach chuchota à l'oreille de Carrie :

— Josh n'est pas sur les réseaux sociaux. Il aime rester discret.

Carrie sortit immédiatement son téléphone du sac et envoya un texto à Hailey pour le lui faire savoir. Solidarité féminine.

Le comportement de Hailey changea complètement lorsqu'elle eut lu le message, et elle reprit son sang-froid. Elle jeta un regard reconnaissant à Carrie en rangeant son téléphone, puis elle vint se placer à côté de son amie, faisant face à son ennemi juré de l'autre côté du bar.

— Josh, nos querelles sont devenues fatigantes. Je ne veux pas d'une confrontation chaque fois que je viens ici.

Josh rangea son téléphone dans la poche arrière de son jean et ses yeux sombres s'illuminèrent d'anticipation.

— Oui ?

Hailey plaqua son sourire de reine de beauté sur son visage. Il apparaissait dans les situations de stress intense.

— Je crois que nous devrions retourner au début. Redresser le tort afin de pouvoir passer à autre chose.

Josh leva un sourcil.

Hailey rejeta ses cheveux en arrière.

— Tu me dois cinq briques.

Josh fit un pas vers elle.

— Tu sais qu'une brique est l'équivalent de mille, n'est-ce pas ? Je te dois cinq *cents*. C'est tout.

C'était le grand total que Hailey avait payé à Josh pour qu'il l'accompagne aux nombreux mariages qu'elle planifiait. Leur arrangement s'était brutalement terminé quand ils s'étaient tous deux emportés comme cela leur arrivait souvent.

Hailey leva le menton et chercha ses amies du regard qui la soutenaient toutes silencieusement. Carrie lui fit un sourire encourageant. Hailey se retourna vers Josh.

— Eh bien, pour moi, la situation est lourde comme des briques.

Josh ricana.

Hailey poursuivit courageusement.

— J'aimerais récupérer cet argent afin que nous puissions repartir du bon pied.

Josh inclina la tête.

— Viens le chercher.

Hailey fulmina.

— Non, tu peux me le donner.

— Et c'est reparti ! gloussa Mad.

Les autres femmes la firent taire. C'était ici que les choses avaient mal tourné la dernière fois. Josh avait l'argent chez lui. Hailey refusait de s'y rendre.

Josh eut un sourire diabolique.

— Je t'ai dit que c'était chez moi. Il te suffit de – il baissa la voix d'un ton de défi –venir le chercher.

Hailey posa les mains sur les hanches et répliqua :

— Je ne vais pas mettre un pied dans ce lieu de débauche !

Josh rejeta la tête en arrière en riant. Carrie se demanda à quoi ressemblait exactement un lieu de débauche. Des fouets et des chaînes ? Des barres de strip-tease ? Des murs en velours rouge ?

— Tu ne l'amèneras donc pas ici ? demanda Hailey.

— Non, répondit Josh.

— Dans ce cas, je voudrais être accompagnée.

Elle examina quelques-uns des hommes et son regard tomba sur Zach.

— Je ne veux pas être mis au milieu de tout ça, dit Zach.

Peu importe. Josh sortait déjà de derrière le bar, se dirigeant tout droit vers Hailey. Il s'arrêta à côté d'elle et il plia le coude en lui proposant son bras à la manière d'un gentleman. Tous les hommes Campbell avaient des manières de gentleman.

— Pas toi ! s'écria Hailey en jetant un regard noir au bras proposé.

— Pourquoi pas ? demanda Josh. Je t'ai déjà accompagnée d'autres fois.

Carrie se tourna vers Zach.

— Jusqu'à l'autel, il veut dire.

— Pas à notre mariage ! s'exclama Hailey. Nous ne sommes pas mariés. Nous ne sommes rien du tout.

Josh poussa un soupir d'exaspération évidente.

— Alors, ce sera quoi, princesse ?

Hailey le fusilla du regard.

— Va-t'en.

— Trouillarde.

— Ne me parle plus jamais. Je suis sincère.

— Jamais ? la taquina Josh. Et s'il y avait le feu ?

Hailey pinça les lèvres.

— Alors tu le diras à quelqu'un d'autre.

— Une tornade ? intervint Mad, recevant un autre regard noir pour sa peine.

— C'est improbable, répliqua Hailey.

Josh ricana.

— Un tremblement de terre ?

Hailey leva les mains.

— Quelle est la dernière fois qu'il y a eu un tremblement de terre dans le Connecticut ?

Carrie sentit Zach glousser sous elle. Ils étaient plutôt drôles. Elle était contente qu'ils en soient revenus à leurs plaisanteries habituelles. Elle avait été un peu inquiète qu'ils se fassent de la peine.

Josh continua, l'air très amusé.

— Un tsunami ?

Hailey croisa les bras.

— Là, tu es ridicule. Nous sommes bien trop loin dans les terres pour ça.

Josh lui tira un peu les cheveux.

— Je vais te chercher ta boisson préférée.

Il repassa derrière le bar pendant que Hailey passait de la surprise à l'extrême satisfaction.

Ally se leva de son tabouret.

— Tiens, Hailey, prends ma place et profite de ta boisson. Tu l'as bien méritée.

— Merci beaucoup ! s'exclama Hailey. C'est très gentil.

Elle prit le tabouret et elle observa Josh qui préparait sa boisson préférée, un mojito.

Il le servit avec un geste théâtral.

— Cul sec, princesse.

Hailey attrapa le verre et marqua une pause, prenant le temps d'annoncer à tous ceux qui écoutaient, c'est-à-dire tout le monde dans le bar, que Josh et elle étaient officiellement en paix. Elle leva le verre à ses lèvres puis elle ajouta avec un petit sourire en coin :

— Plus de querelles parce que nous ne nous parlons plus.

— Même en cas d'urgence pour cause d'intempéries, plaisanta Josh.

Tout le monde rit.

Hailey but une longue gorgée avant de lever un doigt à ses lèvres pour faire taire Josh.

— Oui, d'acco-o-ord, dit-il. On ne se parle plus.

Il lui fit ensuite un gros clin d'œil.

Les femmes gloussèrent. Cela rappelait la fois où Hailey avait annoncé qu'il n'était pas impuissant, puis qu'elle avait fait un gros clin d'œil pour indiquer qu'elle plaisantait… ce qui avait évidemment eu pour effet de faire croire qu'il était réellement impuissant. Ces deux-là. Vraiment. Ils étaient incontrôlables.

Hailey poussa un long soupir théâtral.

— D'accord. Tu peux me parler dans les situations d'urgence.

Elle but une autre gorgée de mojito et elle poussa un soupir de bonheur.

Josh prit une photo avec son téléphone.

— La tête de l'orgasme au mojito. Je vais mettre ça sur Internet.

— Vas-y, je t'en prie, dit Hailey en buvant une autre délicieuse gorgée de sa boisson longtemps refusée.

Josh rangea son téléphone et scruta le groupe.

— Bon, allez, qui a cafté ?

Zach parla afin d'éviter que la faute retombe sur Carrie. Il devait avoir compris que les textos de celle-ci servaient à prévenir Hailey que Josh n'était pas sur les réseaux sociaux.

— Hailey a sûrement remarqué que tu n'avais pas de compte Facebook. Mais c'était un joli subterfuge.

— Un 'subterfuge', grommela Josh en grimaçant. C'est un grand mot. Merci, professeur.

Carrie jeta un coup d'œil à Zach.

— Professeur ?

Zach se contenta de secouer la tête avant de chuchoter à son oreille :

— Sortons d'ici. J'ai prévu des choses avec toi.

Il la reposa sur ses pieds et il plaça la main au creux de son dos comme il le faisait souvent quand ils marchaient ensemble. Il attendit, sans doute pour voir si elle était partante. Elle était plus que partante. Sa libido était synchronisée sur la fréquence de Zach et elle ne lui refuserait rien. Sauf son cœur.

— Au revoir ! dit-elle à ses amies.

— Amusez-vous ! cria Ally.

— Emmène le jeudi prochain après le club de lecture ! ajouta Hailey.

Carrie se contenta de faire un signe de la main, un peu déprimée par cette gentille attention car elle savait que jeudi prochain n'aurait jamais lieu. Mais elle avait ce soir et elle avait entièrement l'intention d'en profiter.

— Pourquoi Josh t'a-t-il appelé Professeur ? demanda-t-elle à Zach quand ils furent dehors.

— Parce que je suis intelligent. C'est comme d'appeler Hailey 'princesse' parce qu'elle est belle.

— C'est pour cela qu'il l'appelle princesse ? Je croyais que c'était pour dire qu'elle était prétentieuse.

— Tout en revient toujours à la biologie, dit-il d'un ton détaché.

Elle trouva que c'était une façon étrange de voir les choses, mais avant qu'elle puisse faire la remarque, il se pencha et il l'embrassa. Toutes les pensées s'évaporèrent de son esprit lorsque son corps reçut le message qu'il était temps de s'occuper de son bad boy. Il était fort probable en effet que tout se rapportait à la biologie.

12

Carrie avait les nerfs en pelote. Il fallait qu'elle retrouve son calme avant la cérémonie de renouvellement des vœux de ses parents. Elle n'était qu'en partie prête, devait partir dans vingt minutes et n'arrivait pas à prendre de décision.

— Ally ! À l'aide ! cria-t-elle depuis sa chambre.

Ally entra en trombe, les yeux écarquillés.

— Qu'est-ce qui ne va pas ?

— Quelles boucles d'oreilles me vont le mieux ?

Elle portait une créole en argent et une boucle d'oreille en perle.

Ally s'avança vers elle et lui donna une pichenette sur le bras.

— Aïe ! dit Carrie en se frottant le bras.

— Ne crie pas à l'aide sauf si c'est une urgence. Tu as déjà entendu parler du garçon qui criait au loup ?

— Regarde-moi, dit-elle en levant ses mains tremblantes. Je suis en train de craquer.

— Hola, assieds-toi.

Ally l'attrapa par le poignet et la traîna vers le lit.

— Tu es canon dans cette robe.

Carrie baissa les yeux vers la robe blanc crème aux épaules dénudées qui était ajustée à sa taille. Elle était neuve.

Elle ne parvint pas à ressentir le moindre enthousiasme pour sa tenue.

— Merci, marmonna-t-elle.

— Hé, tout ira bien, dit fermement Ally. Il te suffit d'être polie avec Edward et puis de l'ignorer. Vous êtes tous les deux passés à autre chose.

Carrie croisa les bras afin de se réconforter.

— Ce n'est pas que ça. Enfin, si, mais maintenant je me dis que j'ai fait une grosse erreur en invitant Zach. Mes parents vont le rencontrer. Ils vont me poser des questions sur lui plus tard et se demander pourquoi il n'est plus là.

— Es-tu certaine de ne plus le revoir après ça ?

— Oui. Il a découvert qu'il avait obtenu le poste à Singapour. Il part pour deux ans juste après Noël. C'est à l'autre bout du monde ! De plus, ceci ne devait être qu'une histoire à court terme. Il a même dit qu'il n'avait jamais de relations longues.

Elle appuya la main sur son estomac agité.

— J'ai un peu la nausée rien que d'en parler.

— Alors, pourquoi ne pas vous voir pendant les quelques mois qui précèdent son départ ?

— Cela ne fera que rendre son départ plus difficile. De toute façon, ce n'est pas une vraie relation. Juste beaucoup de sexe. Nous nous parlons à peine.

Enfin, ce n'était plus tout à fait vrai. Maintenant qu'ils dormaient dans le même lit, ils se parlaient avant de s'endormir. Et au petit-déjeuner également.

Était-ce une relation ?

Non. C'était trop naturel. Ils s'amusaient ensemble, voilà tout. Ce n'était pas comme s'ils parlaient de quoi que ce soit de profond. Zach lui avait parlé de l'Indonésie, ressemblant beaucoup au guide qu'il était.

Elle se sentit recommencer à angoisser à cause de son ex.

— Il y a tellement de raisons pour que ça tourne mal ! Et si Edward se comportait comme un con avec Zach ? Et si Zach se fâchait et lui criait dessus ?

Ally frotta le bras de Carrie.

— Ce ne serait pas si terrible. Il défendrait ton honneur. Comme un chevalier en armure.

— Ceci n'est *pas* un conte de fées.

Ally parla doucement :

Je suis sûre que personne ne piquera de crise lors d'une occasion aussi spéciale. Pense au bonheur de tes parents. Sois là pour eux.

Elle se sentit immédiatement plus calme. C'était dans sa nature de s'occuper des autres. C'était pour cela que le métier d'infirmière lui correspondait si bien.

— Merci pour le soutien moral. Tu as raison. La journée ne tourne pas autour de moi.

Ally se leva.

— Félicite tes parents de ma part. Maintenant, dépêche-toi et prépare-toi.

Elle partit.

Carrie se rendit à la salle de bains et elle prit tout particulièrement soin de ses cheveux et de son maquillage. Elle se sentait très mesquine, mais il fallait qu'elle montre à Edward qu'elle était passée à autre chose et qu'elle s'en sortait très bien. Regarde ce que tu rates ! Peu importe que tu sois sur le point d'épouser une femme plus jeune et plus belle que moi ! Elle n'avait pas vu cette femme, mais à la façon dont sa mère avait paru très compatissante quand elle en avait parlé à Carrie, elle était certaine qu'elle était magnifique. Peu importe. Leur vie sexuelle était sûrement nulle.

La sonnette retentit peu de temps après. Ally arriva la première à la porte.

— Oh mon Dieu ! Tu as l'air si différent ! Carrie, Zach est là !

Elle se précipita au salon.

— Salut ! Elle a raison : 'oh mon Dieu !'

Zach baissa la tête en souriant presque timidement.

— Je t'ai dit que j'allais me faire beau.

Elle s'approcha lentement, le cœur battant à cause de cette transformation surprenante. Il s'était coupé les cheveux assez courts, sa barbe et sa moustache étaient bien taillées, sa grande silhouette mince portait un costume gris foncé avec une chemise blanche immaculée et une cravate grise. Ce n'était pas qu'il n'était pas beau. Il était très beau. Mais il ne ressemblait pas du tout au bad boy alpha qu'elle connaissait.

Il se pencha vers elle en posant la main sur son épaule.

— Tu es magnifique.

— Toi aussi ! Je n'arrive pas à croire à la différence ! Laisse-moi voir le dos.

Il se tourna et elle fit courir ses doigts dans les cheveux courts et fins de sa nuque. Plus d'épaisse chevelure dans laquelle elle pouvait plonger ses doigts, plus de vagues.

Elle soupira, regrettant cette perte.

Il se tourna et il leva le menton de Carrie.

— Ça repoussera.

— Tu ressembles à un avocat, lâcha-t-elle.

Il eut un sourire en coin.

— Je n'en suis pas un. Prête ?

Elle hocha la tête.

Il se tourna vers Ally.

— Content de te revoir.

Ally fit un grand sourire.

— Amusez-vous !

Carrie sortit avec Zach, qui avait posé la main au creux de son dos en la guidant jusqu'au camion. Il ouvrit même la portière du côté passager et il l'aida à monter afin qu'elle n'abîme pas sa jolie robe blanche. Elle le regarda d'en haut, tout propre avec ses bonnes manières et son costume qu'il aurait pu porter à l'église.

— Mes parents vont t'adorer, dit-elle tristement.

Il esquissa un sourire.

— Tu aimerais que ce soit le contraire ?

— Ils vont me parler de toi plus tard. Ils voudront t'inviter à dîner.

Il la regarda dans les yeux.

— Je serais ravi d'accepter.

— C'est vrai ?

Il inclina la tête et il fit le tour jusqu'au côté conducteur.

Elle lissa sa robe. Ses mains furent soudain poisseuses.

Zach monta et les conduisit hors du parking.

— Tu sais comment y aller ? demanda-t-elle.

— Oui.

Il avait grandi dans la région. Elle regarda par la vitre, inspirant profondément lorsque la sensation de panique revint. Elle ne savait pas si elle angoissait à cause de Zach ou d'Edward, elle savait seulement qu'il fallait qu'elle se dépêche de reprendre ses esprits. À quoi pensait Zach en disant qu'il voulait bien dîner avec ses parents ? Ils avaient tous deux été très clairs en disant que ce serait leur dernière nuit ensemble. C'était le cas. Il le fallait. Peu importe toutes les choses adorables et inattendues que disait Zach, elle devait rester ferme pour son propre bien. Elle cacha ses mains tremblantes sous ses jambes.

Zach tendit la main et la posa sur sa cuisse.

— Tu vas très bien d'en sortir. Je surveille tes arrières.

— Merci, murmura-t-elle. Je suis certaine que l'anticipation est pire que l'événement lui-même. N'est-ce pas ?

— En général.

Elle ne se sentit pas vraiment mieux. Apparemment, il n'y avait pas grand-chose à faire.

— Parle-moi de ta famille, dit-il.

— Mon père, Mark, dit qu'il a eu le coup de foudre quand il a rencontré ma mère, Judy.

Elle se lança dans l'histoire préférée de la famille, relatant leur rencontre quand sa mère avait été l'infirmière de son père pour un examen médical.

— Mon cœur s'est arrêté de battre ! dit Carrie en imitant la voix grave et joviale de son père.

Zach gloussa.

Elle continua, expliquant comment son père avait séduit sa mère avec des bouquets de fleurs, chacun accompagné par un poème aux rimes affreuses au sujet de sa beauté. Puis elle lui parla de son grand frère, Rich, qui était maintenant pilote comme l'était son père avant la retraite. Elle était devenue infirmière comme sa mère. Elle se dit que tout cela devait sembler assez ennuyeux, mais le fait de parler de sa famille calma ses angoisses.

Ils furent soudain arrivés au parking. Elle pouvait voir le pavillon de mariage au loin avec la petite terrasse en briques où étaient installées les chaises. De l'autre côté se trouvait une grande tente blanche pour la réception. Elle sortit du camion et elle admira le détroit de Long Island derrière le pavillon, avec ses vagues qui clapotaient doucement. Il faisait toujours un peu plus frais et agréable près du détroit. La cérémonie avait lieu dans une heure, juste avant le coucher du soleil. Ils étaient arrivés tôt afin de pouvoir aider ses parents pour installer des choses de dernière minute si nécessaire.

Ils croisèrent d'abord son frère, Rich, qui la serra brièvement dans les bras. Il était grand, mais pas autant que Zach, ses cheveux blonds étaient coupés en brosse, il était rasé de près et il avait des yeux bleus perçants. Elle le présenta rapidement à Zach.

— Ravi de te rencontrer, dit Rich en serrant la main de Zach avec une certaine fermeté, tout en le regardant droit dans les yeux.

— Pareillement, dit Zach en restant tout aussi sérieux que son frère.

Elle sentit presque le pic de testostérone pendant qu'ils s'évaluaient. Zach passa le test, car son frère le mit immédiatement au travail à l'installation de chaises supplémentaires sous la tente.

Carrie rejoignit ses nièces et sa belle-sœur. Elle les aida à ajouter des guirlandes et des nœuds blancs sur les chaises près du pavillon de mariage avant de disposer quelques fleurs pour créer un beau décor. Quand elle eut terminé, elle vit que Zach l'attendait au bout de l'allée. Elle dut lutter contre l'envie de courir et de sauter dans ses bras. C'était ce qu'elle faisait après chaque séparation. Cet instant de connexion était comme un rayon de soleil en bouteille, il éclatait en elle sous forme de joie radieuse. Si seulement tous leurs moments ensemble pouvaient être aussi simples.

Il tendit les bras vers elle comme s'il savait ce qu'elle

voulait faire. Elle rit et elle secoua la tête en marchant tranquillement vers lui. Il passa la main autour de sa taille et l'attira contre lui.

Elle lui sourit en levant la tête.

— Comment ça s'est passé avec mon frère ?

Il inclina la tête, un petit sourire s'attardant sur ses lèvres.

— Il m'a invité à fumer le cigare après la cérémonie, mais je ne fume pas.

— Il ne le devrait pas non plus ! Bon sang, il fume encore le cigare ! C'est dégoûtant. En tant qu'infirmière, je suis outrée.

Zach lui caressa le dos.

— C'est surtout que c'est symbolique. Le geste invite à la familiarité et à l'acceptation.

Elle resta bouche bée.

— Tu es psy, ou quoi ?

— Non.

— Qui n'est pas psy ? demanda une voix masculine familière derrière elle.

Carrie se tourna et embrassa son père. Il avait soixante-douze ans, mais avec l'énergie d'un homme bien plus jeune. Sa mère en avait soixante-dix et elle était tout aussi pleine de vitalité.

— Comment vas-tu, ma chérie ? demanda son père en jetant un regard curieux à Zach, qui se tenait à côté d'elle, l'air solide et respectable.

— Je vais bien, papa. J'aime ton costume.

Elle ajusta les revers de son smoking blanc. Ses cheveux blancs étaient assortis, et ils étaient soigneusement séparés par une raie sur le côté.

— Tu es un beau marié.

— Merci, dit son père. Et qui est ce jeune homme ?

Zach tendit la main.

— Zach Harrison, ravi de vous rencontrer, monsieur Young.

— Moi aussi. Appelle-moi Mark.

Son père lui serra la main et se tourna vers Carrie.

— Ça fait longtemps que vous êtes ensemble ? Ta mère ne m'a pas dit que tu fréquentais quelqu'un.

Il fronça les sourcils et elle savait qu'il était un peu blessé de ne pas être au courant de sa vie.

— Non, pas longtemps, le rassura-t-elle. Juste quelques semaines.

Son père se tourna vers Zach.

— D'où es-tu originaire ?

— Papa !

— Quoi ? s'exclama son père. Je fais juste la conversation.

Zach se redressa de tout son long, les épaules en arrière, le menton haut. Elle eut l'image d'un soldat, ce qui était si éloigné de sa grâce naturelle habituelle qu'elle se sentit mal pour lui qui devait subir l'interrogatoire poussé de son père protecteur.

— J'ai grandi dans le Connecticut, dit Zach en n'ajoutant rien de plus.

— Mmm, dit le père de Carrie en se balançant d'avant en arrière sur ses pieds. Et où es-tu allé à l'école ?

Carrie serra les dents. Vraiment, cette conversation gênante était complètement inutile.

— Eh bien, monsieur, commença à Zach en jetant un rapide coup d'œil à Carrie.

— Tu n'es pas obligé de répondre à toutes ses questions, intervint-elle. Papa, s'il te plaît.

— Mark ? appela sa mère.

Son père sursauta et frappa une fois dans ses mains.

— Oh ! Je ferais mieux d'aller voir ma belle mariée.

Il longea la terrasse en briques derrière un treillis couvert de verdure et de fleurs blanches. C'était là que les proches des mariés devaient attendre le grand moment.

— Cela ne porte-t-il pas malheur de voir la mariée avant la cérémonie ? demanda Zach.

— Je devrais peut-être aller voir si je peux les aider, dit-elle en se précipitant là-bas. Vous avez besoin de… ah !

Elle se cacha les yeux avec la main. Ses parents étaient en train de s'embrasser.

— Carrie ! Je suis contente de te voir, ma chérie ! s'exclama sa mère.

Carrie laissa retomber sa main. Sa mère était magnifique, ses cheveux blond-blanc étaient coiffés de façon à onduler sur ses épaules, et sa peau était rayonnante. Elle portait une robe de mariage blanche très simple avec une taille empire et un long voile sur la tête, qui traînait derrière elle.

— Bonjour, maman, pardon de vous avoir dérangés.

Sa mère la serra dans ses bras.

— Aucun souci. Il me tarde de rencontrer Zach.

Carrie jeta un coup d'œil à son père qui souriait d'un air espiègle.

— Ça ne porte pas malchance de voir la mariée à l'avance ?

Son père passa le bras autour de la taille de sa mère.

— Nous devions recréer nos baisers frénétiques avant notre premier mariage. Ta mère n'arrivait pas à me lâcher !

— Oh, Mark ! gloussa sa mère. Je suis sûre que c'était toi plus que moi.

Son père jeta un regard lubrique à sa mère avant de se tourner vers Carrie.

— Je sais que c'est un peu superstitieux, mais bon ! Ça a fonctionné cinquante ans, je ne veux pas rompre la tradition. Peux-tu nous laisser une minute ?

Il attira sa femme contre lui.

Carrie partit à toute vitesse.

Elle trouva Zach debout sur la plage à quelques pas de la tente blanche, regardant l'eau.

— Ils étaient en train de s'embrasser derrière le treillis, l'informa-t-elle.

Il leva les sourcils.

— Chanceux.

— Que veux-tu dire ?

— Je veux dire que si après cinquante ans de mariage ils ne se lâchent pas, ils sont très chanceux.

Elle n'avait jamais pensé aux choses de cette façon. Ses parents étaient toujours là. Elle avait toujours trouvé ça normal, ennuyeux même. Ils se disputaient très peu. Ils faisaient tout ensemble, particulièrement maintenant qu'ils étaient tous les deux à la retraite. Parfois on aurait dit qu'ils étaient une seule personne. Autrefois, elle avait cru que la même chose arriverait entre Edward et elle, une longue et heureuse vie ensemble. Une vie normale. Une maison en banlieue, des vacances sur le lac, les enfants qu'elle avait toujours voulus. Ce rêve avait été fracassé par la trahison d'Edward.

Maintenant, elle ne savait pas si cela lui arriverait un jour. Et de toute façon, elle n'en voulait plus. Elle voulait encore des enfants, elle adorait les enfants. C'était juste qu'elle n'imaginait pas que le mariage puisse un jour lui donner l'exaltation d'une liaison. Le genre de passion qu'elle partageait avec Zach devait finir par s'éteindre. N'est-ce pas ? Ou alors, était-ce ce que vivaient ses parents quand ils étaient seuls ? *Berk. N'y pense même pas.*

Elle croisa les bras. Elle ne le saurait jamais avec Zach. C'était mieux ainsi. Partir avec un bon souvenir. Son estomac se retourna et elle dut se concentrer sur la journée spéciale de ses parents.

— Voyons ce que nous pouvons faire d'autre pour les aider.

Elle tourna les talons et elle retourna au pavillon. Zach la suivit, restant près d'elle.

D'autres personnes arrivèrent et Carrie et son frère firent office de placeurs, les guidant du côté de la mariée ou du marié. Zach était assis au bout de la rangée du fond, observant chaque personne à laquelle elle parlait et elle savait exactement pourquoi. Il attendait de rencontrer son ex. Il ne la laisserait pas l'affronter seule.

Et puis il arriva. Le docteur Edward Zigler à côté d'une petite brune aux longs cheveux brillants, aux grands yeux de biche, avec une très jolie robe couleur pêche qui moulait un énorme ventre rebondi. L'estomac de Carrie refit un tour. Oh mon Dieu. Elle eut la nausée. Edward était pareil à lui-même, arrogant et fier dans un costume bleu marine taillé sur mesure. Ses cheveux blonds courts, ses yeux bleus glacials, ses pommettes tranchantes, son nez noble, ses lèvres pleines. Il était beau comme toujours, pourtant si froid.

Ils se dirigeaient tout droit vers elle. Elle retint sa respiration. Cette femme devait être enceinte de huit mois. Carrie et Edward ne s'étaient séparés qu'un peu plus d'un an auparavant. Comment était-il passé si vite au mariage et aux bébés ? Pourquoi sa mère n'avait-elle pas parlé du bébé ? Un bras fort se posa soudain autour de ses épaules et elle se laissa tomber contre Zach avec soulagement. Zach la tira contre lui et l'embrassa sur la tempe, l'aidant à reprendre confiance en elle.

Edward et la dame enceinte s'arrêtèrent devant elle.

— Carrie, dit-il d'un ton brusque.

Comme s'il la connaissait à peine après six longues années. Ils avaient vécu ensemble pendant trois d'entre elles ! Et elle l'avait connu toute sa putain de vie !

— Bonjour, Edward, dit-elle en grinçant des dents. Ça fait longtemps.

Edward eut un sourire satisfait.

— Oui, il s'est passé beaucoup de choses. Que de bonnes choses. Voici ma fiancée, Tara.

— Bonjour, dit Tara de la voix la plus douce que Carrie ait jamais entendue.

C'était ce que voulait Edward, une jeune fille douce qu'il pouvait mouler de façon à ce qu'elle corresponde à sa vie. Elle se demanda s'il utilisait toujours l'application de sexe cochon dans le but de garder sa future femme pure. Son estomac se retourna. Ce n'était plus son problème.

— Bonjour.

Elle fixa le ventre rond de la femme, toujours sous le choc. Cela aurait pu être elle. Mariée avec un enfant en route. À la place, elle baisait joyeusement d'après une liste. Sa vie tournait autour du sexe. Sa vie à lui tournait autour de choses réelles : l'amour et le foyer et la famille. Cela n'aurait pas dû lui faire aussi mal. Mais c'était douloureux. Terriblement. Elle eut la gorge serrée, les yeux qui brûlaient, les entrailles nouées.

— Je suis Zach.

Elle se tourna un peu tard vers Zach qui dévisageait Edward. Zach ne tendit pas la main.

— Nous allons nous asseoir, dit Edward avec raideur.

— Oui, installez-vous du côté du marié, dit-elle d'un ton monocorde.

— Allons-y, chérie, dit Edward en guidant sa jeune fiancée enceinte vers une place assise.

Carrie les regarda partir, tremblant légèrement après cette rencontre. Edward lui avait fait une demande en mariage avec une grosse bague en diamant après leur rupture : c'était trop peu et trop tard. La dernière goutte d'eau dans une longue série de manœuvres manipulatrices de la part d'Edward.

Pourquoi avait-elle donc soudain envie de pleurer ?

Que faisait-elle de sa vie ? Avec Zach ?

Elle finit de placer les amis et la famille dans un brouillard confus. Il fut alors temps de suivre sa mère jusqu'à l'autel en tant que témoin. Zach resta assis à la dernière rangée et elle ne le voyait pas très bien de là où elle se tenait, derrière la mariée. Tout ce qu'elle voyait, c'était le regard heureux de son père lorsqu'il fit le serment d'aimer sa mère pour toujours une seconde fois.

La jeune femme enceinte – Tara, dut-elle se rappeler – était assise juste derrière son père dans la ligne de vision directe de Carrie. Elle serra la mâchoire et se força à être heureuse pour ses parents et à ne penser à rien d'autre.

Elle pouvait pleurer plus tard. Seule.

13

Zach rejoignit Carrie à la réception quand elle eut terminé d'aider ses parents à s'installer confortablement en leur servant de la nourriture et à boire. Il n'avait jamais vu travailler Carrie en tant qu'infirmière, mais il imaginait qu'elle était ainsi, serviable et compétente malgré ce qu'elle pouvait ressentir. Il savait qu'elle avait été perturbée de voir son ex avec une fiancée enceinte. Elle avait pâli et chancelé sur ses pieds. Il avait eu peur qu'elle s'évanouisse.

Il était assis sous la tente blanche à une table ronde avec le frère de Carrie, sa belle-sœur et ses deux nièces. Rich et sa femme étaient plongés dans une discussion au sujet de leur fille adolescente, qui voulait partir tôt pour rejoindre son petit-ami. Carrie était debout à côté de sa chaise, près de lui, filmant ses parents dansant un slow, le seul couple sur la piste. C'était un couple adorable. Il ne se souvenait pas avoir déjà vu un couple pareil, toujours fou amoureux après cinquante ans. Il se demanda quel était leur secret, comment ils s'y prenaient pour que cela fonctionne aussi longtemps tout en continuant à s'aimer. C'était rare. Cela valait peut-être même une étude. Qu'est-ce qui garantissait la longévité d'une relation ? Il chassa cela de son esprit, reconnaissant que c'était une question purement égoïste parce qu'il essayait de découvrir comment briser son schéma de loup solitaire et trouver le bonheur durable. Ces gens-là étaient exceptionnels. Lui ne l'était pas.

— Carrie ! Rich ! Venez là, vous aussi ! appela sa mère.

Il regarda Carrie danser avec son frère, puis son père, puis elle lui fit signe. Il se leva et il les rejoignit, tout comme la femme de Rich.

Il passa le bras dans le dos de Carrie et il lui prit la main, se mettant à guider.

Elle posa la main sur son épaule et elle inclina la tête en arrière pour le regarder.

— Tu sais danser !

Il l'attira contre elle, chuchotant à son oreille :

— J'ai beaucoup de talents.

Elle s'écarta et elle le fixa.

— Qui es-tu, et qu'as-tu fait à mon homme sauvage ?

Il gloussa, ravi qu'elle soit de meilleure humeur maintenant.

— Comment vas-tu ?

— Ça va. Je ne suis pas jalouse. Je suis heureuse pour eux.

Elle se leva sur la pointe des pieds et elle chuchota :

— Je suis aidée par un ou deux verres de champagne.

Il savait qu'elle ne tenait pas l'alcool, alors cette petite quantité avait sans doute arrondi les angles pour elle.

— Aurais-tu aimé que ce soit toi, fiancée et enceinte ?

— Non ! rétorqua-t-elle avec assez de véhémence pour qu'il sache qu'une part d'elle en avait envie.

Il ne sut pas quoi dire pour la réconforter, alors il se contenta de danser. Il savait quoi faire : la traiter comme une reine. Il ne lui avait pas montré son côté gentleman, le cachant volontairement, mais il faisait partie de lui. Une partie importante. Son père honoraire, Joe, lui avait appris cela par les mots et les actes, ainsi que par un nombre de leçons hilarantes quand il était adolescent.

Il sourit intérieurement, se souvenant de la première fois que Joe les avait fait asseoir dans son salon, les quatre plus âgés de la bande : Josh, Jake, Zach et Marcus. Ils avaient quatorze ans. Marcus n'en avait que treize, mais il s'intéressait déjà beaucoup aux filles. Ils eurent d'abord la Conversation : des faits concernant le sexe, le consentement et la protection qui les mirent mal à l'aise. Puis, Joe annonça qu'il allait leur apprendre comment traiter une femme. Ils s'étaient penchés vers lui, avides d'apprendre quelques secrets sur le sexe.

— Comme votre petite sœur, fut la réponse décevante. Faites comme si elles étaient Mad.

— Berk ! Dégoûtant ! Arg ! avaient-ils répondu.

— Attendez, dit Joe en levant la main. Pensez à la façon dont vous aimeriez qu'un type la traite, d'accord ? Avec respect, avec attention et gentillesse. Comme un gentleman.

Ethan, qui était toujours punk et en voulait au monde entier, ricana :

— Je suis pas un foutu gentleman.

Joe se leva. C'était un homme imposant, grand et sportif comme devait l'être un flic.

— Allez, dehors, bande de crétins.

Ils descendirent tous du canapé et marchèrent vers la porte en roulant des mécaniques.

Puis Joe annonça :

— Je vais vous montrer la leçon numéro un : ouvrir les portes. Ethan, tu seras la fille.

Ethan s'arrêta en devenant tout rouge.

— Carrément pas. Je me casse.

Joe attrapa Ethan par l'arrière de son col.

— Je serai la fille.

Tout le monde rit. L'idée de Joe si viril jouant le rôle d'une fille était hilarante.

Ils sortirent et Joe alla se placer du côté passager de sa voiture.

— Maintenant, il faut s'entraîner. Ethan, c'est ton tour.

Ethan était si soulagé de ne pas être la fille qu'il se conforma à la demande, ouvrant et fermant la portière pour 'la fille'.

Joe semblait toujours savoir comment les impressionner.

Ils avaient chacun leur tour ouvert et fermé la portière, puis la porte de la maison, laissant Joe passer le premier. Ce ne fut pas leur dernière leçon avec exercices pratiques. Joe avait été déterminé à éduquer les garçons sur lesquels il veillait de façon à ce qu'ils traitent les femmes comme il faut. Plus tard, Joe avait expliqué pourquoi ces leçons étaient importantes. Sa mère avait été maltraitée par son père avant qu'elle finisse par le quitter. Des années plus tard, le beau-père de Joe avait été un véritable gentleman et il avait traité sa mère comme une reine. Joe avait décidé que c'était la bonne façon de vivre.

À ce moment-là, ils avaient tous compris à quel point cette leçon de vie était importante. De plus, le fait que Joe accepte de jouer le rôle de la 'fille' afin qu'un groupe d'adolescents dont la moitié n'était même pas ses propres enfants puisse apprendre la bonne façon d'agir, eh bien, cela avait fait une forte impression sur Zach. Sans doute aussi sur les autres.

Carrie allait donc maintenant rencontrer Zach le gentleman. Dès que la chanson fut terminée, il la guida hors de la piste de danse, tira la chaise pour elle et proposa d'aller lui chercher à boire. Étonnamment, Carrie ne sembla pas remarquer le changement de son comportement. Elle avait dû être plus contrariée qu'elle n'en avait l'air.

Quand il se fut assuré qu'elle ait eu assez à manger et à boire – sans alcool – il fit le tour avec elle, à la fois pour la soutenir et la protéger d'une possible confrontation avec son ex. Ce type avait un véritable regard rusé. Comme s'il calculait tout le temps de quelle manière il pouvait faire tourner les choses en sa faveur. Zach n'avait pas du tout été surpris qu'Edward ait trouvé une autre gentille jeune femme pour petite-amie. Il semblait être le genre d'homme qui voulait qu'une femme se plie à sa volonté, pas qu'elle ait un véritable partenariat avec lui. L'idée de Carrie avec ce type le rendait furieux.

Carrie fit bonne figure en souriant et en disant des mots gentils malgré la douleur d'avoir revu son ex. C'était une femme forte. Ils s'arrêtèrent à toutes les tables pour remercier les gens d'avoir participé à cette grande occasion. Il ne connaissait personne au-delà de sa famille très proche. Peu importe. Il était là pour Carrie.

Quand ils eurent enfin fini de remercier tout le monde, il glissa un bras autour de ses épaules.

— Aimerais-tu danser ?

C'était un autre slow. Les parents de Carrie dansaient, ainsi que quelques autres couples plus âgés.

— J'aimerais beaucoup, répondit-elle.

Il la guida sur la piste de danse, une main au creux de son dos, puis il les arrangea dans la position traditionnelle de la valse.

Elle passa les bras autour de sa taille, l'attirant contre elle et posant sa joue contre son torse.

— J'ai froid.

Il recula afin de la regarder.

— Tu veux ma veste ?

La température était retombée depuis le coucher du soleil. Elle s'accrocha à lui.

— Non.

C'est alors qu'il comprit qu'elle avait besoin de réconfort, pas de chaleur. Il la serra dans ses bras et il se balança lentement. Ce qu'il voulait vraiment, c'était la ramener à la maison, la border dans le lit et la tenir contre lui. Tiens. C'était nouveau. Il ne se souvenait pas d'avoir déjà voulu tenir une femme dans ses bras sans que le sexe fasse partie de l'équation. Carrie commençait peut-être à déteindre sur lui : câliner le loup avait fini par transformer le loup en câlineur. Cette vérité le frappa d'un seul coup, coupant sa respiration.

Il était tombé amoureux d'elle. C'était un cas grave. Aucune chance de s'en remettre.

Cela aurait dû lui faire peur, mais l'amour le rendait stupide. Il espérait stupidement que d'une façon ou d'une autre, ils arriveraient à faire fonctionner leur relation. Il fallait qu'il le lui dise. Pas maintenant. Elle était complètement absorbée par des pensées sur son ex. Le lendemain serait assez tôt pour une conversation sérieuse.

Ils restèrent une heure de plus, jusqu'à ce que ses parents annoncent que la fête était terminée. Ils devaient prendre l'avion pour Hawaï le lendemain dans le but de recréer leur lune de miel. Tout le monde rit et les encouragea.

Zach retira sa veste et la posa sur les épaules de Carrie, puis il l'accompagna jusqu'à son camion, une main au creux de son dos. Elle était silencieuse et il la connaissait assez bien pour savoir qu'elle avait encore mal.

— Puis-je faire quoi que ce soit ? demanda-t-il.

— Ça va.

Il l'aida à monter du côté passager et il ferma la portière. En réalité, il faisait cela tout le temps. Apparemment, certaines de ses manières de gentleman étaient sorties sans qu'il s'en rende compte.

Pendant le trajet du retour, elle pleura en silence. Il s'y était attendu, mais ça ne rendait pas les choses plus faciles. Il eut le cœur serré de compassion. Lorsqu'il se gara devant chez elle, elle s'essuyait les yeux.

Il coupa le moteur.

— Retournerais-tu avec lui maintenant si tu le pouvais ?

— Non !

De nouvelles larmes coulèrent.

— Mais ça aurait pu être moi ! Il m'a demandée en mariage ! Je lui ai dit non.

— Viens là.

Elle continua à pleurer, secouant les épaules.

— Comment est-il passé si vite à autre chose ? Était-il déjà avec elle quand nous étions encore ensemble ?

Il la tira par-dessus la console et l'installa sur ses genoux.

— Ça n'a pas d'importance. Tu ne lui appartiens pas. Il te rendait malheureuse.

Elle sanglota contre sa chemise. Il la serra dans ses bras en souhaitant savoir comment la réconforter. Elle dit d'une voix étranglée :

— Juste après la cérémonie, maman s'est excusée auprès

de moi. Elle n'était pas au courant pour la grossesse. Edward l'avait gardée secrète, même de ses propres parents.

— Je suis désolé que tu l'aies appris de cette façon.

Il ne voyait aucune bonne raison pour laquelle son ex aurait voulu garder la grossesse secrète, sauf si elle avait aussi été une surprise pour lui, et révélée tardivement.

Elle renifla et dit d'un ton plein d'amertume :

— Je suppose que tout le monde est au courant maintenant !

Il caressa ses cheveux.

Elle finit par se calmer et elle leva la tête.

— Je suis désolée. J'ai ruiné ta chemise.

— Ne t'inquiète pas pour ça.

Il regarda sa chemise couverte de mascara noir et de rouge à lèvres rose ainsi que de larmes. Stupide Edward.

— Sais-tu pourquoi ton ex choisit des femmes si jeunes ?

Elle hocha la tête.

— Je le comprends maintenant. Il veut les modeler à sa façon.

— Et tu n'as pas besoin de l'être. Tu es parfaite telle que tu es.

Elle se remit à pleurer.

— Quoi ? demanda-t-il, inquiet. Pourquoi est-ce que cela te fait pleurer ?

— Je ne suis pas parfaite. Je suis paumée !

Elle le regarda dans les yeux à travers ses larmes luisantes.

— Regarde ce que je fais avec toi. Je me suis servie de toi.

— Non. Je suis exactement là où je veux être.

Elle fronça les sourcils et elle essuya le mascara qui avait coulé sous ses yeux.

— J'aurais dû me satisfaire d'un coup d'un soir, ou bien d'une seule fois les éléments de la liste. À la place, j'ai fait traîner les choses pour baiser encore et puis j'ai voulu me venger de cet enfoiré et…

Sa voix s'étrangla.

—… Et je suis quelqu'un d'affreux.

— Non, tu n'es pas affreuse.

— Comment peux-tu dire cela ? Ma vie tourne autour du sexe ! La sienne tourne autour de l'amour et du foyer et de la famille.

Il eut le cœur serré et du mal à respirer. N'était-il rien de plus pour elle ? Il avait pensé qu'elle avait de véritables sentiments pour lui. La façon dont elle s'illuminait dans ses bras. La façon dont elle l'incluait auprès de ses amis et de sa famille. Avant qu'il puisse dire quoi que ce soit, elle se couvrit le visage avec les mains et ses épaules furent secouées par des sanglots silencieux. Elle n'était pas bien. Elle n'était pas lucide.

— Je te ramène chez moi, lui dit-il. Tu ne dois pas rester seule ce soir.

Elle leva la tête. Ses yeux étaient rouges et larmoyants.

— J'ai Ally.

— Ally ne te tiendra pas toute la nuit.

— D'accord, dit-elle d'une voix brisée.

Il la fit glisser sur le siège passager et il fit le court trajet jusqu'à chez lui.

— C'était une cérémonie magnifique, n'est-ce pas ? demanda-t-elle lorsqu'il la guida à l'intérieur.

— Oui. Tes parents ont beaucoup de chance.

— C'est vrai, dit-elle en se blottissant contre lui et en le serrant dans ses bras.

Il l'enlaça longuement, puis il fit la seule chose à laquelle il put penser : il la souleva et il la porta jusqu'au lit. Il retira ses vêtements en gardant son boxer et il l'aida à enlever sa robe, son soutien-gorge sans bretelles et ses chaussures à talons. Puis il la colla contre lui, posa la couverture sur tous les deux et la serra jusqu'à ce que l'épuisement finisse par la vaincre et qu'elle se laisse aller au sommeil. Cette fois, il ne la poussa pas vers le bord du lit. Il la serra dans ses bras en regardant le plafond. Il ne pensait pas dormir beaucoup, mais tant pis. Carrie souffrait et c'était son rôle de prendre soin d'elle.

Le lendemain serait bien assez tôt pour une discussion sur

leur relation. Ceci n'était pas seulement du sexe. Il fallait que ce soit davantage.

Il dut s'endormir. Il s'éveilla dans un lit vide.

Il s'assit lentement, la mâchoire serrée. Elle n'était jamais debout avant lui. Ses vêtements et son sac n'étaient pas là où il les avait laissés sur la commode. L'appartement était silencieux comme une tombe.

— Carrie ! aboya-t-il.

Silence de mort.

Il jura, attrapa un oreiller et le jeta de l'autre côté de la pièce. Puis il sauta du lit, l'adrénaline mettant tous ses muscles sous tension. Fuite ou combat. Il était un combattant, Carrie choisissait la fuite. Ça ne lui convenait pas.

Mais d'abord, il avait besoin d'un sac de frappe, de courir sur une longue distance, de s'entraîner violemment. Il ne pouvait pas être tenu pour responsable de ce qui sortait de sa bouche quand il était aussi énervé. On lui avait fait du mal alors qu'il avait tout fait comme il fallait.

Il grinça des dents et il enfila un T-shirt. Il avait été là pour elle, il l'avait tenue toute la nuit, et puis elle partait comme ça ? Elle pensait que c'était fini ? Qu'il s'évaporerait, oublié et jeté ?

Non. Ça n'arriverait pas. Vraiment pas.

Carrie était chez elle, allongée sur le canapé du salon dans son pyjama d'été préféré qui la faisait toujours sourire à cause des chatons mignons portant des chapeaux de fête, mais rien ne pouvait la faire sourire aujourd'hui. Elle tenait une compresse froide sur ses yeux gonflés par toutes les larmes. Ally s'occupait d'elle, posant une couverture sur ses jambes, puis lui apportant une tasse de thé chaud. Carrie s'assit.

— Merci.

Ally s'assit à côté d'elle et tapota sa jambe.

— Edward est un con.

— Je sais, répondit Carrie. Je ne sais pas pourquoi je le

prends aussi mal. Ce n'est pas comme si je voulais être avec lui.

— C'était un choc.

— Oui.

Elle but quelques gorgées de thé.

— Et je suppose qu'une partie de moi a vu un avenir que je n'aurais jamais.

— Tu auras un meilleur avenir avec un homme meilleur. Comme Zach.

— Zach, dit-elle doucement. Qu'est-ce que j'ai fait à cet homme ? Je l'ai dragué dans un bar, je lui ai donné ma liste de souhaits, et je l'ai baisé à mort pendant deux semaines.

— Il n'y a rien de mal à ça.

— Il y a tout de mal ! Ce n'est pas moi et tu le sais. Je ne sais même plus qui je suis.

Son regard se perdit au loin.

— Je suis perdue, Ally, chuchota-t-elle malgré la boule dans sa gorge. Il se pourrait que je ne me retrouve jamais.

Ally lui serra l'épaule.

— Tu y arriveras, je te le promets. Tu es une des personnes les plus terre-à-terre que je connaisse. Tout n'est pas aussi terrible que tu en as l'impression en ce moment. D'accord ?

— J'ai quand même l'impression que c'est assez merdique.

Ally soupira.

— Je sais. Tu veux regarder des épisodes de *Gilmore Girls* en mangeant de la glace ?

— Oui, dit-elle d'une petite voix.

C'était leur petite tradition de réconfort.

Lorsque ce fut l'heure du dîner, elle se sentait beaucoup mieux. Il n'y avait rien de mieux que de s'échapper dans un autre monde pour rendre le présent plus supportable.

— Pizzas ? demanda Ally.

— D'accord.

Ally commanda leur pizza aux pepperonis et champignons habituelle par téléphone. Quelques minutes plus tard seulement, la sonnette retentit.

— C'était rapide, dit Ally en regardant par le judas.

Elle se tourna vers Carrie.

— C'est Zach. Tu te sens capable de le voir ?

Carrie retira les cheveux de son visage. Elle ne les avait même pas brossés.

— Non, j'ai une mine affreuse. Je suis en pyjama.

— Dépêche-toi et va t'habiller !

Elle déverrouilla la porte et Carrie sauta du canapé et courut vers sa chambre.

Elle se précipita à l'intérieur et elle ferma à clé. Puis elle entendit Ally dire :

— Salut ! Elle arrive dans une minute.

Zach grommela quelque chose en réponse.

Carrie se dépêcha d'enlever son pyjama à chatons.

— Attends ! s'exclama Ally. Elle se prépare.

Elle entendit frapper à la porte.

— Carrie, je t'ai laissé plusieurs messages, tonna-t-il à travers la porte. Nous devons parler.

Elle s'immobilisa, surprise à la fois par son volume et le ton d'urgence.

— J'avais éteint mon téléphone.

— Ouvre.

Elle enfila son soutien-gorge et trifouilla maladroitement les bretelles.

— Maintenant, dit-il d'une voix profonde et autoritaire.

Elle se raidit. Il n'avait pas à lui donner d'ordres.

— Tu vas devoir attendre ! aboya-t-elle en ajustant son soutien-gorge.

— Je me moque de ton apparence.

Il agita la poignée de la porte.

— Sors ton joli cul de là.

Elle écarquilla les yeux à cause de son audace. Il avait le culot de lui donner des ordres et de lui faire des compliments en même temps.

— Mon joli cul a besoin d'un short.

Elle attrapa un T-shirt, l'enfila par-dessus sa tête et chercha le short assorti.

— Tu as intérêt à ne pas coordonner les couleurs et tout ça.

Elle entendit Ally glousser puis se taire subitement. Zach lui avait sûrement jeté un regard noir.

— Je n'apprécie pas ton personnage d'homme des cavernes ! cria-t-elle en courant vers le miroir de la salle de bains et en humidifiant vite ses cheveux. Ses yeux étaient encore gonflés à cause des larmes, sa peau était marquée.

— Je n'apprécie pas l'attente ! Je peux crocheter cette serrure, tu sais.

— Attends !

Elle se brossa vite les cheveux. Puis elle attrapa sa brosse à dents, posa un peu de dentifrice dessus et ouvrit le robinet.

— Es-tu en train de te brosser les dents comme une gentille fille ?

Elle se figea. Il essayait de lancer une dispute. Il savait qu'elle essayait de se débarrasser de l'image qui l'avait retenue si longtemps. Et bien sûr, elle se brossait les dents. Elle ne négligeait jamais son hygiène personnelle. Elle commença à se brosser les dents sans prendre la peine de répondre. Une gentille fille serait-elle si impolie ? Non, jamais. Elle entendit Ally essayer d'intervenir en parlant d'un ton joyeux. Zach répondit par un grognement.

Elle eut enfin terminé et elle traversa la pièce avant d'ouvrir la porte.

— Je suis prête, c'est bon !

Elle vit son visage renfrogné s'adoucir dès l'instant où il la regarda dans les yeux. Il la serra contre lui. Tout son corps se détendit dans ses bras, le dernier reste de tension s'évaporant de son corps.

— Vous savez quoi ? dit Ally. Je vais aller chercher la pizza en personne.

Elle partit un instant plus tard.

Zach la relâcha enfin.

— Tu es partie sans dire au revoir. Je me suis inquiété pour toi.

Elle scruta ses traits, ne le croyant pas tout à fait.

— Si tu étais si inquiet, tu serais venu me chercher plus tôt.

— D'accord, j'étais énervé, dit-il. J'avais besoin de temps pour me calmer. Tu pleures comme ça pendant des heures, j'essaie de m'occuper de toi et puis tu pars sans rien dire ?

Son cœur se serra douloureusement lorsqu'elle entendit la souffrance dans sa voix.

— Pardon. Je n'ai pas réfléchi. Je suis rentrée chez moi parce que je voulais me rouler en boule sur mon propre canapé et noyer mon chagrin dans de la glace.

Il posa le bras autour de ses épaules, la conduisit jusqu'au canapé et s'assit à côté d'elle. Il la regarda d'un air compatissant.

— As-tu noyé ton chagrin ?

— Je suppose. Je ne sais pas trop pourquoi j'ai été si déstabilisée.

Il grogna. Puis il se pencha en avant, les coudes sur les genoux, et il fixa le plancher.

— Carrie, je veux que nous continuions à nous voir. Juste un peu plus longtemps. Je sais que tu reprends les études la semaine prochaine et que tu seras occupée, mais je suis encore ici pendant quelques mois.

Il se redressa et il la regarda dans les yeux.

— Je ne suis pas prêt à arrêter de te voir.

Elle sentit son cœur battre dans ses oreilles. Il semblait si sincère, si adorable. Comment était-ce possible qu'un seul homme puisse contenir autant de l'homme des cavernes que de gentillesse en même temps ? Elle devait être épuisée par tous ses pleurs, car elle se sentit s'attendrir pour lui, envisageant la possibilité qu'il y ait plus entre eux.

— Mais tu pars à l'autre bout du monde, dit-elle.

Il glissa la main sous ses cheveux, serrant sa nuque d'une façon possessive et affectueuse qu'il affichait souvent.

— Nous franchirons cet obstacle quand nous y serons.

— Mais…

Il l'interrompit par un baiser et elle sentit sa résistance céder. Elle se perdit en lui, une joie pure l'irradiant grâce à leur proximité après la brève séparation qu'elle avait redoutée être permanente. Il glissa les mains sous son T-shirt. Sa bouche était dure et exigeante, la faisant gémir de désir exubérant. Elle posa la main sur sa braguette et il arracha sa bouche de la sienne.

— Quand revient Ally ? demanda-t-il.

— Bientôt. Elle est juste partie chercher la pizza.

Il se leva, la soulevant avec lui.

— Viens. Allons chez moi.

Elle n'eut pas besoin d'y réfléchir. Elle mourait d'envie de ce qu'il pouvait lui donner, désirait leur union, même si elle savait qu'elle cédait à un besoin primitif. Le désir la rendait stupide et elle le regretterait sans doute, mais pas aujourd'hui. Aujourd'hui, elle avait besoin de lui.

Ils marchèrent jusque chez lui, la main de Zach posée au creux de son dos. Il s'arrêta plusieurs fois pour l'embrasser avec passion, presque comme s'il voulait la garder dans un état d'excitation sexuelle permanent. Ou peut-être avait-il peur qu'elle s'échappe, mais son corps était déjà beaucoup plus loin que son cerveau. Ils parvinrent sur le petit bout de trottoir qui menait jusqu'à sa porte lorsqu'il s'arrêta soudain.

Une grande femme mince se tenait sur son seuil. Tout chez elle semblait raffiné et professionnel et franchement, un peu coincé. Depuis ses cheveux bruns coupés à la Jeanne d'Arc au collier de perles autour de son cou et à la robe noire aux manches courtes assez prude ainsi que ses chaussures noires assorties. À côté d'elle se trouvait une grande valise noire.

L'esprit de Carrie essaya frénétiquement de réconcilier l'homme qu'elle connaissait, son bad boy, son homme sauvage voyageant aux confins de la civilisation avec une femme comme celle-ci : sophistiquée et coincée, qui semblait prête à une longue visite.

— Qui est-ce ? demanda Carrie en espérant qu'il s'agisse de sa sœur parce qu'ils étaient tous les deux grands et minces, même si ses mains soudain moites lui indiquèrent que ce n'était presque certainement pas le cas.

Zach poussa un juron et marcha jusqu'à la femme, laissant Carrie derrière lui. Cela n'avait pas d'importance, car la femme parla d'un ton clair et très net comme si elle voulait que Carrie l'entende.

— Félicitations pour ton poste d'enseignant-chercheur, dit la femme. Moi aussi, j'ai eu une ouverture à Singapour. Je peux te rejoindre en mai, dès la fin du semestre.

Zach fixa longuement la femme avant de parler d'une voix que Carrie ne parvint pas à distinguer. Il sembla soudain se souvenir de Carrie et il revint vers elle.

— Je vais me débarrasser d'elle. Viens.

— Qui est-elle ? chuchota Carrie. Que veut-elle dire par enseignant-chercheur ?

— Mon ex. Ça va être rapide.

Il la traîna avec lui.

Elle campa sur sa position.

— Je ne veux pas rencontrer ton ex.

Il s'arrêta et il la regarda dans les yeux.

— J'ai rencontré le tien.

L'insinuation était claire. Il lui avait rendu service en l'accompagnant pour sa confrontation avec son ex. Maintenant, elle appréciait cela encore davantage parce qu'elle n'avait pas la moindre envie de rencontrer son ex. En fait, elle était prête à filer à toutes jambes.

Il passa un bras autour de ses épaules et il l'attira contre lui.

— Ne pars pas. Tu sais que je ne ferais que te courir après et te ramener.

Il la taquinait, lui rappelant la première fois qu'elle avait fui son appartement et qu'il l'avait ramenée à l'intérieur, jetée par-dessus son épaule.

— Très bien. Je vais la rencontrer, brièvement, puis je rentre directement dans ta maison.

Il parla d'une voix plus grave et basse :

— Là où tu as ta place.

Son estomac fit un délicieux petit sursaut. L'effet que lui faisait cet homme ! Malgré les preuves du contraire – cette femme avait une valise comme si elle avait l'intention de rester – elle se dit qu'elle allait lui donner le bénéfice du doute. Il allait s'occuper de son ex et puis revenir vers Carrie comme promis. Elle-même ne voulait surtout pas être jugée par l'apparence ou les actes de son ex.

Carrie s'approcha de la porte d'entrée, un sourire plaqué sur le visage. Zach resta tout près d'elle et il la présenta à la femme.

— Muriel, voici Carrie.

— Bonjour, ravie de te rencontrer, dit Carrie gaiement. Je vais juste rentrer.

Elle pointa la porte du doigt en contournant l'autre femme.

Cette dernière lui prit la main et la serra fermement.

— Je suis la docteur Muriel Hapsburg. Une des collègues de Zach à l'université et plus que cela, comme tu as pu le deviner. Un an ensemble, c'était assez sérieux.

Carrie eut le tournis. Elle se tourna vers lui.

— Tu travailles à l'université ?

Zach passa une main dans ses cheveux.

— Oui, je suis professeur d'anthropologie. J'avais l'intention de te le dire. Juste après l'anniversaire de mariage, mais tu pleurais et puis nous sommes revenus ici. Je voulais te le dire, termina-t-il sans conviction.

— Qui pense-t-elle que tu es ? demanda Muriel.

Carrie fixa Zach sans comprendre, essayant de réconcilier la réalité avec ce qu'elle pensait savoir. Et puis quelque chose se mit en place.

— C'est pour cela que Josh t'a appelé professeur. Mais tu as dit que tu étais guide de voyage, sans emploi pour l'instant. Et puis tu as eu ton boulot à Singapour.

— Ce n'est pas juste un *boulot*, dit Muriel en soulignant le mot comme s'il était ridicule. Il vient d'obtenir un poste d'enseignant-chercheur à l'Institut de Recherches d'Asie.

Elle se tourna vers Zach avant d'ajouter :

— Je suppose que tu continueras le travail sur ton livre là-bas.

Il inclina la tête.

Livre ? Merde ! Josh lui avait aussi posé des questions sur son livre. Mais Zach avait dit qu'il n'y en avait pas. Carrie cligna des paupières, cherchant à comprendre comment elle avait pu être manipulée au point de croire l'homme qui se tenait devant elle. Un inconnu maintenant. L'homme qu'elle pensait connaître n'existait pas.

— Carrie, écoute, dit Zach. Ce que j'ai dit était vrai d'une certaine façon. J'étudie et j'écris sur l'Indonésie et la région d'Asie du sud-est qui l'entoure. Je passe beaucoup de temps à faire des randonnées et à camper dans la forêt là-bas. Et je ne travaille pas activement maintenant parce que j'ai été occupé avec toi.

— D'une certaine façon ? cria-t-elle. De quelle façon un professeur d'anthropologie est-il un guide de voyage ?

Il poussa un soupir.

— Tu ne comprends pas ce qui est important.

— Moi, je dirais qu'elle a très bien compris, dit Muriel d'un ton satisfait.

Muriel continua à parler, mais Carrie n'entendit rien d'autre que le bourdonnement dans ses oreilles. Elle fut traversée par une fureur comme elle n'en avait jamais ressenti. Il lui avait menti. Menti sur qui il était. Menti sur ce qu'il faisait. Menti en disant qu'il ne faisait pas de relation sur le long terme. *Bonjour, Muriel !* Ce n'était pas un guide de voyage sans emploi. Elle avait subi les conséquences terribles des mensonges quand elle avait vécu avec Edward et elle n'allait pas les tolérer encore.

— Au revoir, Zach.

Elle rentra chez elle avec les jambes raides, glacée de l'intérieur, se sentant complètement stupide.

— Carrie, attends !

Elle continua.

Il la rattrapa et il la retint par le bras.

— Carrie.

Elle secoua son bras.

— Ne me touche pas. C'est terminé. Tu m'as menti.

— Laisse-moi t'expliquer.

Elle attendit.

— D'accord, c'était un mensonge, mais…

— Zach ! appela Muriel. Peux-tu me jeter la clé ?

Zach regarda le ciel avant d'aboyer :

— Non.

— Va lui parler, dit Carrie. C'est terminé pour nous.

Il plissa ses yeux marron.

— Laisse-moi résumer. Tu es en train de dire que maintenant que tu sais qui je suis vraiment, un professionnel respecté dans mon domaine, tu ne me veux plus ?

Elle déglutit. C'était exactement comme son ex : il commençait par mentir puis il retournait la chose comme si c'était *elle* qui avait un problème. Elle n'arrivait pas à croire qu'elle avait ignoré tous les indices, qu'elle s'était encore une fois laissée duper.

— Ce que je dis, c'est au revoir.

Il lui jeta un regard noir.

— Bonne chance avec le prochain type que tu dragues au hasard. J'en ai fini de jouer au chevalier blanc avec toi.

Il retourna à grands pas vers son ex qui l'attendait.

— Personne ne t'a demandé de le faire ! cria-t-elle dans son dos.

Il se tourna, ouvrit la bouche puis la referma bruyamment.

— Au revoir, Carrie, marmonna-t-il.

Elle rentra chez elle avec les jambes tremblantes. Mais pas avant d'avoir entendu Muriel crier :

— Je suis là parce que je t'aime encore !

Carrie n'attendit pas la réponse de Zach.

Zach inspira profondément et puisa toute sa patience pendant que Muriel expliquait :

— Je veux bien retirer le mariage de l'équation, nous

pourrons en parler plus tard. Je n'aurais jamais dû te faire cet ultimatum.

— Muriel, je suis désolée. Nous ne nous remettrons pas ensemble.

— À cause d'elle ? cracha-t-elle.

— Pas seulement à cause d'elle. Toi et moi, nous avons rompu il y a plus d'un an. Nous sommes tous les deux passés à autre chose.

— Mais je t'aime !

Il ne savait pas quoi dire. Il l'avait aimée autrefois, mais il avait changé. Son cœur était à Carrie. Il était temps qu'il le fasse savoir à l'intéressée. Cependant, quelque chose le dérangeait dans l'arrivée de Muriel au seuil de sa porte. C'était étrange après plus d'un an.

— Comment m'as-tu trouvé ?

— J'ai appelé ton père et je lui ai dit à quel point je t'aimais encore. Je lui ai demandé de ne rien dire parce que je voulais te parler en face à face et je n'étais pas sûre que tu me laisses faire.

Il la scruta, pas complètement convaincu par son raisonnement.

— Es-tu en train de traverser une rupture ?

— Pas exactement, dit-elle en détournant le regard. C'est très difficile de rencontrer des gens à mon âge.

Elle n'avait qu'un an de plus que lui.

— Tu as trente-cinq ans.

Elle le foudroya du regard.

— J'ai bien conscience de mon âge ! C'est différent pour les femmes. Les hommes veulent une jolie petite chose. Comme cette fille, Karen.

Il laissa passer cela. Elle avait volontairement appelé Carrie par le mauvais prénom.

— Pourquoi veux-tu revenir avec moi quand tu sais que je suis un solitaire ? Tu ne crois pas que je puisse m'engager. Tu as dit que ça remontait à mon enfance. As-tu vraiment cru que les choses seraient différentes cette fois ? Je suis toujours la même personne.

Son visage se déforma.

— Tu n'es pas un loup solitaire ! Je l'ai dit par colère. Je suis désolée.

Elle s'assit sur le seuil, enfouit son visage dans les mains et sanglota doucement.

— Mais je n'ai jamais aimé passer la nuit ensemble, tu te souviens ? Je ne pouvais pas dormir avec toi.

Mais il avait dormi avec Carrie. Il s'était même endormi en la tenant dans ses bras.

Parce que c'était sa partenaire.

Il sentit son cœur battre plus fort, se sentit plus vivant de le savoir.

Muriel leva la tête.

— Dormir dans des lits différents, c'était irritant, mais pas un motif de rupture.

— Je ne suis donc pas un loup solitaire ?

Même en posant la question, il connaissait la réponse. Oui, c'était dans sa nature d'observer, d'être un peu réservé, mais cela ne signifiait pas qu'il ne créait pas de véritables liens. Sa famille, Muriel pendant un temps, et maintenant Carrie. Comme tous les autres humains, il était fait pour se rassembler en groupe dans le but de survivre. Il serait parvenu plus tôt à cette conclusion s'il n'avait pas laissé ses émotions obscurcir sa pensée. L'étiquette de loup solitaire lui avait fait mal, lui avait donné l'impression d'échouer, d'être incapable de trouver une relation qui dure. Foutue Muriel. Parce qu'elle était psychologue, elle savait vraiment comment le perturber.

— Je dois aller parler à Carrie, lui dit-il. Quand je reviens, je veux que tu sois partie.

Ses yeux brillèrent de larmes, elle parla d'une voix étranglée :

— Tu ne te soucies pas du tout de moi ?

C'était le cas, autrefois, mais plus maintenant.

— Au revoir, Muriel.

— Au revoir, chuchota-t-elle.

Elle se leva et elle tira lentement sa valise jusqu'au trottoir.

Il se mit à courir, la contournant, pressé de parler avec Carrie, car le futur n'avait jamais été plus clair.

Lorsqu'il parvint à sa porte, il était gonflé à bloc par sa course et ses espoirs pour leur avenir. Il prit quelques profondes inspirations avant de frapper à la porte. Et de frapper et de frapper. Puis il appuya sur la sonnette. Sa voiture était garée dehors. Il sonna encore. Rien.

Il sortit son téléphone et lui envoya un message. Elle répondit *va-t'en*.

— Carrie ! cria-t-il à travers la porte. Nous devons parler. Donne-moi seulement cinq minutes.

La porte s'ouvrit soudain et il sursauta de surprise. Il pensait devoir insister davantage.

— Quoi ? demanda-t-elle.

Il scruta son visage et ne vit aucun signe de larmes. Elle était juste en colère. Il pouvait s'en accommoder.

— Puis-je entrer ?

Elle recula, les lèvres pincées.

Il entra et il ferma doucement la porte derrière lui.

— Je suis désolé d'avoir menti. Je voulais seulement être avec toi. J'avais envie de faire semblant pour le jeu de rôle, tu sais, l'histoire du bad boy, il me semblait que c'était la meilleure façon de te donner l'expérience que tu voulais.

— Tu as dû penser que j'étais tellement naïve, dit-elle avec un rictus.

— Pas naïve, inexpérimentée. Maintenant tu as de l'expérience.

Elle lui jeta un regard noir.

Il continua vite.

— Je te jure qu'à partir de maintenant, je serai complètement honnête. Normalement, je suis très honnête, je tiens toujours parole et toutes mes promesses. Tu peux le demander à n'importe qui dans ma famille.

Elle déglutit visiblement, mais elle ne dit rien. Merde. Il

l'avait encore plus blessée en disant ça. En gros, il lui disait qu'il ne mentait qu'à elle.

Il tendit la main pour caresser son bras, mais elle s'écarta et elle croisa les bras sur sa poitrine.

— Carrie, dit-il doucement, c'était seulement parce que je voulais que ce soit bien pour toi.

— Ne rejette pas la faute sur moi !

Il se passa la main dans les cheveux.

— Pardon, je mélange tout. Je suis franc maintenant, d'accord ? Je veux une relation avec toi. Je veux du long terme. Je veux…

Il inspira profondément.

— Je veux que tu viennes à Singapour avec moi. Puis, quand nous reviendrons aux États-Unis, je chercherai un poste à l'endroit où tu voudras vivre.

Elle secoua lentement la tête.

Il sentit son estomac tomber dans les talons. Elle s'éloignait.

— Réfléchis-y. Je suis ici jusqu'à Noël. Tu peux me donner une réponse dans quelques mois.

Un silence pesant s'installa entre eux. Lorsqu'elle finit par parler, sa voix fut feutrée, ce qui ne lui ressemblait pas, et il sut que ce qu'elle allait dire serait négatif.

— Même si je pensais que tu avais l'intention d'être honnête à partir de maintenant, ce dont je ne suis pas sûre, tu sais que je continue mes études la semaine prochaine. Suis-je censée tout laisser tomber pour te suivre autour du monde ? Abandonner ce pour quoi j'ai travaillé si dur ? Ma carrière est importante pour moi. Cela fait trop longtemps que j'ai relégué mes propres rêves au second plan à cause d'un homme et je ne referai pas cette erreur.

— Tu veux donc que je laisse tomber mon poste d'enseignant-chercheur ? Même si cela augmentera la valeur de mon CV de façon à m'ouvrir les portes de l'université de mon choix ?

Elle leva une main.

— Je ne te demande rien.

Elle s'avança vers la porte d'entrée et elle l'ouvrit en attendant qu'il parte.

— Penses-y un peu, l'encouragea-t-il.

Elle regarda le sol avant de lever les yeux vers lui.

— Je suis désolée, Zach. Ça ne va pas fonctionner.

Il ne savait pas comment la convaincre. Son visage était fermé contre lui. Cela ressemblait si peu à sa chaleur habituelle qu'il en eut froid dans le dos. Elle resta debout, tenant la porte d'entrée ouverte en exigeant manifestement qu'il parte.

Il quitta lentement son appartement, cherchant toujours les mots qui pourraient réparer la situation. Rien. Il ne trouvait rien.

La porte claqua derrière lui.

Il resta une minute entière devant sa porte, tout le corps engourdi par le choc. Les obstacles entre Carrie et lui s'étaient enchaînés. L'ex de Carrie, son ex à lui, ses mensonges, leur travail. Peut-être avait-elle raison. Cela ne pouvait pas fonctionner.

Il rentra chez lui, les yeux larmoyants, le cœur serré, les membres lourds. Cela ne faisait qu'un peu plus de deux semaines qu'ils étaient ensemble, pourtant c'était terriblement douloureux. Comment s'était-il enfoncé si loin si vite ?

14

Carrie se traîna pendant le reste de la semaine, travaillant avant de se laisser tomber sur le canapé pour manger trop de crème glacée. Ally fut compatissante et elle la soutint, mais lorsqu'elle suggéra que ça l'aiderait peut-être de discuter avec Zach, Carrie partit dans sa chambre. Ally ne comprenait pas que l'on puisse laisser quelqu'un partir. Elle se raccrochait toujours à son espoir de se remettre avec son ex petit-ami de l'université. La seule chose qui tardait à Carrie, c'était la réunion du club de lecture Happy End au café Something's Brewing le jeudi soir. Elle avait besoin de leur soutien. Elle était certaine que ses amies comprendraient la douleur de la trahison, certaine qu'elles auraient les mots adaptés pour la rassurer qu'elle avait fait ce qu'il fallait en mettant fin à sa relation avec Zach.

Le jeudi soir finit par arriver. Le premier signe indiquant que les choses ne prenaient pas le chemin qu'elle voulait, ce fut le choix du livre. Le héros était un véritable alphacrétin et pendant que les discussions concernant les qualités qui rachetaient ce personnage lui passaient au-dessus de la tête, elle ne put penser qu'au fait que Zach n'était pas ce genre de bad boy et la chance qu'elle avait eue parce qu'il l'avait initiée aux plaisirs érotiques au lieu d'un type qui ne l'aurait fait que pour son propre plaisir. Même en faisant semblant d'être un bad boy, il avait été bon avec elle. Elle se sentit attendrie par lui, mais elle dut se souvenir qu'il lui avait carrément menti lorsqu'elle lui avait demandé quel était son métier et ce qu'il faisait en Indonésie. Il avait aussi menti en disant qu'il ne faisait pas dans le long-terme. Il s'agissait des seuls mensonges qu'elle avait identifiés. Il y en avait peut-être d'autres.

Elle regarda le plafond, clignant rapidement des paupières à cause des larmes qui menaçaient. Elle n'arrivait pas à croire à quel point elle s'était attachée à lui en si peu de temps. Cela faisait trois jours depuis leur rupture et la douleur émotionnelle ne faisait qu'empirer au lieu de s'améliorer.

Hailey, assise à côté d'elle, posa la main sur le bras de Carrie.

— Qu'est-ce qui ne va pas ?

Elle regarda Hailey – parfaitement apprêtée dans une robe de couturier vert sombre avec des chaussures à talons assorties, son visage parfaitement maquillé montrant son inquiétude, ses longs cheveux blond vénitien parfaitement lisses et raides – et elle pensa qu'elle ne pourrait jamais avoir l'air aussi bien organisée que cette femme, parce qu'elle était à ramasser à la petite cuillère. En désordre de l'intérieur comme de l'extérieur. Ses émotions étaient toutes emmêlées, ses cheveux ébouriffés, ses vêtements mêmes pas assortis. Toute sa vie était un chantier et tout était nul.

Carrie observa la pièce avec ces femmes qui étaient comme des sœurs pour elle et elle se rendit compte que la moitié d'entre elles n'étaient même plus célibataires. Elles avaient dépassé ce genre de chagrin alors qu'elle avait tout un avenir rempli de désespoir. Il y avait Lauren (fiancée), Mad (fiancée), Charlotte (mariée et enceinte), même Ally se préparait à une relation engagée avec son ex. Peu importe que Hailey, Missy, Sabrina et Lexi soient actuellement célibataires, elles trouveraient sûrement l'amour de leur vie avant Carrie.

Sa lèvre inférieure trembla. Ally se précipita pour la serrer dans ses bras. Hailey lui tendit un mouchoir.

— Je suis désolée, dit Carrie en essuyant ses yeux avec le mouchoir. La semaine a été très dure.

— Que s'est-il passé ? demanda Missy. Il vaut mieux partager ton fardeau.

C'était une femme assez dure à l'esprit très pratique, mais elle était douée pour soutenir les autres.

Soudain, elle ne put pas aborder le sujet de Zach. Hailey lui avait dit depuis le début que Carrie était celle qui allait souffrir à cause de cette stupide idée de liaison. Elle ne pouvait pas supporter un *Je te l'avais bien dit*, même s'il était dit par amitié. À la place, elle se concentra sur l'autre chose merdique.

— Vous vous souvenez de mon ex ? Que nous sommes restés ensemble pendant six ans ?

— Oui, dirent les femmes avec presque les mêmes intonations compatissantes.

— Eh bien, je viens de le voir et il va se marier et elle est enceinte !

— Oh, Carrie.

Hailey se leva et prit Carrie dans ses bras. Puis elle annonça :

— Câlin de groupe !

Les femmes l'entourèrent en murmurant des mots de sympathie. Quelques instants plus tard, elles s'écartèrent et retournèrent s'asseoir.

— Merci, mesdames, dit Carrie d'une voix tremblotante.

— Qu'il aille se faire foutre, aboya Mad, sans doute la plus dure de toutes les femmes.

Elle avait été élevée avec toute une bande de grands frères et un père policier. Ses yeux marron étaient emplis de fureur pour Carrie.

— Je suis sincère, Carrie. Dis-le, toi aussi. *Qu'il aille se faire foutre*. Il t'a mal traitée et tu ne voudrais pas être sa femme enceinte de toute façon.

— Oui, intervint Ally.

— Qu'il aille se faire foutre, dit Carrie dont la lèvre inférieure se remit à trembler.

Elle la mordit.

— Ne t'inquiète pas, dit Hailey en caressant les cheveux de Carrie.

— Tu trouveras la personne qui te convient et quand ce sera le cas, tu seras sa femme enceinte.

— Bon sang, tout le monde ne veut pas un mari et des enfants, précisa Missy.

— Carrie le veut, rétorqua Hailey. N'est-ce pas Carrie ?

Elle ne parvint pas à parler à cause de la boule d'émotion coincée dans sa gorge. Pendant très longtemps, c'était ce qu'elle avait voulu par-dessus tout. Maintenant, elle avait trop de casseroles pour vouloir essayer encore. Pas avant longtemps. Cela ne faisait que confirmer qu'elle avait fait ce qu'il fallait en rompant avec Zach. Il était temps de se concentrer sur son propre bien-être, sur ses rêves, sa carrière.

Elle regarda tous les visages inquiets de ses meilleures amies au monde et elle lâcha :

— Zach et moi nous ne nous voyons plus.

— À cause de ton ex ? demanda Mad.

Une partie de sa colère revint, la douleur de sa trahison étant encore fraîche et amère.

— Parce qu'il a menti.

Mad se raidit.

— Comment ça, il a menti ?

Carrie ferma la bouche. Zach était un des frères honoraires de Mad. Carrie aurait dû savoir qu'elle serait du côté de son frère.

— Je suis désolée, Carrie, dit Mad, mais Zach n'est pas un menteur. Il est très à cheval sur le fait d'être honnête. Tu as dû mal comprendre.

— Non, je n'ai pas mal compris, aboya Carrie. Quoi, tu crois que je suis idiote ?

— Carrie... avertit doucement quelqu'un.

Sans doute Lauren, la pacificatrice.

Mad se contenta de la fixer, impassible.

— Il a fait semblant d'être un bad boy, dit Carrie. Quand je lui ai demandé son métier, il m'a dit qu'il était guide de voyage sans emploi.

Elle omit le fait qu'il avait également menti en disant ne pas vouloir de relations sur le long terme. Elle n'en paraissait que plus bête d'avoir continué à le voir. Et elle ne voulait même pas mentionner son ex petite-amie tarée apparaissant sur le seuil de sa porte avec une valise. Qui fait ça ?

Mad inclina la tête.

— Quoi ? Pourquoi dirait-il cela ?

Ally intervint.

— Sans doute parce qu'elle lui a donné une liste sexuelle qu'elle voulait faire faire à un bad boy.

Carrie tourna brusquement la tête pour jeter un regard noir à Ally.

Cette dernière haussa les épaules.

— C'est juste une hypothèse.

— Pff, ajouta Missy. Un type dira n'importe quoi si tu lui proposes du sexe sans limites et sans engagement.

Plusieurs femmes acquiescèrent.

Carrie fixa le sol, un goût amer dans la bouche. Elle avait rendu les choses bien trop faciles pour lui. Elle leva la tête et dit avec une bravoure qu'elle ne ressentait pas du tout :

— C'est donc ma faute, fin de l'histoire.

Mad croisa les jambes, posant une cheville sur son genou.

— Ça explique tout. Je l'ai vu chez Garner's juste avant de venir ici, il grognait contre tout le monde comme un ours blessé.

Carrie grimaça.

— Je vais peut-être éviter de boire un coup ce soir.

Elles se rendaient toujours chez Garner's après le club de lecture pour boire un verre. Était-ce pour cela qu'il y était ce soir ? Elle ne voulait pas le voir. Elle était encore trop contrariée.

— Poule mouillée, cracha Mad.

— Mad ! s'exclama Hailey.

Mad pointa le doigt vers Carrie.

— Ben quoi ? C'est ce qu'elle est. Elle est contrariée, il est contrarié. Parle-lui, putain.

— Il m'a menti ! s'exclama Carrie. C'est un professeur d'anthropologie.

Mad grimaça.

— Et alors ? Tu ne le veux pas parce que c'est un professeur ? Qu'est-ce qui ne va pas chez toi ?

Il y eut un silence stupéfait. Leur groupe avait toujours été un réseau de soutien très proche. Particulièrement dans le domaine des cœurs brisés.

En effet, qu'est-ce qui n'allait pas chez elle ? Pourquoi était-elle si contrariée ? Elle n'avait pas le cœur brisé. Cela impliquerait que…

— Bon sang, Mad, c'est dur, dit Missy. Elle souffre.

Mad ignora cela.

— Tu as une idée de ce qu'il a dû faire pour arriver là où il en est aujourd'hui ? Un doctorat. C'est huit ans d'études et une thèse qui est presque un livre et qu'il a dû défendre devant un comité.

— Je sais ce qu'est un doctorat ! s'exclama Carrie.

Mad poursuivit, chaque mot étant plus dur que le précédent.

— Après des années à subir les gens qui lui disaient que c'était une mauvaise graine. Il t'a dit comment il a été jeté d'un coin à l'autre du système de familles d'accueil ? *Personne* le voulait. Un fugueur qui mentait et volait dans leur maison. Tu sais combien de personnes lui ont dit qu'il était un gamin ingrat et bon à rien ?

— Non, je ne… commença Carrie avant de s'arrêter, la gorge serrée, le cœur battant pour l'enfant qu'il avait été.

Elle savait qu'il avait été en famille d'accueil. Elle ne savait pas qu'on lui avait dit que c'était de la mauvaise graine. Ce genre de choses pouvait rester chez un enfant, lui faire croire qu'il ne valait rien.

Mad ne montra aucune pitié.

— Est-ce qu'il t'a expliqué comment il est devenu aussi débrouillard ? Qu'il sait crocheter les serrures et entrer dans les maisons comme les meilleurs cambrioleurs ? Ses parents étaient des criminels. Ils sont tous les deux morts à cause de leur choix de métier. Alors, dis-moi comment quelqu'un qui arrive à dépasser ce genre de circonstances et à devenir quelqu'un de bien peut-il ne pas être assez bien pour toi ?

— Il ne m'a jamais dit que ses parents étaient des criminels ! pleura Carrie.

Oh, mon Dieu. Elle voulait le prendre dans ses bras. Il n'avait pas dit grand-chose sur lui-même. Mais lui avait-elle demandé ?

— Bien sûr que non, aboya Mad. Tu l'as jugé pour les bonnes choses qu'il a faites. Comment peut-il te faire assez confiance pour te dire les mauvaises ?

Elle cligna rapidement des paupières, ne voulant pas craquer à nouveau, mais les larmes coulèrent néanmoins.

— Ça suffit, Mad, dit Hailey. Je sais que c'est ton frère de sang, mais Carrie souffre. C'est notre amie. De plus, tu ne devrais pas partager les problèmes personnels de Zach ici. C'est réservé à une conversation privée.

Hailey les regarda toutes tour à tour.

— Ce qui se passe au club de lecture reste au club de lecture. Compris, mesdames ?

Les autres femmes murmurèrent en acquiesçant.

Il il y eut un silence gêné. Plusieurs de ses amies lui jetèrent des regards compatissants.

— Pardon, Carrie, marmonna Mad.

Carrie secoua la tête. L'excuse était inutile et de toute façon, elle n'était pas sincère. Tout ce qu'elle pensait avoir su au sujet de Zach se modifia encore une fois. Du bad boy sexy au professeur d'anthropologie au gamin perturbé. Il avait tant de côtés différents et elle était attirée par tous. Mais était-ce seulement de l'empathie qu'elle avait pour lui, ou autre chose ?

Hailey prit la parole.

— Pour finir là-dessus, qui veut un chocolat chaud ?

Tout le monde leva la main.

— Nous allons rentrer chez moi au lieu de passer chez Garner's, dit Hailey. D'accord, Carrie ?

Carrie hocha la tête d'un air hébété.

Lorsqu'elles conclurent la réunion et qu'elles se préparèrent à sortir, Carrie changea d'avis.

— Allez-y sans moi. Je vais chez Garner's, discuter avec Zach.

— Nous t'accompagnons, dit Hailey. Nous te soutenons. Toutes.

Elle jeta un regard à Mad.

Cette dernière soupira.

— Moi aussi, je te soutiens. Mais j'aime Zach, tu comprends. Il fait partie de la famille.

— Compris, répondit Carrie.

— Je suis désolée d'avoir été si dure. Tu sais que tu es ma sœur, dit Mad en lui faisant un check. Maintenant, va le retrouver.

Zach en était au whisky numéro trois lorsqu'il entendit le murmure féminin d'une foule de femmes. Josh l'avait déjà averti que Carrie viendrait ce soir avec ses amies. Il avait compté dessus. Il avait une ou deux choses à dire. Comme le fait que sa place était auprès de lui. À quel point elle aimerait Singapour si elle lui laissait sa chance. Si elle lui donnait une chance, à lui. Il le méritait, non ?

Il se tourna et il la vit : son visage était l'expression de la compassion la plus pure. Merde. Avait-il l'air aussi mal qu'il l'était ?

Elle s'arrêta devant lui et dit d'une voix douce :

— Mad m'a appris que tes parents étaient des criminels. Je suis désolée.

Elle essaya de le serrer dans ses bras, mais il se pencha en arrière.

Il la fixa, lut la pitié dans ses yeux et se renfrogna.

— Ce n'était pas à elle d'en parler.

— Elle te défendait. Elle m'a dit tout ce que tu as surmonté pour arriver là où tu en es aujourd'hui.

Toutes ces vieilles conneries résonnèrent dans sa tête. *C'est une mauvaise graine. Vous ne pouvez pas lui faire confiance. Il est sournois, c'est un menteur et un voleur.* Il ne pourrait jamais y échapper. Maintenant, Carrie le savait. Elle le verrait toujours à travers ce filtre.

— Zach…

— Je ne veux pas de ta pitié, grogna-t-il.

— Je ne savais rien de tout cela. Je n'ai évidemment pas une mauvaise opinion de toi à cause de ça.

Il fronça les sourcils.

— Mais c'est ce que tu vois maintenant. Une mauvaise graine qui a travaillé pour se sortir de la merde.

— Mais c'est une bonne chose. Tu es incroyable.

Il la scruta, cherchant le moindre signe d'amour, mais il ne vit que la pitié.

— Je ne serais jamais de la bonne graine, Carrie. Mets-toi ça dans le crâne. Peu importe à quel point j'ai travaillé pour améliorer mon statut social.

Il balaya ses paroles de la main.

— L'éducation. La thèse. La recherche. Rien ne change l'endroit d'où je viens. Ce que je suis au niveau cellulaire. Alors…

Il se retourna vers le bar et il avala le reste de son whisky. Cela lui brûla l'œsophage. Bien.

— Zach.

Sa voix douce ne fit que l'énerver davantage.

Il se retourna vers elle.

— Tu es donc bien tombée sur un bad boy. Très, très, très mauvais. On ne peut pas lui faire confiance. C'est ironique que tu aies détesté tous les attributs de mon éducation.

Il rit sans humour.

— Peut-être as-tu toujours vu à travers tout cela. Ton père

m'a posé une question sur mes antécédents. Voici ma réponse. Prends soin de le dire à ton père.

Il se pencha tout près d'elle.

— Ma famille vient du crime organisé. Des opérations illégales sophistiquées et bien planifiées. Les drogues, l'argent, les bijoux. C'est ce qui a emporté ma mère. Les bijoux et bam ! Disparue. Une exécution.

Elle écarquilla ses yeux bleus.

— Oui.

Il se pencha en arrière, un peu étourdi à cause du whisky et du manque de nourriture. Il n'y avait pas assez de whisky dans le monde pour ce genre de douleur. Le cœur brisé. Cela vous enfonçait sans relâche. Il se retourna vers le bar, leva son verre vide et le secoua devant Josh.

— 'N'autre.

— Tu en as eu assez, dit Josh en posant un bol de bretzels devant lui. Mange.

Il souleva un bretzel et le fixa. Deux boucles qui s'entrelaçaient comme un cœur. Il le cassa en deux.

— Zach ! s'exclama Carrie.

Il se tourna, surpris par le volume de sa voix.

— Quoi ?

— Écoute, je ne sais pas trop ce que cette histoire de statut signifie pour toi, mais pour moi ce n'est pas important. Je ne crois pas du tout que tu sois une mauvaise graine. Tu as été mon chevalier blanc, comme tu l'as dit. Tu m'as gardée en sécurité pendant ce qui aurait pu être un comportement très dangereux avec n'importe quel autre type que j'aurais pu draguer au hasard.

Il l'observa. Elle disait tout ce qu'il fallait, mais ses yeux bleus étaient doux de compassion, comme si elle voulait le serrer dans ses bras et faire disparaître toute sa douleur. Elle ne voyait pas ce qu'il fallait maintenant et il détestait cela. Il avait travaillé dur pour dépasser son passé. Il lui revenait toujours en pleine figure.

— Tu ne peux pas me réparer, grogna-t-il.

Elle parla d'une voix douce et apaisante.

— J'ai eu tellement de chance de te trouver. Et je suis vraiment désolée que qui que ce soit ait pu te dire que tu étais autre chose que ce que tu es : une bonne personne. La meilleure.

Elle frotta son bras.

Il ignora ce geste fait par compassion dont il ne voulait pas.

Elle continua à parler, d'une voix plus forte, plus urgente, les mots rebondissant dans sa tête confuse pleine de douleur et de whisky.

— Tu m'as terriblement manqué. J'ai laissé mon ex et ses mensonges me monter à la tête et ça a gâché ce que nous avions. Pouvons-nous essayer de recommencer ?

Tant de choses gâchées. Il ne savait pas comment les réparer. Il jeta quelques billets sur le bar.

— Tu sais quoi ? Aucun de nous n'était assez fort pour ça. Tu es perturbée par ce crétin, moi je suis juste perturbé.

Il se leva en chancelant.

— Je rentre chez moi.

Il fit un pas et la pièce bascula sur le côté.

— Josh ! cria une femme.

Pas Carrie. Il se concentra avec beaucoup d'efforts. Hailey, avec les cheveux légèrement roux. Jolie.

— Je m'en occupe, dit Josh en faisant le tour du bar.

Il posa un bras autour de Zach.

— Je conduis, mon grand.

Il se tourna et il appela :

— Mad, remplacement.

Mad tenait le bar à mi-temps. La petite Mad, la seule petite sœur que Zach ait jamais connue.

— Au revoir, petite, appela-t-il.

— Au revoir, professeur ! répondit Mad avec une réelle affection.

Vous voyez, les gens pensaient qu'il était cool avec toutes ses études.

— Nous parlerons plus tard, d'accord ? demanda Carrie en apparaissant à côté de lui. Demain.

Il allait parler tout de suite.

— J'ai été exactement ce que tu voulais que je sois. Tu n'en avais jamais assez. Chaque nuit, toutes les nuits, chaque putain de...

Il fut interrompu lorsque Josh l'éloigna brusquement. Il trébucha, puis il regarda Carrie par-dessus son épaule, ses yeux toujours remplis de compassion.

— Prends ta compassion chez toi et laisse-la là-bas !

— Ça suffit, aboya Josh en le traînant vers la porte de derrière qui donnait sur le parking.

Ce bon vieux Josh. Il avait un jumeau, Jake, et Zach n'avait toujours pas vu son vieil ami depuis son retour.

— Ça va, Josh, mon vieux, mon frère. Quand est-ce que Jake revient ?

— Zach, mon vieux, mon frère, tu ne peux pas conduire. La seule raison pour laquelle je t'ai servi, c'est pour garder un œil sur toi. Maintenant, c'est fini. Et Jake revient le week-end prochain.

— Jake me manque. Il est plus soigné que toi.

— Tu as le meilleur type d'ivresse. Rigolo.

Ils sortirent. Zach ne se sentait pas rigolo, il se sentait blessé, il avait le cœur brisé, putain. Il était destiné à être un loup solitaire pour toujours, qu'il choisisse ce chemin ou pas. Il jeta la tête en arrière et hurla à la lune.

Étonnamment, Josh se joignit à lui.

Zach s'arrêta pour le regarder.

— Toi aussi, tu es un loup solitaire ?

Josh sourit.

— Oui, frérot, je suis un loup solitaire, moi aussi.

Il attrapa Zach en posant une main dans sa nuque et il le conduisit jusqu'à sa voiture, une Miata noire décapotable.

— Ta voiture est trop petite pour mes jambes.

— Tu fais deux centimètres de plus que moi. Je pense que tu y passes.

Carrie pensait toujours qu'il était teeeellement grand, mais il ne faisait que deux centimètres de plus que le mètre quatre-vingt-trois de Josh. Elle était juste petite.

Josh ouvrit la porte du côté passager et le poussa à l'intérieur. Il poussa autant que possible le siège en arrière. Stupide décapotable. Josh devait acheter une vraie voiture d'homme. Comme un camion.

Josh monta et démarra la voiture.

— Elle me juge, l'informa Zach.

— C'est ce qu'elles font.

Il sortit du parking.

Zach frappa le tableau de bord.

— Elle a pitié de moi !

— Non.

— Demande-lui !

Josh lui donna une petite tape affectueuse sur la joue.

— Nous parlerons quand tu seras sobre.

Ils conduisirent en silence, les pensées de Zach devenant de plus en plus sombres. Qui était Carrie pour le juger juste parce qu'elle vivait sur un nuage avec des parents mariés parfaits dans une banlieue parfaite quelque part ? Il ne savait même pas où. Il ne savait presque rien sur elle mis à part son goût et sa douceur et ses bruits, comme quand elle jouissait ou qu'elle était excitée de le voir ou quand elle mangeait quelque chose de délicieux. Il soupira à ce souvenir.

Josh l'accompagna jusqu'à la porte d'entrée. Zach sortit les clés, déverrouilla la porte et se tourna vers Josh.

— Parfois, quand elle dort, elle gémit comme un chaton. Comme si quelque chose la gênait et puis je caresse ses cheveux, comme ça – il caressa ses propres cheveux – et elle s'étire, satisfaite et silencieuse.

— Merveilleux. Je ne veux plus te voir boire.

Josh pointa un doigt sur son torse.

— Sois un homme et confronte ce qui t'emmerde.

— C'est elle !

— Alors, confronte-la. Quand tu seras sobre.

— Pour qui te prends-tu ? grogna-t-il, mais Josh n'eut pas de réponse adéquate.

Il se contenta de se pencher, d'ouvrir la porte et de pousser Zach à l'intérieur.

— Mauviette ! cria Zach à travers la porte fermée.

— Cuve ton whisky, imbécile !

Il trébucha jusqu'au canapé et il se coucha parce que Carrie avait *gâché* le lit pour lui. Il y avait trop de souvenirs de son petit chaton, de sa tigresse, de sa chatte. Bordel de *merde*, elle lui manquait tellement.

15

Carrie rentra chez elle le lendemain soir après le travail, déprimée de ne pas avoir eu de nouvelles de Zach. Elle le comprenait tellement mieux maintenant, d'où il venait, à quel point il avait travaillé dur pour obtenir quelque chose d'admirable, les différentes facettes de sa personnalité. Et ils avaient été bien ensemble. Bien, c'était un euphémisme. Elle monta les marches jusqu'à son appartement au deuxième étage. Elle avait voulu essayer de trouver une solution. Apparemment, il ne voulait pas la même chose. Il y avait trop d'adieux dans sa vie en ce moment. Au revoir Zach. Au revoir sa famille de travail, qu'elle avait appris à aimer au cours des quatre dernières années. Demain, samedi, c'était son dernier service. Elle reprenait les études lundi.

Elle s'arrêta d'un coup et elle inspira brusquement en trouvant Zach devant sa porte. Il l'examina avec sérieux, comme si elle était la personne la plus fascinante qu'il rencontrerait jamais. Son cœur bondit. À ce moment-là, elle sut qu'elle ne pouvait pas échapper à ce qu'elle ressentait pour lui, peu importe à quel point il était effrayant de prendre ce risque. Peu importe à quel point il serait difficile d'avoir une relation longue distance. Ils allaient la faire fonctionner. Espérait-elle.

— Salut, dit-elle.

Il la regarda directement dans les yeux.

— Je suis sobre.

— Je sais.

Il tendit la main, la paume vers le haut.

— Je veux te montrer quelque chose chez moi.

Elle eut l'impression de savoir ce que c'était et elle aurait vraiment aimé se doucher avant de se jeter dans le lit. Elle n'essaya même pas de lutter contre son impulsion naturelle de s'unir à lui.

— Donne-moi vingt minutes pour me préparer.

— Non.

— Non ? répéta-t-elle.

— C'est important.

Elle débattit rapidement avec elle-même.

— Je sens l'hôpital.

Elle avait au moins quitté ses vêtements de travail et elle portait un débardeur noir simple avec un short assorti.

Il attendit, tendant toujours la main vers elle. Un geste d'invitation. D'affection. De camaraderie. Malgré tout ce qu'ils avaient fait ensemble, ils ne s'étaient jamais tenus par la main. Cela lui sembla tendrement romantique, comme le début d'une relation. C'était le langage primitif qu'ils parlaient et comprenaient tous les deux instinctivement.

Elle plaça sa main dans la sienne.

Il ferma les yeux un instant.

— Merci.

Il entrelaça leurs doigts et ils descendirent. Zach resta silencieux pendant le trajet, sa main était chaude et ferme dans celle de Carrie.

— Vas-tu me donner un indice ? demanda-t-elle.

— Non.

Le silence s'étira entre eux.

Quand ils furent presque arrivés chez lui, elle lâcha :

— Je crois que nous devons avoir une conversation sérieuse.

— Nous l'aurons. Quand je t'aurais montré… quelque chose.

Elle réfléchit à toute vitesse. De quoi pouvait-il s'agir ? Elle avait déjà vu son *quelque chose*.

— Vas-tu me montrer tes vêtements de professeur ? Un veston en tweed avec des empiècements au coude ?

Il s'arrêta et il lui jeta un regard noir, l'air canon et alpha et prêt à prouver sa valeur.

— Je ne suis pas une espèce d'universitaire poussiéreux. Il y a des catégories et je me trouve en haut de l'échelle des rebelles cool.

Elle retint un sourire.

— Je le sais très bien.

Elle inspira profondément, devenant plus sérieuse.

— Je peux comprendre pourquoi tu m'as laissé croire que tu étais juste une sorte de voyageur bad boy. Je voulais que tu sois ce fantasme et tu me l'as donné.

Il leva leurs mains jointes et il embrassa ses doigts.

— J'étais toujours moi-même là-dessous. En réalité, j'étais davantage moi-même en bad boy dans le lit que je l'ai jamais été avec qui que ce soit. J'ai toujours eu pour habitude de me retenir afin de ne pas paraître trop agressif.

Elle inclina la tête.

— Tu es en train de dire que si nous sautions dans le lit maintenant, tout serait exactement comme avant ? Tu es un professeur-alpha-bad-boy ?

Elle étouffa un rire en ayant du mal à réconcilier les deux idées.

Il fronça les sourcils.

— C'est sérieux.

— Je sais.

Elle lutta contre un gloussement hystérique, car toute la tension qui s'était accumulée en elle à cause des hauts et des bas de la semaine précédente arrivait à un point de rupture. Elle se souvint alors de son autre mensonge, qui lui avait fait bien plus mal.

— C'était quoi l'histoire de refus du long terme ? Et il y a

Muriel ! Essayais-tu juste de me jeter facilement ? Y a-t-il eu d'autres mensonges ?

Il parla d'une voix profonde et grave en la regardant droit dans les yeux.

— Non, il n'y a pas d'autre mensonge. Je le jure sur ma vie. Et tu peux me demander tout ce que tu veux savoir sur moi et je promets d'y répondre avec franchise *après* t'avoir montré quelque chose.

Elle posa une main sur sa hanche.

— Et alors, les relations sans jamais de long terme ?

Ses yeux eurent un éclat déterminé qui la rendit soudain prudente.

— Euh, Zach… ah !

Il l'avait jetée sur son épaule.

— Zach !

Il grogna et il lui tapota les fesses.

— Je t'ai dit que nous aurions une discussion sérieuse une fois que je t'aurais montré quelque chose.

Son corps devint brûlant.

— Ah, continue.

Il la porta sur le trottoir jusqu'à sa porte d'entrée et la posa sur ses pieds. Puis il la regarda dans les yeux, l'embrassa vite et durement, et la relâcha.

— Après toi.

Il ouvrit la porte et il la laissa entrer.

Tout lui parut pareil qu'avant. Le même canapé noir, la même télé, la même pile de cartons.

Il prit sa main et il la guida dans le couloir jusqu'à sa chambre.

— Je croyais que nous allions avoir une conversation sérieuse.

— Après ton cadeau, dit-il patiemment.

Il n'était clairement pas aussi excité qu'elle par son comportement d'homme des cavernes. Quelque chose s'était déclenché en elle pendant le temps qu'elle avait passé avec Zach, elle avait un besoin incontrôlable de le sentir contre elle sans qu'il y ait quoi que ce soit entre eux, peau contre peau.

Alors pourquoi continuait-elle au sujet de cette conversation sérieuse ? C'était comme si elle essayait de se convaincre de parler alors que tout ce qu'elle voulait faire, c'était se déshabiller et se jeter sur lui.

Il la conduisit au lit et il le pointa du doigt.

— Première partie.

Elle inspira brusquement.

— C'est mon édredon.

Sa couette vert sauge était posée de son côté du lit. Elle était queen size, alors elle ne couvrait pas entièrement le matelas king size. Son côté à lui avait sa couverture bleu marine habituelle.

— Comment as-tu…

— Ally m'a aidé. Viens, deuxième partie.

Il la prit par la main et la guida jusqu'à la salle de bains où il ouvrit l'armoire à pharmacie.

Sa mâchoire en tomba. Ses affaires étaient là. Sa solution pour lentilles de contact et les différentes lotions et potions qu'elle aimait utiliser pendant ses gestes beauté du matin. Elle posa la main sur la poitrine, où elle sentit battre son cœur.

— La douche aussi, dit-il.

Elle avança vers la douche et elle observa à travers la porte en verre qu'il y avait son shampoing, son après-shampoing et son gel douche. Elle se tourna lentement vers lui, les jambes tremblantes, le rugissement de son pouls battant dans ses oreilles.

Il s'approcha d'elle.

— Comprends-tu ? demanda-t-il doucement.

Elle lui serra la main très fort.

— Emménageons-nous ensemble ? Parce que ça me semble être du long terme. Est-ce maintenant que tu expliques le fait de ne pas vouloir t'engager sur le long terme avec moi ?

Il la regarda droit dans les yeux.

— J'ai dit cela parce que je ne voulais pas te mener en bateau en sachant que je quittais le pays.

Il indiqua l'armoire à pharmacie et la douche.

— Ceci est symbolique.

Elle fronça les sourcils, attendant une explication, parce que le symbolisme n'allait pas résoudre le fait qu'ils seraient à l'opposé de la planète pendant longtemps.

Il la reconduisit jusqu'à la chambre, où il lui proposa de s'asseoir de son côté du lit. Il s'assit à côté d'elle et il prit sa main dans les siennes.

— Carrie, dit-il d'une voix rauque. Nous sommes deux bonnes personnes, sexuellement compatibles, et j'aimerais maintenant construire les fondations pour te faire la cour.

— Les fondations de… la cour ?

— Oui.

— Ce qui signifie ?

— Tu es importante à mes yeux, Carrie.

Il marqua une pause en la regardant avec une affection profonde, peut-être même… de l'amour. Elle sentit son cœur battre très fort.

— Je te fais passer en premier dans ma vie. Tes rêves, ta carrière, ton bonheur passent avant. Tu iras à l'université. Je serai ici avec toi.

Elle retint sa respiration.

— Mais ton poste d'enseignant-chercheur à Singapour ?

— Je l'ai refusé.

Elle poussa un petit cri.

— Zach ! Je ne veux pas que tu abandonnes tes rêves pour moi. Ce n'est pas bien non plus.

— Je n'ai pas besoin d'un poste d'enseignant-chercheur pour être heureux.

Il lâcha sa main et il caressa ses cheveux, les retirant de son visage.

— J'ai besoin de toi.

Elle posa les paumes sur ses joues rouges pendant que son cœur battait à toute allure. Elle ne s'était jamais attendue à ce qu'il se sacrifie pour elle.

— Je ne suis pas sûre…

— Moi, je le suis.

Elle eut les larmes aux yeux, submergée par cette nouvelle merveilleuse et surprenante.

— Mais ne vas-tu pas saboter ta carrière en refusant ?

— J'ai expliqué que le moment était mal choisi. Il y avait une liste d'attente, de toute façon, alors ce n'est pas grave. De plus, cela me donnera plus de temps pour ce livre sur lequel je travaille. Peut-être que je pourrais ensuite étudier quelque chose plus près d'ici.

Un sourire apparut sur ses lèvres.

— Je suis particulièrement intéressé par les rituels amoureux dans la société moderne.

Elle le regarda avec de grands yeux. Elle avait le tournis et elle était stupéfaite et surprise. Tellement surprise. Son professeur bad boy était bien mieux que n'importe quel fantasme qu'elle aurait pu imaginer. Elle laissa échapper un petit rire de pur émerveillement, parvenant à peine à y croire.

Il prit ses deux mains dans la sienne.

— Je serai ici pour toute l'année sabbatique, à travailler sur mon livre. J'espère que tu seras avec moi. Pendant ce temps, je poserai ma candidature pour travailler dans la région. Columbia, Yale et NYU ont tous d'excellents départements d'anthropologie.

Elle n'arrivait toujours pas à le croire.

— Tu ferais ça pour moi ? Tu changerais de travail pour moi ?

Il posa ses grandes mains autour du visage de Carrie.

— Je ferai n'importe quoi pour toi. Je t'aime, Carrie.

Elle le prit dans ses bras et enfouit sa tête au creux de son cou, soudain tremblante à cause du risque qu'elle était sur le point de prendre. Il lui caressa le dos, l'apaisant silencieusement, parvenant d'une façon ou d'une autre à lire ce langage primitif pour lequel il était si doué. Ses yeux se remplirent de larmes qui coulèrent sur ses joues. Un instant plus tard, elle se décrocha de lui afin de s'essuyer les yeux.

Elle inspira profondément en tremblotant.

— J'ai peur, mais… je veux nous donner cette chance.

Il la serra contre lui.

— Je ne te ferai pas de mal, promis.

Il s'écarta et la transperça du regard.

— L'honnêteté complète. L'engagement complet.

Il marqua une pause.

— Enfin, si tu es d'accord pour ne plus explorer davantage. Je sais que tu n'as pas fréquenté beaucoup de monde.

Elle le fixa du regard.

— Tu me laisserais vraiment sortir avec d'autres hommes juste pour explorer ?

Il prit un air féroce.

— C'est là que mes aptitudes à la lutte et mes prouesses physiques entreraient en jeu. Tu finirais par me voir comme le partenaire le plus viable.

— Je crois que je le vois déjà.

Il la détacha de lui et il la regarda d'un air mécontent.

— Tu le *crois* ?

Elle sourit et vint se tenir tout près de lui.

— Tu pourrais me montrer un peu plus de ces prouesses physiques afin de me les rappeler.

Il eut un sourire diabolique et il la souleva par la taille en passant les bras autour d'elle. Elle serra automatiquement ses bras et ses jambes autour de lui.

— Tu es sur le point de rencontrer Harvey, grogna-t-il en marchant avec elle vers le mur adjacent.

Son dos toucha le mur. *Bonjour, Harvey Wallbanger, mon vieil ami.*

Elle gloussa.

— J'ai trouvé mon partenaire viable.

Zach ne fit aucun geste, cependant, se contentant de s'appuyer contre elle. Il la regarda dans les yeux avec tant d'amour que ceux de Carrie s'emplirent de larmes de bonheur.

Elle posa les mains sur le visage de Zach.

— Je t'aime aussi. Au fond, je n'ai jamais été du genre à draguer à répétition.

Un grand sourire s'étala lentement sur son beau visage.

— L'étape suivante est que je passe du temps avec ta

famille.

— Il y a des étapes ?

— Les rituels amoureux sont bien établis tout au long de l'histoire de l'humanité. L'un d'entre eux impose que l'on n'épouse pas seulement sa ou son partenaire, on épouse également sa famille. Tu connais déjà ma famille, les Campbell, alors maintenant je dois apprendre à connaître la tienne.

Elle ne put s'empêcher de sourire. L'universitaire : c'était une nouvelle facette de lui, même si elle en avait eu quelques aperçus. Certaines des choses étranges qu'il avait dites prirent soudain un nouveau sens. Comme quand il lui avait demandé si elle avait fait des recherches pour sa liste de souhaits ou quand il avait expliqué que tout se ramenait toujours à la biologie. Et il parlait de mariage, ce qui la remplissait d'une joie qu'elle parvenait à peine à contenir. Elle voulait danser dans la pièce, mais elle était coincée entre un mur solide et un homme délicieusement dur. Elle caressa sa barbe négligée, qui n'avait pas encore vraiment repoussé, lui donnant un air moins sauvage, mais tout aussi adoré par elle.

— Quelles sont les autres étapes ?

Il la posa sur ses pieds et parla d'un ton confiant :

— Le mâle doit prouver qu'il sera un bon protecteur par des prouesses de force et d'endurance.

Il marqua une pause, l'air pensif.

— Ce serait plus facile s'il y avait quelqu'un contre qui lutter.

— Tu pourrais faire de la lutte avec Edward.

Il fronça les sourcils.

— Il te plaît toujours ?

— Non, mais ce serait amusant à voir. Je suis sûre que tu lui casserais la figure.

Il hocha la tête.

— Ma taille et ma voix grave me donnent également un avantage. Ils indiquent la dominance et donc la protection.

Elle glissa les mains sous son T-shirt et elle le palpa depuis ses abdos jusqu'à son torse.

— Oui, oui, continue à parler, professeur.

Il ne s'en priva pas.

— Les cadeaux sont très importants. Le cadeau de nourriture, déjà, n'importe quel cadeau qui indique que le mâle saura subvenir aux besoins de la famille. La seule exception est dans les sociétés matriarcales, mais il en existe beaucoup moins. Dans ce cas-là, les cadeaux sont donnés au mâle.

Elle immobilisa ses mains. C'était plutôt cool.

— Comme quoi ?

— Des fleurs, des bijoux, des bonbons ou des éléments plus gros comme du bétail, des propriétés, une maison. J'aimerais t'acheter une maison.

Sa mâchoire tomba.

— Zach !

Il leva le menton de Carrie, refermant sa bouche.

— Ne sois pas si surprise. Je suis un bon soutien de famille vivant modestement. J'ai de belles économies.

Elle l'embrassa.

— Ton discours universitaire m'excite.

Il lui fit un sourire et posa la main sur ses fesses, la tenant contre lui.

— Je porte des chemises à manches longues avec un pantalon de costume et une ceinture au travail.

Elle rit.

— Évidemment. Quoi d'autre ?

Il mordilla la lèvre inférieure de Carrie.

— Je t'offrirai sans doute des lettres d'amour et/ou des poèmes. Si tu les trouves acceptables, et que tu ne te soucies pas d'où je viens…

— Je ne m'en soucie pas.

— Alors tu devrais savoir que je serai également un partenaire adapté de procréation. Un mâle viril et en bonne santé.

Il fronça les sourcils, l'air perdu dans ses pensées, avant de conclure :

— C'est à peu près tout.

Il posa la main sous le menton de Carrie, caressant doucement sa joue.

— Tu illumines mon monde, Carrie. Tu es ma partenaire.

Ma partenaire. Elle sentit son cœur se serrer à cause de l'étrange tournure typique de Zach et elle fondit tout simplement, les jambes tremblantes, les genoux faibles. Elle se colla à lui et sa gorge se ferma presque à cause de l'énorme boule d'émotion qui y était coincée. De l'amour, c'était de l'amour. Elle n'avait jamais cru pouvoir le retrouver.

— C'est la chose la plus adorable que qui que ce soit ait jamais dite dans l'histoire de l'univers ! Tu vas me faire pleurer.

Une alarme s'échappa et il l'essuya avec le pouce.

— Toi aussi, tu es mon partenaire !

Il la serra longtemps dans ses bras, appuyant la tête de Carrie contre son torse. Elle laissa échapper un soupir tremblant avant de se détendre à nouveau, en sécurité dans ses bras.

Il s'écarta suffisamment pour la regarder dans les yeux.

— Si tu n'es pas prête à emménager avec moi, je ramènerais tes affaires. Ce geste était symbolique, même si j'aimerais t'avoir avec moi ici.

Il l'embrassa et ajouta contre ses lèvres :

— Là où est ta place.

Il s'écarta si soudainement qu'elle resta un moment hébétée. Il l'examina, semblant attendre qu'elle dise quelque chose.

— Mes vêtements sont-ils déjà dans ta commode ? demanda-t-elle.

Il s'approcha de la commode et il ouvrit trois tiroirs. Ils étaient complètement vides.

— J'ai fait de la place, mais je ne voulais pas être présomptueux. J'ai seulement apporté assez de choses pour te faire comprendre le symbolisme. Je te veux dans ma vie.

Elle posa une main sur sa bouche, les yeux brûlants. Il l'observa, la regardant avec une intensité qui lui montrait exactement à quel point elle était importante pour lui. Elle se tourna, s'éloigna de quelques pas, puis courut et sauta sur lui. Il l'attrapa et elle le saupoudra de baisers sur tout le visage. Des millions de soleils rayonnèrent à travers elle dans sa joie euphorique.

— C'est un oui pour emménager ? demanda-t-il en riant.

— Oui ! Je t'aime ! Oui !

Elle frotta sa joue contre sa barbe, ronronnant presque de contentement. Puis elle leva la tête et vit qu'il avait son sourire adorable qui faisait chanter son cœur.

— Tu es tellement adorable. Je n'ai jamais su à quel point. Je m'évanouirais à tes pieds si tu ne me tenais pas.

Il claqua des dents devant elle.

— Je suis un loup. Fais attention à toi.

Un frisson brûlant parcourut sa colonne.

— Tu es tellement mieux que n'importe quel fantasme que j'aurais pu imaginer. Tu es comme un rêve devenu réalité.

Ils se regardèrent dans les yeux, leur lien non verbal étant plus puissant que tous les mots du monde.

Elle l'embrassa encore.

— Maintenant, professeur, dites-moi tout sur vos recherches.

Elle voulait comprendre cette facette de lui.

Il la reposa sur ses pieds et il leva un doigt, en mode professeur.

— À vrai dire, ça m'aiderait beaucoup. Je veux rendre mon travail accessible à un public de non-initiés. Si je peux l'expliquer à quelqu'un comme toi qui n'es pas anthropologue et que tu le comprends, je saurais que je suis sur la bonne voie. Il faut juste que je déballe tout mon mur de cartons et que je l'organise dans son ensemble. Donne-moi une semaine.

Elle rayonna. Il semblait avoir beaucoup de choses à dire quand le sujet lui tenait à cœur.

— D'accord. Maintenant que nous sommes complètement francs, qu'as-tu pensé de moi quand je t'ai donné ma liste de souhaits, en pensant que tu étais un bad boy ? As-tu pensé que j'étais une idiote naïve ?

— Non.

Il caressa ses cheveux en arrière et il posa la main sous son menton.

— J'ai lu entre les lignes.

— Et ? chuchota-t-elle.

— J'ai su ce que tu voulais vraiment.

— Et c'était quoi ?

Il bougea la main, caressant sa lèvre inférieure avec le pouce.

— Ce n'était pas la passion, même si tu avais bien besoin de cette expérience.

— Dis-moi.

— Tout sur ta liste était concentré sur toi parce que tu voulais te sentir exister.

— C'est vrai ?

— Oui. Ton ex t'a donné l'impression que tu n'étais rien, alors ton désir secret était de te sentir importante.

Il sortit son téléphone de la poche de son jean et il tapota plusieurs fois afin de faire apparaître sa liste.

— D'accord, prenons le premier élément. D'abord le dessert.

Il la regarda dans les yeux.

— En dehors de l'euphémisme sexuel évident, cela signifie je veux passer en premier avec toi. Je veux me sentir importante. Tu vois ?

Il regarda encore son téléphone.

— Et le suivant. L'étage du dessus. J'aimerais être importante pour toi. Tout en haut. Je veux me sentir exister.

Il leva la tête.

— Tu vois comment ça revient toujours au même ?

Il énuméra les suivants d'une voix qui monta rapidement en volume.

— Balade du dimanche, je ne peux même pas m'empêcher de te toucher dans une voiture parce que tu es si importante pour moi ; tout propre, je ne peux m'empêcher de te toucher même pendant mon temps personnel…

Elle l'interrompit.

— Tu es génial !

Elle avait les joues brûlantes, gênée qu'il l'ait percée à

jour, qu'il ait plongé dans ce que même elle n'avait pas compris désirer. Aucun autre homme n'aurait pu prendre cette liste et y lire des choses aussi profondes. Il était incroyable. Totalement incroyable.

— En voici un autre, dit-il. Les animaux sont primitifs. Je veux me sentir en vie dans ma peau. Je veux me sentir…

— Exister, termina-t-elle pour lui.

Il semblait apprécier le fait de résoudre l'énigme de Carrie. Elle aimait cela aussi, car il était très doué.

Il continua avec encore plus d'enthousiasme.

— Oui ! L'attention est sur toi, donc tu te sens exister. Et que représente le fait de rencontrer Harvey, qui baise contre le mur ?

Il leva les sourcils avant de poursuivre.

— La force de la part de ton partenaire qui doit de soulever et te tenir tout ce temps, mais aussi un partenaire submergé par la passion, face-à-face, concentré sur toi. Et bien sûr, Jane Bond ne peut faire autrement qu'être au centre de l'attention puisqu'elle est attachée.

Il rangea le téléphone dans sa poche en souriant.

— J'aime beaucoup celui-là.

Elle vola dans ses bras et elle l'embrassa. Cette fois, il se concentra à nouveau sur elle et il prit le relais du baiser, attrapant ses cheveux, l'embrassant avec des lèvres dures et exigeantes, glissant sa langue à l'intérieur. Elle gémit du fond de la gorge, déjà brûlante et humide et prête. Son autre main se posa sur ses fesses et glissa entre ses jambes, l'enflammant. Elle tira sur son T-shirt, souhaitant désespérément être peau contre peau, mais elle était encore fermement tenue par lui. Juste au moment où elle fut sur le point d'exiger qu'il arrache ses propres vêtements, il leva la tête en la regardant dans les yeux.

— Es-tu d'accord avec mon interprétation ? demanda-t-il de sa voix rauque et grondante.

— Oui, tu es très observateur, souffla-t-elle.

Il l'embrassa doucement.

— C'est vrai. Pour toi et tous les autres, mais pas pour

moi. Pendant tout ce temps, j'ai cru que je n'étais pas doué pour les relations, alors qu'en réalité je t'attendais.

Il leva une main et la posa sous le menton de Carrie.

— Tu es importante pour moi.

Sa voix était rauque d'émotion.

— Plus importante que tout ce que j'ai pu imaginer. Tu es celle qu'il me faut, Carrie.

Elle avait les yeux brûlants, submergée encore une fois par l'amour qui se déversait de lui. Entièrement pour elle.

— Je n'arrive pas à croire que tu aies pu lire ce dont j'avais vraiment besoin entre les lignes. Je ne le savais même pas avant que tu le dises.

Il lui fit un petit sourire.

— Il faut quelqu'un de spécial pour le voir, un anthropologue.

Elle posa les mains sur le visage de Zach.

— Un homme bon.

Il tourna la tête et il mordilla la paume de sa main.

— Je serai toujours ton bad boy au lit. Ça vient naturellement.

— Pas de retenue.

Il l'embrassa.

— Je ne le pourrais pas, même si je le voulais.

Il la souleva, la porta jusqu'au lit et la déposa sur le matelas, mais il ne la rejoignit pas tout de suite. À la place, ils restèrent debout à la regarder avant de lui faire un sourire éclatant.

— Tu es *la* femme, Carrie Young. Je t'ai cherché partout.

Elle reconnut la phrase qu'elle avait utilisée pour le draguer quelques semaines auparavant.

Elle tendit les bras vers lui.

— Ah bon ? Où as-tu cherché ?

Il grimpa sur elle, s'appuyant sur ses avant-bras, et parla d'une voix feutrée.

— Partout.

Elle gigota sous lui.

— Arrache mes habits, bad boy, et profite de moi.

Il obéit car il était un bad boy très gentil. Une fois qu'ils furent tous les deux nus, il s'installa entre ses jambes, mais il ne la pénétra pas durement comme d'habitude. À la place, il se glissa lentement en elle avant de s'arrêter. Il posa la main autour de son cou et il la regarda dans les yeux.

— Carrie, dit-il d'une voix rauque à cause de l'émotion.

— Oui, chuchota-t-elle.

— J'ai une liste de souhaits. Il y a une seule chose dessus.

Elle passa les doigts dans ses cheveux courts puis sur ses épaules.

— Quoi donc ?

Il ne répondit pas, mais il se déplaça et l'embrassa le long de sa mâchoire en lui faisant l'amour, la prenant lentement et profondément. Elle laissa tomber sa tête en arrière et il caressa le côté de son cou avec le nez.

Il l'embrassa et parla contre ses lèvres.

— Je te veux toute entière.

— Oui, chuchota-t-elle en serrant ses bras et ses jambes autour de lui. Je suis à toi. Toute entière.

Il devint alors plus agressif, pompant durement et vite comme s'il essayait de la posséder. Elle enfonça les ongles dans ses épaules, s'accrochant pour le voyage. Il passa une main sous sa hanche, la soulevant afin de la prendre plus profondément. Elle gémit lorsque la pression s'accumula en elle. Et puis il la regarda au fond des yeux et sa respiration fut coupée, son cœur se mettant à battre follement pendant qu'elle lisait dans ses yeux ce qu'il voulait vraiment d'elle.

— Zach, je t'aime inconditionnellement avec tout ce que je suis.

Il eut les larmes aux yeux et il s'éleva en elle, écrasant sa bouche contre celle de Carrie. L'intensité du moment monta d'un cran à cause de la force la plus puissante d'entre toutes : l'amour.

Et puis elle vola, se désintégrant en sécurité dans ses bras, le serrant pendant son propre orgasme frissonnant. Il lui donna tout son poids et ils restèrent ainsi, enlacés. Unis par le corps et le cœur.

ÉPILOGUE

Ce dernier mois avec Zach avait été incroyable. Elle était follement amoureuse. Sa famille l'adorait. Ses amies pensaient qu'il était merveilleux. Sûrement parce qu'elle les avait invitées à un dîner gourmet qu'il avait préparé. Il avait tenu sa promesse d'honnêteté totale, même si cela impliquait de lui dire que son poulet était bien trop cuit ou qu'elle avait un vrai problème de monopolisation des couvertures : volant celle de Zach en plus de la sienne. Et elle pouvait compter sur ce qu'il disait. Elle avait le cœur tellement plein.

Zach se gara dans le parking derrière Garner's et ils entrèrent main dans la main, pour la soirée spéciale de Hailey. C'était l'apogée de la carrière d'une organisatrice de mariages de paraître dans *Spécial Mariages*, un magazine national spécialisé dans les mariages haut de gamme. Hailey avait en ce moment même une interview et une séance photo à Ludbury House, la villa en ville où se tenaient les mariages, et elle avait invité toutes ses amies chez Garner's ensuite. Elle avait l'intention d'y conduire le journaliste et le photographe pour le dîner et des cocktails dans un environnement soigneusement contrôlé. Hailey voulait s'assurer que les lectrices de *Spécial Mariages* sauraient avec quelle facilité elles se sentiraient chez elles dans la communauté chaleureuse et amicale de Clover Park. Hailey s'était même arrangée pour que Logan Campbell la rejoigne là-bas dans le rôle de 'petit-ami'. C'était bien sûr un faux petit-ami, mais que pouvait faire d'autre une organisatrice de mariages célibataire ? Hailey avait choisi Logan parce qu'elle le considérait comme le dernier Campbell célibataire et elle voulait spécifiquement un Campbell à cause de leur grande famille unie. Peu importe que Josh Campbell soit également célibataire. Il n'était pas 'éligible' parce que c'était un vaurien. Ha !

Zach posa la main au creux de son dos et la guida vers une des tables hautes disposées dans la zone ouverte du bar pour l'apéritif avant le dîner. Il se pencha près de son oreille.

— J'adore te voir dans cette robe.

Elle portait une robe rose sans manches qui mettait en valeur son décolleté. Zach était un grand fan de son décolleté. Hailey avait suggéré que tout le monde s'habille bien au cas où le photographe décide d'inclure quelques photos décontractées et impromptues.

Elle leva les yeux vers lui et sourit.

— Merci.

Elle observa sa barbe toujours pas assez longue et se concentra sur sa cravate bleu marine.

— Et toi, tu es très beau.

Il sourit et il leva le menton de Carrie.

— Je te promets qu'elle repoussera.

— Je sais, dit-elle tristement.

Sa barbe fournie lui manquait terriblement. Elle se frottait si délicieusement contre elle et elle lui donnait un air sauvage.

— Ils servent du champagne au bar, dit Zach. Tu en veux ?

C'était étrange. Elle pensait que le bar serait bondé, comme d'habitude. Hailey voulait peut-être donner une impression de réception de mariage.

— D'accord, pourquoi pas ?

— J'aime cette attitude, dit-il en la regardant dans les yeux avec un amour profond qui lui causait des frissons de bonheur jusqu'à ses orteils. *Pourquoi pas* est une très bonne façon de vivre.

— C'est nouveau pour moi, mais ça me plaît aussi.

Ils se sourirent dans leur nouvel amour béat avant qu'il s'écarte lentement.

— Je reviens, dit-il en partant chercher le champagne.

Elle regarda autour d'elle et elle aperçut Ally avec ses amies. Presque tous les Campbell et les frères honoraires étaient là, sauf leur père, qui s'occupait sans doute de sa petite-fille, Viv, afin qu'Alex et Lauren puissent être présents. Elle jeta un coup d'œil à la zone de restaurant, où mangeaient quelques familles et où une table réservée attendait et les gens du magazine. Une dame plus âgée avec des cheveux blonds et blancs sourit et la salua de la main.

Elle plissa les paupières. Une seconde. Était-ce sa mère ? Que faisait-elle ici ? Elle ne pensait pas que Hailey connaissait ses parents. Elle se pencha en avant. Oui. C'était certainement l'arrière de la tête de son père. Il se tourna et la salua.

Elle leva la main dans un petit geste de salut, mais elle ne les rejoignit pas car Zach revenait vers elle avec deux verres de champagne.

Il lui tendit son verre puis il trinqua.

— Aux valeurs de la tradition.

Elle inclina la tête en le scrutant.

— Docteur Harrison, pourquoi trinquons-nous à la tradition ?

Elle s'adressait à lui aussi formellement chaque fois qu'il semblait un peu trop universitaire.

Il fit un clin d'œil.

— Il n'y a rien de plus traditionnel que de préparer un mariage.

Elle supposait que c'était vrai et ils étaient ici pour fêter Hailey, l'organisatrice de mariages ultime. Elle but une gorgée de champagne et jeta un coup d'œil à ses parents, où son… frère ? Oui, c'était certainement son frère qui posait deux verres de champagne devant ses parents. Il retourna alors rapidement à une autre table, où il était assis avec sa femme et ses deux filles.

Elle se tourna lentement vers Zach.

— As-tu invité toute ma famille à la grande soirée de Hailey ?

— Tu te souviens que je t'ai dit qu'il était important d'apprendre à connaître la famille et la communauté de la femme que l'on aime ?

— Oui ?

Il leva son verre et parla au-dessus.

— Tu as donc ta réponse.

Ses yeux étincelaient d'humour et elle se demanda s'il lui faisait une blague, mais franchement, il n'était pas du genre à faire des plaisanteries élaborées. Il avait plutôt un type d'humour spirituel et immédiat.

— D'accord.

Elle but un peu plus de champagne lorsque Zach l'interrompit en posant la main sur la sienne.

— Quoi ?

— Ne t'énerve pas…

— Pourquoi m'énerverais-je ?

— Parce que tu ne tiens pas l'alcool et je vais te demander s'il te plaît de garder le reste pour trinquer quand Hailey arrivera.

Elle lui jeta un regard perplexe.

— Ce n'est qu'un verre. Ne puis-je pas en prendre un deuxième pour trinquer ?

Il se contenta de la regarder sous ses paupières. C'était à la fois sexy et efficace.

— Très bien, marmonna-t-elle. Bon sang, draguez un type au hasard dans un bar, donnez-lui votre liste sexuelle, et puis soudain vous n'avez plus le droit de boire.

Il gloussa et il l'embrassa.

— J'étais au bon endroit au bon moment.

Elle sourit.

— Carrément.

Juste à ce moment-là, la porte s'ouvrit et Hailey entra en

riant à cause de quelque chose qu'avait dit le photographe. Elle était impressionnante dans sa robe lavande avec ses chaussures à talons assorties. La journaliste, une brune à la cinquantaine avec un corps de rêve dans une robe blanche moulante écoutait leur conversation avec attention.

Hailey s'arrêta et chercha Logan des yeux, qui ne fit rien pour s'éloigner du bar.

— Il me tarde que vous rencontriez mon petit-ami. Il est merveilleux.

— Je suis là, princesse, dit Josh en arrivant derrière Hailey et en laissant tomber un bras sur ses épaules. La manœuvre avait été discrète. Carrie ne l'avait même pas vu s'approcher.

Hailey non plus. Elle se raidit avant d'afficher son sourire de reine de beauté.

— Oh oh, chuchota Carrie à Zach.

Toute la pièce était devenue silencieuse, car tout le monde était au courant de leur situation houleuse de meilleurs ennemis.

Josh chuchota quelque chose à l'oreille de Hailey et ils se dirigèrent vers la table réservée afin de dîner avec la journaliste et le photographe.

Cette soirée devenait de plus en plus étrange. D'abord Zach était passé en mode professeur à une fête, puis il lui avait donné du champagne qu'elle n'avait pas le droit de boire, et enfin Josh était devenu un faux petit-ami attentionné. Sans parler du fait que sa famille était là. Elle voulut aller les saluer, mais Zach l'arrêta en l'attirant contre lui et en l'embrassant jusqu'à lui couper le souffle.

Il la relâcha et elle chancela, le regardant avec de grands yeux. Il se tourna vers elle, indiquant la chose étrange suivante. Des serveurs en smoking sortaient de la cuisine avec des plateaux de hors-d'œuvre chauds. Ils se mélangèrent aux invités afin de les servir. C'était bien plus chic qu'elle ne l'avait cru quand on lui avait expliqué que c'était pour montrer aux gens du magazine qu'ils avaient une communauté accueillante.

Zach lui tint son verre de champagne pendant qu'elle se

servit un morceau de bruschetta couvert de tomates en dés. Il partit et revint un instant plus tard avec un verre d'eau pour elle. Il ne mangea rien. Il resta simplement là, à tenir leurs deux verres de champagne.

Lorsqu'elle eut enfin mangé assez de hors-d'œuvre et bu son verre d'eau, elle en eut assez que Zach garde son verre de champagne en otage et elle lui demanda de le rendre. Il se tourna et il fit signe à Hailey de venir, mais celle-ci lui montra qu'elle mangeait.

Zach porta la flûte de champagne aux lèvres de Carrie.

— Une gorgée.

Elle but sa gorgée.

— Tu agis très bizarrement ce soir. Allons dire bonjour à ma famille.

— Je leur ai dit que nous parlerions après leur repas.

— Ah.

Elle le regarda, ayant l'impression de rater quelque chose. Zach l'observait en tenant toujours leurs deux verres de champagne presque pleins. Pourquoi avait-il cherché du champagne s'il gardait le verre en otage toute la soirée ?

Les serveurs en costume firent un autre tour parmi les invités, cette fois avec du champagne.

— Regarde, dit-elle à Zach. Tout le monde en est à son deuxième verre et je n'ai eu que deux gorgées du premier. Je suis complètement sobre.

— Bien, grogna-t-il.

Hailey apparut soudain à côté de Carrie et elle prit deux verres de champagne à un serveur qui passait.

— Salut, Carrie ! dit-elle avec beaucoup d'enthousiasme.

— Salut. Comment s'est passée ton interview ?

Hailey croisa le regard de Zach et sourit.

— Bien. Ce n'est pas encore tout à fait fini.

— Comment est Josh en faux petit-ami ?

Hailey grogna, regarda Josh dans les yeux de l'autre côté de la pièce et secoua la tête pour lui faire comprendre de venir.

— Il en rajoute beaucoup.

Josh s'approcha d'eux, la journaliste et le photographe le suivant de loin.

— Qu'a-t-il donc chuchoté pour que tu acceptes qu'il remplace Logan ? demanda Carrie.

Josh alla se placer à côté de Hailey et les écouta.

Hailey lui donna un verre de champagne.

— Il a dit que l'interview était comme une situation d'urgence. Parce que nous ne parlons que dans des situations d'urgence. Vraiment, Josh. Je ne crois pas qu'ils aient cru un seul mot qui soit sorti de ta bouche.

Josh sourit agréablement. Peut-être parce que le photographe avait sorti son appareil géant avec le gros objectif.

— Pourquoi pas ? Je pense vraiment que tu as fait un travail fantastique en créant ton entreprise.

Hailey écarquilla les yeux.

— Tu étais sincère ? J'ai cru que tu me taquinais.

— Pourquoi ? Parce que j'ai souri après l'avoir dit ?

— Je croyais que c'était un sourire narquois.

Josh secoua la tête et marmonna :

— Tu imagines toujours le pire.

Hailey sourit et dit en serrant les dents :

— Ce n'est pas comme si tu ne me donnais pas de bonnes raisons.

Josh fit une révérence galante.

— Eh bien, princesse, c'est avec plaisir. Je suis toujours présent pour vos besoins de femme célibataire.

Il ricana.

— Ça fera cinq cents briques.

Hailey grogna.

Josh éclata de rire.

— Goujat, murmura Hailey.

Elle se remit très vite, se tournant et parlant d'une voix assez forte pour que tout le monde l'entende par-dessus les conversations.

— Venez, tout le monde ! Approchez-vous. J'aimerais trinquer au champagne.

Quelques minutes plus tard, tous leurs amis s'étaient approchés, ainsi que la famille de Carrie.

Hailey leva le verre et annonça :

— Trinquons.

Zach donna son verre de champagne à Carrie, puis il vint se placer à côté de Hailey, qui fit immédiatement un pas en arrière. Il surprit alors totalement Carrie lorsqu'il parla à la place de Hailey.

— Trinquons à Carrie Young, une femme au cœur si pur. Belle de l'intérieur comme de l'extérieur.

— Zach, chuchota-t-elle malgré la boule dans sa gorge. Que fais-tu ?

— Je trinque en ton honneur, dit-il en buvant une gorgée de champagne et en l'observant par-dessus le rebord.

Elle but également. Quelqu'un prit le verre dans sa main.

Zach lui fit un sourire tendre et regarda tout le monde.

— J'ai appris à connaître les parents de Carrie, son frère et sa merveilleuse famille, ainsi que tous les amis que nous avons tous les deux la chance d'avoir dans nos vies. J'ai reçu la bénédiction de ses parents pour cette union. Il ne reste plus qu'une seule chose à faire pour l'aboutissement de ce rituel amoureux.

Carrie sentit ses genoux lâcher, son cœur battant dans ses oreilles lorsqu'elle comprit soudain ce que faisait Zach. C'était pour cela que tout le monde était ici, pour cela que Zach ne voulait pas qu'elle boive trop. La tradition.

Il donna son verre de champagne à Hailey, posa un genou à terre et tendit une bague en diamant.

— Carrie, veux-tu me faire l'honneur de devenir ma femme ?

— Oui ! cria-t-elle en se précipitant vers lui.

Il glissa la bague à son doigt et il se leva en la prenant dans ses bras. Leurs amis et leurs familles s'approchèrent en les félicitant, et ce fut exactement comme Zach l'avait décrit. L'aboutissement et la vraie signification du rituel amoureux. Une longue tradition qui continuait avec eux. C'était extraordinaire, car aucun d'eux n'avait cherché le grand amour. Ils n'avaient pas cru que c'était possible. Mais c'était merveilleusement possible parce qu'ils étaient faits l'un pour l'autre.

Peu de temps après, le photographe et la journaliste s'approchèrent.

— Nous aimerions beaucoup faire figurer votre mariage dans le magazine, dit la femme. Depuis les fiançailles aux préparatifs du mariage et à la cérémonie.

Carrie se tourna vers Hailey.

— As-tu planifié tout cela ?

Hailey leva les mains.

— J'ai planifié la demande en mariage avec Zach, mais pas l'intérêt du magazine pour ton mariage.

La journaliste ajouta :

— Bien sûr, le magazine couvrira les frais d'un mariage de première classe.

Carrie échangea un regard avec Zach.

— Nous aimerions beaucoup !

— Et maintenant, nous faisons la fête, dit Zach. Tu peux boire autant de champagne que tu veux.

Il lui rendit son verre.

Elle but une longue gorgée.

— Vraiment ? Autant que je veux ?

— Non, dirent en chœur Zach et ses amies.

— Carrie, tu deviens folle après deux verres, dit Hailey. La dernière fois tu as fini par draguer un inconnu et te fiancer avec.

Elle prit un air pensif.

—Hmm. Ce n'est pas un si mauvais plan. Cela fonctionnerait peut-être encore une fois pour un autre couple ?

La musique démarra ensuite, c'était un slow romantique. Hailey reprit le verre de la main de Carrie.

Zach attira Carrie dans ses bras.

— Danser, c'est important dans le rituel amoureux.

— Docteur Harrison, vous me donnez tellement chaud.

Elle jeta les bras autour de son cou et elle le saupoudra de baisers.

Il l'embrassa à son tour. Puis ils dansèrent, leurs amis et leurs familles se joignant petit à petit à eux.

Zach se pencha et chuchota à son oreille :

— Combien d'enfants, Carrie ?

Elle sourit, contente qu'il la connaisse assez bien pour savoir qu'elle en voulait. Et ravie qu'il en veuille aussi.

— Deux, ce serait bien.

Il s'arrêta de danser et posa les mains de chaque côté du visage de Carrie.

— Je suis d'accord.

Il ajouta d'une voix plus grave et profonde :

— As-tu la moindre idée de combien je t'aime ?

— Oui, chuchota-t-elle. Parce que je t'aime autant.

Il frôla ses lèvres avec les siennes.

— Il te faut un rappel.

— C'est vrai, souffla-t-elle. Fais de moi ce que tu veux.

Il l'embrassa.

— Bientôt. Tu peux compter là-dessus.

Ils se regardèrent avec de grands sourires.

Après la danse, que tout le monde avait apparemment prise en photo, y compris le photographe de *Spécial Mariages*, Zach insista pour remercier individuellement chaque personne ayant participé à leur célébration.

Enfin, ils rentrèrent chez eux et consommèrent leur union.

Les vœux allaient devoir attendre.

Mais dans leurs cœurs, ils avaient déjà eu lieu.

Chères lectrices, chers lecteurs,

Josh et Hailey ont-ils franchi une nouvelle étape de leur guerre de meilleurs ennemis ? Après tout, il l'a aidée pour l'interview de *Spécial Mariages*. Il reste encore cette histoire de cinq cents briques entre eux. LOL. Ethan Case a peut-être été distrait par le flirt inhabituel de Hailey, mais ses yeux sont maintenant grands ouverts face au défi d'une femme qui croit fermement qu'un vibromasseur vaut mieux qu'un homme. L'histoire suivante est celle d'Ethan et Ally, *Joue avec moi*, le tome six de la série du Club de Lecture Happy End. Rejoignez le club et réclamez votre happy end !

Joue avec moi (Club de Lecture Happy End, Tome 6)

Ally Bloom assiste à la réunion d'anciens élèves de la fac avec une mission : une deuxième chance pour son premier amour. Il s'avère qu'il est célibataire et… qu'il n'est pas intéressé. Leur amour est maudit ! Mais lorsqu'Ethan Case, l'ami flic sexy d'une amie, la découvre en train de pleurer dans son punch bien alcoolisé, il l'invite à boire un café avec sa copine. En sachant qu'il est pris et qu'elle n'a pas besoin de l'impressionner, Ally déballe toute la saga des hommes pourris de sa vie amoureuse.

Mais attendez ! Le voilà à sa réunion du Club de Lecture Happy End.

Et il l'arrête pour excès de vitesse.

Et il intervient dans sa classe pour parler de sécurité aux enfants.

Cet homme joue-t-il avec elle, ou bien est-ce le début de quelque chose de vrai ?

Inscrivez-vous à ma newsletter afin de ne rater aucune de mes nouvelles publications: Kyliegilmore.com/FRnewsletter

DU MÊME AUTEUR

La série Clover Park

The Opposite of Wild (Book 1)

Daisy Does It All (Book 2)

Bad Taste in Men (Book 3)

Kissing Santa (Book 4)

Restless Harmony (Book 5)

Not My Romeo (Book 6)

Rev Me Up (Book 7)

An Ambitious Engagement (Book 8)

Clutch Player (Book 9)

A Tempting Friendship (Book 10)

Clover Park Bride (A Clover Park Short)

A Valentine's Day Gift (Book 11)

Maggie Meets Her Match (Book 12)

La série Clover Park STUDS

Almost Over It (Book 1)

Almost Married (Book 2)

Almost Fate (Book 3)

Almost in Love (Book 4)

Almost Romance (Book 5)

Almost Hitched (Book 6)

La série du Club de Lecture Happy End

Hollywood incognito (Tome 1)

Au-devant des ennuis (Tome 2)

Même pas cap (Tome 3)

Entente formelle (Tome 4)

Erreur sur le bad boy (Tome 5)

Joue avec moi (Tome 6)

Résister au destin (Tome 7)

À PROPOS DE L'AUTEUR

Kylie Gilmore est l'auteur de best-sellers sur la liste de *USA Today* de la série du Club de Lecture Happy End, la série Clover Park et la série Clover Park STUDS. Elle écrit des romances comiques qui vous feront rire, vous feront pleurer et vous donneront un coup de chaud.

Kylie vit à New York avec sa famille, deux chats et un chien complètement fou. Quand elle n'est pas en train d'écrire, de courir après ses enfants ou de prendre des notes lors de conférences sur l'écriture, vous la trouverez sur la pointe des pieds, cherchant à atteindre sa cachette secrète de chocolat tout en haut du placard.